閣樓裡的骷髏

SKELETONS IN THE ATTIC

Judy Penz Sheluk 茱蒂・潘茲・夏盧克——作

謹以此作紀念我的父親，安東·「東尼」·潘茲，一個英年早逝的好人

第一章

我在漢普頓聯合事務所的接待區坐了將近一個小時後，利斯．漢普頓終於從大門衝了進來，臉色通紅，身上散發淡淡的檀香古龍水香味。他兩手各拿著一個塞得滿滿的黑色公事包，低聲道歉說今早在法庭很不順利，接著朝一名看起來不勝其煩的助手吼出一連串指示。一隻搖尾巴的黃金貴賓犬不知從哪兒冒了出來，我這才意識到那隻狗一直睡在接待員的桌子底下。

利斯朝自己的辦公室點個頭，示意我進去坐下，然後跟著我走進其中，把兩個公事包放在辦公桌上。他俯身拍拍狗，從褲子口袋裡掏出一塊餅乾。

「阿蒂克斯，」他說話時沒抬頭：「我的私人治療犬。有些日子，只有牠能讓我維持理智。」

我點頭，在最靠近窗戶的椅子坐下。這間辦公室不算特別大，而且確實聽得見一些街道噪音——喇叭聲、警笛聲，偶爾傳來摩托車拉轉速的聲響——但這裡也提供了不錯的灣街景觀。我看著各形各色的無數行人在街上匆忙走動，還有騎自行車的人——他們在我眼裡完全是瘋子——在無止盡的擁擠車潮中穿梭進出。在多倫多金融區的中心地帶，每個人總是行色匆匆，就算根本沒有人能匆忙趕到某個地方。

阿蒂克斯坐在角落的一把椅子上，從覆蓋在椅子布料上的毛毯來判斷，那是牠的專屬座位。我不禁感到莞爾：利斯・漢普頓是一位刑事辯護律師，在法庭內外都以咄咄逼人的盤問和無情風格而聞名，他卻擁有一隻黃金貴賓犬，甚至允許狗坐在椅子上。

在接下來的十五分鐘內，利斯與一名看起來更不勝其煩的同事進行了六次磋商，打了三通簡短的電話，看起來似乎確定了需要做什麼、由誰來做。他抬頭看著我，我意識到是什麼因素讓人們被他吸引。他吸引人的，不是他五呎六吋、除了一個小腹之外大多瘦削的身軀，而是他的眼睛，那雙眸子是那麼的藍，目光深邃得彷彿通電。

他打開一個抽屜，取出一個馬尼拉文件夾，連同一份用淡藍硬紙板裝訂的薄文件，封面上用黑字寫著《詹姆士・大衛・邦斯戴伯的臨終遺囑》。「我們去會議室吧。那裡不會有人打擾。」

看來阿蒂克斯不被允許進入會議室，因為牠從椅子上跳下，扭著屁股回到接待臺下的位置，把毛茸茸的身子撲倒在地板上，大聲嘆口氣。我跟著利斯進入一間沒有窗戶的長型房間，這裡有一張紅木桌，周圍是幾把黑色皮革轉椅。我選了一個在他對面的座位，坐下後等候。

利斯把遺囑放在面前，用一隻指甲修剪整齊的手撫平遺囑上一條看不見的摺痕，指甲看得出來經過用力打磨。我不禁好奇，什麼樣的人會去做手足美甲——好像叫美甲吧——然後我做出決定：就是那種每小時能賺五百元的人。

不同於他的辦公室——他的辦公室有一張堆滿文件的桌子、一個海水水族箱，牆上掛滿精美的刺繡掛毯——這間會議室沒有雜物，也沒有裝飾。唯一的例外，是一張漂亮的藍眼金髮女郎的裱框照片，她看起來不到三十歲，以充滿占有慾的姿態摟著兩個金髮孩子，看起來一個大約三歲，一個大約五歲。

我猜她是第四任利斯・漢普頓太太，也可能是第五任。我記不清了，反正這也不重要。我在這裡要處理的事情，無關於漢普頓的最新戰利品嬌妻或他們的缺牙後代。我來這裡，是為了閱讀我父親的臨終遺囑，一項我希望能拖個好幾年再發生的事件。不幸的是，一條有問題的安全帶沒能阻止他從一個興建中的公寓的三十樓墜落。這份遺囑是由利斯這種有名的刑事辯護律師起草的，這項事實表明了這兩個人是老交情。

利斯清清嗓子，用那雙深邃藍眼盯著我。「妳確定妳準備好了嗎，凱拉米媞？我知道妳跟令尊有多親。」（註1）

聽見凱拉米媞這個名字，我不禁皺眉。大家都叫我凱莉，或是根本不叫我的名字。只有父親能叫我凱拉米媞，即便如此，也只有在他對我大發雷霆的時候，而且從不在公共場合。這是我在小學時跟他達成的約定。有些小孩子本來就喜歡欺負同學，更別提有「凱拉米媞」這種名字的同學。

至於我有沒有準備好？我已經準備好九十多分鐘了。自從我接到那通電話，得知父親捲入了一場不幸的職場事故，我就做好了準備。電話那頭的冷漠嗓音是這麼說的。一起不幸的職場事故。

註1　凱拉米媞（Calamity）的意思是「災禍」。

我知道我遲早得面對「父親不會回來」的這項事實，我們再也不會吵政治話題，再也不會一起看《宅男行不行》的時候一同歡笑。我知道我有一天會坐下來大哭一場，但現在不是時候，這個地方也當然不適合。我很久以前就學會了把我的感受儲存在精心構造的隔間裡。我用毫無淚水的眼神看著利斯，點個頭。

「準備好了。」

利斯打開文件，開始朗讀。「我，詹姆士·大衛·邦斯戴伯，特此聲明這是我的臨終遺囑，我在此撤銷、取消和廢止我之前與他人或單獨制訂的所有遺囑和附則。我聲明，我已達到訂立遺囑的法定年齡，而且心智健全，這份臨終遺囑表達了我的意願，沒有受到不當影響或脅迫。我將我所有的土地、房產和財產遺贈給我的女兒凱拉米媞·桃樂絲·邦斯戴伯。」

我點點頭，試著假裝沒聽見朗讀遺囑法律用語的單調語調。遺囑的內容跟我期待的相比不多也不少。我是獨生女——爸爸是他家的獨生子，媽媽是她家的獨生女——而我的媽媽老早拋下了我和爸爸。雖然他所有的財產也不多；一些破舊的家具，一些不同款的盤子，還有一小疊紙頁折角的書，主要是克萊夫·卡斯勒和麥可·康納利，偶爾還有幾本約翰·桑德福。

這筆遺產意味著我得清理父親那棟雙臥室聯排房屋，一個一九七〇年代的建築陷入郊區深處的沉悶案例。想到我在多倫多市中心那間擁擠的單人公寓，我知道爸爸大部分的物品最終會被送去附近的救世軍或 ReStore 之類的舊物回收店。這令我難過。

「有一項規定，」利斯的嗓音把我從遐想中拉回來。「令尊希望妳搬進在馬克維爾的那棟房子。」

我坐得更直，盯著利斯的眼睛。我顯然在發呆的時候錯過了一些重要的事情。「馬克維爾的什麼房子？」

利斯發出一聲戲劇性的法庭嘆息，這聲嘆息雖然訓練有素，但對我這個單一聽眾來說誇張了點。「妳剛剛沒在聽我說什麼吧，凱拉米媞？」

我不得不承認我剛剛確實沒在聽，雖然他現在得到了我的所有注意力。馬克維爾是多倫多以北約一小時車程的一個通勤社區，擁有兩個孩子、一隻牧羊犬和一隻貓的那種家庭會搬去那裡尋找更大的房子、更好的學校和足球場。聽起來不太像我或爸爸會去住的地方。

「你是說我父親在馬克維爾有一棟房子？我不明白。那他為什麼沒住在那裡？」

利斯聳肩。「看來他捨不得賣掉，但也受不了住在裡頭。他從一九八六年以來就持續將它出租。」

母親離開的那年，我當時六歲。我試著想起在馬克維爾的房子，但什麼也想不起來。就連我對母親的印象也很模糊。

「那棟房子經歷了一些艱難的時期，畢竟這些年來房客來來去去，」利斯說下去：「我已經盡了最大努力來管理這處房產，每個月只收取低廉的維護費，但因為我不住在附近……」他微微臉紅，我不禁好奇他每個月究竟收取的費用究竟有多低廉。我回頭瞥向他那幅充滿活力的年輕家庭的照片，猜想這樣的寶物應該不便宜。他大概也得向前幾任的戰利品妻子支付贍養費。我決定放下這件事。爸爸相信他。光憑這點一定就夠了。

「所以你的意思是，我繼承了一棟待修屋。」

「妳是可以這麼說，不過當最後一個房客搬走時，妳父親最近有聘請一家公司進行一些基本的改善工程。」他翻閱文件夾裡的筆記。「萊斯承包與物業管理公司。我發現那家公司的老闆萊斯・艾希福特就住在隔壁。但我不確定房子究竟完成了哪些工程，搞不好什麼也沒做。當然，在令尊去世後，所有的工程都會停止。」

「你剛說他希望我搬進那棟屋子？他原本打算什麼時候告訴我？」

「我認為最初的計畫是，妳父親打算搬回那裡。但既然——」

「既然他死了，你認為他希望我搬去那裡？」

「其實不只是希望而已，凱拉米媞。遺囑規定妳必須搬進其地址為『龍口花巷十六號』的那棟房子裡住一年。在那之後，妳想怎樣處理那棟房子都行，例如繼續出租，繼續住，或是賣掉。」

「如果我決定賣掉？」

「馬克維爾那個地區的房子通常賣得很快，價格也不錯，肯定是妳父母在一九七九年最初投資的幾倍。妳會得花點力氣修理，更別說進行一些基本的裝潢，但令尊也為此留了一些錢給妳。」

「他準備了錢？足夠用來裝潢？」我想著那棟老舊的聯排房屋，破舊的地毯，古老的橄欖綠織錦沙發上覆蓋著布滿破洞的法蘭絨床單。我一直認為爸爸是必須節儉而節儉。我從沒想過他會存錢來修繕一棟我根本不知道存在的房子。

「大約十萬元，不過只有其中一半用於裝潢。妳免費住在那裡的時候，將有五萬元每週分期支付給妳。當然足以讓妳一年不工作，還能滿足另一項要求。」

五萬元。幾乎是我在銀行客服中心的年薪的兩倍。我也絕對樂意離開那份工作。而且只要提前三十天通知，我的每月租約也很容易解除。「另一項要求是什麼？」

利斯靠向椅背，又一次戲劇性地嘆口氣。我總覺得他好像並不真正贊同遺囑裡的條件。

「令尊要妳找出是誰謀殺了妳的母親。他認為線索可能隱藏在馬克維爾那棟房子裡。」

第二章

我目瞪口呆地看著利斯・漢普頓。「你在胡說什麼？我母親沒有被謀殺。她在我大約六歲時離開了我們。」雖然我對母親沒有清晰的記憶，但我仍然記得學校的孩子們用什麼方式談論這件事，他們顯然是透過他們的爸媽得知此事。小鎮的蕩婦找到了一個新的男人，為了更好的生活而拋夫棄女。在這一刻之前，我不知道相關的流言蜚語已經傳到多倫多以外的地方。

「很顯然的，妳父親開始相信另一種可能性。」利斯把雙臂交疊在胸前。

這令我驚訝。在我成長的過程中，母親的名字很少被提及。大多數的時候，感覺好像她從未存在過。我對她是誰還有她去了哪裡的天生好奇心，完全沒有得到滿足。爸爸告訴我的關於她的幾件事——通常在幾杯啤酒下肚後——稀少得可憐。我知道她名叫艾比蓋兒；她喜歡烘焙；她喜歡老電影，尤其是一九五〇年代的音樂劇。

「所以你的意思是，馬克維爾那棟房子以前向來不是他遺囑的一部分？」

「那棟房子向來是遺囑的一部分，妳也向來是受益人。附則是要求妳必須在房子裡住一年，並試著解決妳母親的謀殺案，如果失敗，就試著找出她失蹤的真正原因。」利斯搖頭。「我承認我不支持這個想法，但他如此堅持。我有盡力試著說服他改變心意，但妳知道妳父親有多固執。」

我確實知道。在字典裡查找「固執」，搞不好會看到詹姆士・大衛・邦斯戴伯的照片。這是我繼承的特質，還有他那不羈的栗色棕髮、黑眼眶與榛色瞳孔。只要有足夠的髮膠和足夠的耐心使用吹風機和直髮夾，我就能把頭髮弄直，而且我的眼睛可能是我最好看的特徵。但頑固的個性不只一次差點害慘了我。爸爸也是。「你知道是什麼原因導致他這方面的執念嗎？」

「我知道令堂剛離開的時候，他僱了一個私家偵探，但沒獲得什麼結果。她彷彿人間蒸發。他可能還做了其他一些我不知道的嘗試。但重燃這場火的，是他在馬克維爾那棟房子裡的最後一個房客。」

「怎麼說？」

利斯乾笑一聲，但聲音中沒有笑意。「那個房客似乎是個通靈者，或至少自稱是通靈者。那個女人名叫米絲蒂．瑞弗斯。」

我做為一個以「災星簡」——歷史上一個名聲有問題的狂野西部邊疆婦女——命名的人，不打算批評任何人的綽號。我只慶幸至少我的父母理智地給我取了一個不一樣的中間名。「這位米絲蒂．瑞弗斯做了什麼或說了什麼來引起我父親的注意？」（註2）

「她告訴他，有一個曾經住在那裡的人，一個喜歡丁香花的人，其魂魄在那棟屋子裡徘徊不去。」

「他因此得出我母親是被謀殺的結論？」

「我知道聽起來有點扯。但在過去，有個房客曾抱怨奇怪的噪音。地下室吱嘎作響，閣樓裡的腳步聲，諸如此類。我和令尊都只把那些抱怨視為租客為了解除租約而胡說八道。如果那就是那名租客的目的，它奏效了。她提前搬了出去，沒有支付罰款。」

註2　米絲蒂．瑞弗斯（Misty Rivers）的意思是「迷霧河流」；「災星簡」（Calamity Jane）本名瑪莎．簡．坎納里，是活躍於西部時代的美國女性拓荒者和職業偵察員。

「可是出現那個通靈者之後——」

「沒錯，米絲蒂・瑞弗斯出現後，妳父親就不再那麼肯定了。你們搬出馬克維爾那棟房子時，他把令堂所有的東西都鎖在閣樓裡。他說他在她離開後實在沒有勇氣處理那些東西，然後日子就這樣一年年過去了。米絲蒂讓他相信，令堂的物品中可能隱藏著線索。」

利斯的態度彷彿在談論一個陌生人。「他完全沒跟我說過這些。」

「他想先確認事證，以免妳受到傷害。他不想讓妳相信一個可能只是童話故事的說詞。」

童話故事。只不過這個童話故事似乎沒有一個圓滿結局。我一邊想著這點，一邊在錢包裡翻找我的可可脂護唇膏。

「至於丁香又是怎麼回事？」

「歷年來的房客試過種植各式各樣的東西，鮮花、菜園，但都沒有取得任何成功。那塊土地上唯一種活的，是後院一株失控的丁香花叢。不管剪了多少次，它在隔年春天都會長得極為茂密。據說那是妳母親種的。」

我翻白眼。「丁香以堅不可摧而聞名。如果有人看到一株古老的丁香花叢，就很容易得出『是原主人種的』的結論。」我想到另一件事。「那位米絲蒂・瑞弗斯，她有沒有想要錢？」

利斯點頭，神情嚴肅。「我相信妳父親原本要付錢請她調查。我得鄭重聲明，我當時有建議他不要這麼做。但對瑞弗斯小姐來說不幸的是，他的驟然離世中斷了這件事。」

真令人難以置信。我那個有著常識，會乖乖繳工會會費，工作勤奮的父親，居然僱用了通靈者。他在想什麼啊？

利斯・漢普頓彷彿看穿了我的思緒。「我知道這些消息讓妳不知所措，凱莉。我只知道，在過去這幾個月裡，妳父親對妳母親的……失蹤越來越充滿執念。我不得不承認，我沒預料到會發生這種事。他這些年來都拒絕談論她，而且出於充分理由。」

「什麼充分理由？」

利斯抿緊嘴唇，彷彿想收回剛剛說的話，或原本打算要說的話。

「什麼充分理由，利斯？」我再次問道：「我如果要開始這場白費力氣的搜索，那我至少該知道所有我能知道的。」

利斯嘆氣，但這次並不具有戲劇性。「妳說得對，而且，一旦妳開始挖掘過去，就一定會發現。」

我知道律師是按小時計酬，但他實在沒必要拖延。我向前傾身，挺直上半身，用指甲輕敲光滑的桃花心木桌面。「我一定會發現什麼？」

「雖然一直沒有人發現令堂的遺體，但再也沒有人看到她或聽到她的消息。警方懷疑她是遭人殺害。雖然是妳父親報告她失蹤，但他很快就成了頭號嫌疑人。街坊鄰居傳出了很多八卦。」

「因為配偶永遠是警方最先懷疑的對象。」我想起我這幾年看過的一大堆《法網遊龍》影集。

「沒錯，雖然警察後來不再懷疑他，但這件案子從未結案。這對妳父親在馬克維爾的聲譽造成的損害……他實在沒辦法繼續待在那裡，但他也捨不得賣掉那棟房子，所以他這些年一直將它出租。」

「但他現在要我回去？重溫古老歷史，揭開昔日瘡疤。他希望證明什麼？」

利斯聳肩。「也許他只是想洗清自己的名聲，凱拉米媞。也許他在遺囑中添加附則，是為了要求妳也這麼做。我真希望他能更信賴我。在法律事務這方面，他沒有把我當朋友，而是把我當作他的律師。我當時鼓勵他這樣看待我們的關係。」

「我在銀行客服中心工作，我只懂得如何調查客訴。」我試著消化利斯告訴我的一切。「你說我需要搬進那棟房子。如果我什麼都查不到？」如果根本沒有什麼好查的？又或許，如果我找到的證據暗指父親是凶手？

「妳唯一的義務是嘗試，當然還有住在那裡。」

「如果我不願意？」

「五萬元將被託管用於裝潢。米絲蒂．瑞弗斯將被允許住在馬克維爾那棟房子裡，免租一年，條件是由她調查妳母親的失蹤。我每週都會收到進度報告，每份報告會讓她得到一千元。如果妳同意接受這個安排，那妳也得提供同樣的進度報告。如果令堂失蹤的謎團在年底前被解開，那五萬元將全部用於支付這個費用。」

每週進度報告要說什麼？丁香再次盛開？我真想尖叫，但只是問道：「一年後會發生什麼事？」

「米絲蒂．瑞弗斯會搬出去。房子將完全歸妳所有，隨妳處置，不再有任何條件。」

在這一年間，某個騙人的通靈者將亂碰我母親的財物，免租金住在那兒，大概完全沒興趣洗清我父親的名聲。我無法容忍這種安排。

「正如我之前提到的，妳的義務是在妳搬入之日的一年後終止。在那之後，妳想怎樣都行。賣掉房子，或是繼續住，或像之前那樣出租。從妳搬進去的那一刻起，五萬元的裝潢費用就可以動用了。任何沒有用於裝潢的錢，都會毫無條件地歸給妳。」

「米絲蒂・瑞弗斯會怎樣？」

「她拿到了五千元的聘用訂金，以防妳決定採用她的服務。」我無法想像我會這麼做。

但看來我要搬去馬克維爾。

第三章

龍口花巷是一條死胡同，由一九七〇年代的平房、錯層屋和半獨立式住宅組成。零星幾棟雙層住宅點綴著很典型的郊區景觀，但仔細觀察下，能發現那些房子是在原本結構的上層擴建。

這個小區內的每條路都以一種鄉下野花命名：中央道路叫做延齡草路，延伸到幾條對稱的小街，名字包括萱草大道、拖鞋蘭巷和紫錐花弧道。

大部分的房子看起來都維護得很好，草坪鬱鬱蔥蔥，窗戶閃閃發亮。相較之下，龍口花巷十六號這棟有著嚴重歪斜的車棚的黃磚平房，則是一個顯而易見的例外。屋頂有五、六處被修補，而且施工者幾乎根本沒試著配合屋頂木瓦的顏色。窗戶上蓋滿了多年的塵土和沙粒，而且很可能在過去幾年的萬聖節被丟了雞蛋。

說這棟房子只是需要一點「溫柔呵護」，這種說法實在是過度美化。這棟房子需要的是放把火燒掉。

我過了一分鐘才意識到，有一名男子走到前草坪的光禿處來跟我會合。我估計他大約四十歲，散發粗獷雜工那種類型的帥氣，是你會在居家修繕節目上看到的那種人。輪廓分明的二頭肌，沙棕色的頭髮緊貼頭皮，溫暖的棕色眼睛。他穿著牛仔褲、工作靴和帶有金色商標的黑色高爾夫球衫，商標上寫著「萊斯承包與物業管理公司」。想到那件襯衫底下大概有六塊腹肌，我差點臉紅。

「萊斯．艾希福特，」他伸來右手。「我住在隔壁。」他指向一棟乾淨整潔、裝有白色塑膠壁板、前高後低的灰磚屋。壁板看起來是新的。

原來這就是利斯．漢普頓提到的承包商——我父親僱用的承包商。

「凱莉．邦斯戴伯。」

「妳是新房客？」他說話的口氣似乎暗示著「又來了」還有「妳好可憐」。

「比那更糟。我是屋主。我辭了工作搬來這裡。」

萊斯驚訝地挑眉，但很快就恢復過來。「我聽說了他的意外。我很遺憾。

他似乎是個好人。」

「謝謝你。利斯・漢普頓告訴我——我父親的律師——說你認識我父親。」

「我不算是認識他。我是在幾星期前第一次見到他。我猜他已經有幾年沒來過這裡了——所有的租賃事項都是由漢普頓聯合事務所處理的。他似乎對這棟房子年久失修的狀態感到非常震驚。」萊斯微笑。「很遺憾的，不是每個租客都把租來的地方當成自己家那樣愛惜。」

「我有注意到。」

「妳爸原本打算重新裝潢。我給了他一些想法和估價。我的感覺是他打算搬回來。」

看來利斯說得沒錯，我父親原本確實打算搬回馬克維爾。我不禁好奇，他原本是否打算賣掉在另一處的那棟聯排房屋。我想起我扔進垃圾桶的那些明信片——房地產經紀人署名給「詹姆士・大衛・邦斯戴伯府上」。一旦遺囑認證通過，我肯定會賣掉那棟聯排房屋，但我不打算和這麼不圓滑的房仲一起合作。現在我不禁好奇，那些房仲當中是否有人跟我父親談過。我聽到萊斯清清喉嚨，意識到他一直在跟我說話。

「抱歉，我剛剛在想事情。」

「我猜這些事對妳來說有點令妳不知所措。我剛剛在說，妳如果想另外找個承包商，那當然也可以。無論妳如何決定，我都建議妳在屋內漏水之前重做屋頂。妳父親已經得到報價，也選好了一家公司。如果妳願意，我可以幫妳安排。」

「謝謝你，那會很好。從屋況來看，越早處理越好。等我在這裡安頓下來，我還想討論其餘的裝潢。」我只希望重做屋頂不會把五萬元花光光。利斯說過，那五萬塊剩下的錢都歸我。那些錢能讓我稍微有更多時間想清楚，我在這裡住滿一年後要做什麼。我無法想像再回客服中心工作。

「我會問清楚屋頂工人多快能來，其他方面的裝潢都還不急，妳可以在準備好之後告訴我。與此同時，如果妳有興趣喝一杯或共進晚餐——不需要只是討論公事——讓我知道。搬來一個誰都不認識的小鎮，一定不容易。」

「謝謝你。」我拿出可可脂護唇膏，在嘴唇上點了點，心想該用什麼方式詢問萊斯。我決定單刀直入。「你介不介意我問你一件事？」

「一點也不。儘管問。」

「你認識最後一個房客嗎？」

萊斯慢慢綻放笑容。「我猜妳是指米絲蒂‧瑞弗斯，超凡的通靈者。她確信這棟房子鬧鬼，並試圖說服妳父親如此相信。」

如我所料。事情不只是那女人認為這裡鬧鬼而已。她還盡力影響了我父親的思緒，而且似乎奏效了，儘管我還是搞不懂他為什麼相信她。

「你相信鬧鬼這種事嗎？」我瞇眼觀察萊斯。

「我現在把我跟妳父親說過的話說給妳聽。」萊斯聳肩道：「我是在馬克維爾土生土長，而在一九七〇年代後期，這裡的人口大約兩萬人，不到今日的四分之一。這些房子的興建，是為了吸引年輕家庭的首購族，買不起城裡房子的人。當時的建築規範還沒有今天這麼嚴格，而且說真的，我們現在認為理所當然的許多技術和能源效率當時根本還沒被開發出來。再加上這棟房子已經出租了三十年，很少有人注意保養，所以當然會發出一些吱嘎聲。」

「所以簡單來說，你不相信有鬼。」

他又慢慢綻放笑臉。

「我認為呢，凱莉，妳很快就會知道答案。」

第四章

龍口花巷十六號的內部並沒有比外部好多少。我在屋子裡轉了一圈，打開窗戶，想去除似乎瀰漫在每個房間裡的霉味。然後我回到入口，盤點我的遺產。

走廊裡的鱷梨綠和金色油氈地板延伸進一個小廚房，櫥櫃漆成光亮的巧克力棕色，牆壁是陽光黃色。哈維斯牌的金色家電。帶有金色斑點的灰白色層壓板流理臺，傷痕累累的表面上有一個鍋子留下的圓形燙痕。水槽上方的一扇窗戶可以俯瞰歪斜的車棚。歡迎回到一九八〇年。

我的腦海中浮現一個古老的回憶。小時候的我，大約四、五歲，一頭凌亂的棕色鬈髮，站在腳凳上，凝視著同一扇窗外。我穿著一條紅白條紋圍裙，上面有著小小的心形口袋。我以前常常把小塊的牛肝藏在那些口袋裡，這樣我就可以在晚飯後把這些碎塊沖進馬桶。爸媽訂下了嚴格的「不吃晚餐就沒有甜點」的規定，但再多的肉汁或炒洋蔥都無法讓我的味蕾忍受牛肝。

我閉上眼睛，希望能想起更多。

聽到閣樓發出吱嘎聲時，我猛然睜開眼睛。

我打個冷顫。我找到暖氣的控制面板，把溫度調高。走廊的左邊是客廳兼飯廳的空間。我不禁好奇，鋪在地板上的破舊金色地毯下面是不是硬木地板。我屈膝跪下，掀開散熱孔的蓋板，拉開地毯的一角，揭露一條淡金色的硬木。小小的慈悲。這塊地毯已經來日無多，而剝掉地毯是我自己能做的，這樣能為另一個項目省下一點裝潢費。從這個地方的狀況來看，五萬塊錢用不了多久。如果我想在一年後賣掉這裡，並獲得可觀的價格，我就必須付出很多努力。

另一條走廊離開廚房和飯廳，進入一間一九七〇年代粉紅色調的主浴室，還有兩間漆成米色的臥室。較小的那間只比步入式衣櫥大；如果你是那種不在乎床頭櫃的人，那麼主臥室就勉強放得下一張加大雙人床。整個空間都鋪著難看的地毯。我掀起另一個散熱孔的蓋板，再次發現淡金色硬木。

兩間臥室都有大小合適的窗戶，主臥室可以看到後院。我注意到還沒有發芽的茂密丁香花叢。在經歷了一個異常嚴寒的冬天後，現在是五月初了。丁香花應該至少再過一個月才會盛開。

我打開主臥室的壁櫥，注意到一個小腳凳和閣樓入口。利斯說我母親的東西都收在閣樓裡。我並不期待在閣樓裡四處翻找——我想到老鼠屎和蜘蛛網，而且我真的很討厭封閉的空間——但這是我必須要做的，而且越早搞定越好。如果我能解開這所謂的「謎團」，或證明根本沒有什麼謎團要解開，我就能回到我在多倫多市中心的生活。我在那裡的人生雖然不令人興奮，但充滿匿名性，這是我心中的隱士心態所喜愛的東西。我在那間出租公寓住了五年，還沒認識任何一個鄰居。而在馬克維爾才待了一個小時，我的鄰居已經邀請我去他家喝酒吃飯。

我繼續調查這棟房子。一條狹窄的樓梯通向地下室。我實在不太喜歡地下室，它們總是讓我隱隱感到毛骨悚然，而這棟房子的地下室的低矮天花板和深色木鑲板也沒有讓我產生好感。地下室裡有一個隔間，裡面有一臺顯然奄奄一息的洗衣機，雖然不是擰衣式的，但也差不多同樣古老。另一個房間裡放著暖氣爐，從外觀看來是在蓋這棟房子時就安裝的，大概撐不到明年冬天。我在心裡盤算目前為止記下的裝潢費用，試著擺脫一種鬱悶感。看來我繼承了一個錢坑，也許還是個鬧鬼的錢坑。

彷彿察覺到我的心思，暖氣爐突然發出奇怪的吐氣聲，然後顫抖著嘆息。

「我聽見你的心聲了。」我對暖氣爐說，然後匆忙上樓，一次跨越兩階。

第五章

搬家工人大概要一小時後才會到，這讓我有時間把帶來的衣服掛起來，並整理一些基本的廚房必需品——水壺、茶、杯子和一包巧克力餅乾。我還設法找到了存放三管可可脂護唇膏的地方，一個在廚房抽屜裡，一個在浴室裡，另一個在臥室裡，暫時放在窗臺上，直到我的床頭櫃就位。至於第四管，我收在錢包裡。也許我這麼做有點神經質，但很多成癮症比我這種更嚴重。

幸好搬家工人準時抵達。考慮到我在報紙上讀到的各種關於搬家公司詐騙客戶的恐怖故事，這讓我鬆了一口氣。大多數的詐騙似乎是搬家工人拒絕卸下客戶的物品，除非客戶同意要求多支付數百元的費用，例如爬樓梯——

我聽說每爬一層就要多收五十元——以及其他雜項費用。我在這方面很小心，有請人推薦值得信賴的搬家公司，但你永遠不知道那些優良名聲是不是裝出來的。我在銀行的客服中心處理詐騙案時，幾乎什麼故事都聽過。

兩個身材魁梧的男子從卡車上跳下來，他們雖然體格龐大，但動作出奇地優雅。兩人之中較高的那人走過來跟我打招呼，他工作服上的名牌寫著「瑪提」。另一個人則走到卡車後面開始卸貨，我注意到他身上一大堆刺青。

「咱們應該花不了兩個小時，」瑪提說：「妳東西不多。」

這是事實。我租的單房公寓是五百五十平方呎，有一個超迷你的陽臺。我是可以把父親那棟聯排房屋裡的東西搬一些過來，但我實在不願這麼做。到頭來，我把很多東西都捐給了救世軍和ReStore舊物回收店，還找了一間公司把剩下的東西都丟去垃圾場。我唯一保留的東西是他的文件櫃——塞滿了我必須檢查和撕碎的文件——還有他的工具箱，這東西一定會派上用場。在這之前，我一直是拿一把麵包刀充當螺絲起子，用我的腳當捲尺。

瑪提和提姆默契十足地工作，兩人都沒有絲毫的疲憊跡象。大約九十分鐘後，瑪提把一份文件拿給我簽字，問我要付現還是刷卡。我猜他們也注意到這棟房子的狀況，所以不放心我開的個人支票。我看了看發票上的金額，覺得我這些年根本入錯行。我正要交出我的 Visa 信用卡時，注意到紋身的提姆看起來有點緊繃。

「一切還好嗎？」

「嗯，當然，」瑪提說：「只是提姆覺得他好像聽見閣樓傳來聲響。提姆一遇到老鼠就變成小女孩。」

「那才不是老鼠，」提姆蒼白臉上的雀斑像螢火蟲一樣明顯。「我確定我聽到了腳步聲，然後好像有一位女士在哭。聲音雖然很輕，但——」

「這個嘛，我啥也沒聽到，而且我當時就站在你旁邊。」瑪提竊笑。「邦斯戴伯小姐，如果妳有把某人藏在閣樓裡，妳會告訴我們吧？」

我把雙臂抱在身前，盡量裝出生氣的樣子，但事實是，提姆聽到聲響的這件事讓我感到緊張。利斯是怎麼說的？以前有個租客因為閣樓裡的噪音而提前解約。而且我剛剛也有聽到那種吱嘎聲。雖然不是腳步聲和女性哭聲，但還是令人不安。

「你介不介意看看閣樓裡頭？我必須承認，老鼠這件事嚇到我了。」

「我們很趕時間，」瑪提搖頭。「老闆只依據我們開發票的工時付薪水。」

「那麼，我另外付你們每人五十塊錢。」提姆和瑪提一同聳肩。

「好吧，每人七十五塊錢，現金。幫我個忙，上去看看。」

提姆和瑪提彼此互看一眼，這種眼神表明我剛成了一個騙局的受害者，儘管我沒法確定。

「我上去看看。提姆可以留在這兒保護妳。」瑪提用不太算是嬉鬧的力道捶了提姆的胳臂。「告訴我閣樓的入口在哪兒。」

我把他們帶進主臥室，打開衣櫃門。「我今天早些時候注意到梯子腳凳。」

瑪提拉出腳凳，拉下折疊梯，然後往上爬。「入口處有一把掛鎖。怎麼會有人給閣樓上掛鎖？」他的口氣第一次流露懷疑。

我不太喜歡他這種口氣。「是我父親。他把這個地方出租了好幾年。我猜他不希望人們在不屬於他們的區域窺探。稍等一下。」

一分鐘後，我帶著利斯給我的鑰匙圈回來。「鑰匙一定是其中一把。」

瑪提盯著鑰匙和掛鎖，居然第一次就選中了正確的鑰匙。他推開木門，把頭和肩膀伸進洞裡。

「目前為止沒看到嚙齒動物的痕跡。」他在閣樓裡穿行時，嗓音變得越來越模糊。膽小的提姆則拿抽菸當藉口走去屋外。

「怎麼了？」瑪提爬回臥室時，我問道。如果他臉上的震驚表情和蒼白臉色算是任何跡象，這表示他看到的東西遠比蜘蛛和老鼠可怕。

「我認為妳最好親自看看，邦斯戴伯小姐，而且妳最好報警。」

「報警？為什麼？有東西被偷了嗎？」

「被偷？我哪知道上面原本應該有啥？裡頭有幾個布滿灰塵的箱子，我猜要用鑰匙才打得開。」他把黃銅鑰匙圈遞給我。「問題在於，閣樓裡有個不應該在那裡的東西。至少我不認為它應該在那裡。」

「什麼東西？」

「我不是專家，但我覺得它看起來像一口棺材。」

「棺材？你有打開嗎？」

「當然沒有。我一看到那口棺材就趕緊下來了。」

「你如果沒打開它，又為什麼覺得我需要報警？」

「妳有多少次發現哪個閣樓裡有棺材？」

一針見血。我只是希望有一個合理的解釋。不會牽扯到屍體的解釋。

第六章

閣樓和我想像的一樣陰森，一個沒有窗戶的幽閉空間，牆壁和天花板上鋪滿了粉紅色的玻璃纖維絕緣材料，空氣中隱約散發著樟腦丸的味道。因為這裡上了掛鎖，我原以為這裡存放著貴重物品，但並沒有。這裡有一個大型的皮質船用行李箱，看起來可能是古董；一個較新的亮藍色箱子，有著黃銅飾邊；還有一幅看起來像是用三層氣泡紙包裹的畫。

這裡還有一口棺材，看起來是一般的尺寸。我深吸一口氣，克制住想從狹小入口衝出去的衝動，慢慢走過去。不同於閣樓入口的板子，這口棺材沒有上鎖。我幾乎希望它有上鎖，就算只是為了能晚點再打開它。我又深吸一口氣，戴上準備好的黃色橡膠廚房手套——我常看《CSI犯罪現場》影集，知道不能留下指紋——彎下腰，小心翼翼地掀開棺蓋。蓋子比我想像的要輕，但我還是忍不住突然放下它。蓋子發出的砰聲四處迴盪，把我嚇得幾乎靈魂出竅。

因為躺在棺材裡的米色綢緞上的，不是一具腐屍，而是一具骷髏。看起來絕對是人類。

我原本準備好「在衣櫃裡發現一些骷髏」——發現一些不可告人的醜事或祕密——但在閣樓裡發現骷髏完全是另一回事。

＊＊＊

「有人想對妳惡作劇，」阿布圖斯警員仔細檢查了她面前的棺材和骸骨後說道：「這具骷髏是高品質的聚氯乙烯樹脂，可以用來教解剖學的那種。」

我不知道是該放心、害怕還是惱火。我也不知道是誰把它放在這裡，或是為什麼。

「惡作劇？妳確定？」

「這個嘛，我沒辦法確定這是惡作劇，但我能確定這具骷髏不是人類。」

「那棺材呢？」

「只是舞臺道具。它重量很輕，可能是用紙做的，漆成木頭的樣子。」阿布圖斯打量我片刻，她那雙灰眸評估我的一舉一動。「這件事顯然讓妳生氣，既然不是妳把它放在這兒，妳也當然有理由生氣。妳知不知道這件事可能是誰幹的？」

我搖頭。「我今天早上剛搬進這棟房子。這口棺材搞不好已經放在這裡好幾年了。」

「跟閣樓裡的其他東西相比，棺材上沒有什麼灰塵，看來是最近才放在這兒。妳說妳今早才搬來。妳買下這棟房子的時候，沒查看閣樓嗎？驗屋師呢？」

「我其實沒買下這棟房子。這是我從我父親那裡繼承來的，這些年一直在出租。我不明白的是，怎麼會有人闖進閣樓。閣樓有上掛鎖。」

「那個鎖是舊型號，」阿布圖斯說：「可能很容易打開，網路上能找到詳細教學。最簡單的解釋是，那個人有鑰匙。」

意思就是，要麼是我父親把棺材放在這裡，要麼有一把鑰匙藏在屋裡的某個地方。阿布圖斯打斷我的思緒。

「妳剛說這棟房子原本一直在出租。最後一次換鎖是什麼時候？」

「我不知道有沒有換過。我可以打電話詢問處理這棟房子的律師。他可能知道。」

「我建議妳這麼做，就算只是為了弄清楚誰可能進得去。無論如何，妳也應該換鎖，用輔助鎖取代。」

我點頭。阿布圖斯說得沒錯。我根本不知道多少人有龍口花巷十六號的鑰匙。而且輔助鎖聽起來是個好主意。

「妳為什麼在搬來的第一天就進去閣樓？」阿布圖斯問道。

我告訴她搬家工人提姆說他聽到的噪音，以及另一位搬家工人瑪提同意幫我檢查。我省略了我認為自己被騙的那部分。「妳是說，那位提姆聽到腳步聲和女人的哭聲？」阿布圖斯問。

我點頭。

「妳有聽過那些聲音嗎？」

我承認我沒聽過，雖然我確實有聽到吱嘎聲。

「吱嘎聲我能理解。可是腳步聲和女人的哭聲就完全是另一回事了。妳說瑪提在妳付完帳後檢查了閣樓。他那麼做是為了幫妳？」

「我答應付給他們每人七十五元。現金。」

阿布圖斯咯咯笑。「原來如此。他們看到一個單身女人獨自搬進一棟房子，然後他們想透過檢查閣樓來賺些外快。我敢打賭，瑪提看到那口棺材時被嚇得魂飛魄散。」

「是他提議報警。我當時心想，如果它只是一口空棺材，這雖然奇怪，但不算是刑事案件。但我看到骷髏的時候，我認為他是對的。」

「老實說，這樣也不算刑事案件。沒有法律說不可以把放著聚氯乙烯骷髏的棺材放在閣樓裡，我們也沒理由懷疑是妳父親以外的人把它放在那裡。警察在這件事上恐怕真的無能為力。」阿布圖斯瞇眼看著我。「除非有什麼事是妳沒告訴我的？」

當然有，例如我母親在一九八六年失蹤，而我父親最近懷疑她可能被謀殺。一位名叫米絲蒂・瑞弗斯的通靈者助長了這種懷疑。

但出於某種原因，我沒告訴阿布圖斯。也許是因為我還是相信我媽媽是和送牛奶的宅配員一起跑了，或其他類似的男性職人。又或許是因為，我害怕阿布圖斯會以為是我安排了整個閣樓場景，就為了讓警察介入這件事，省去我自己調查的麻煩。

「沒有什麼重要的事。」我說。

我不確定阿布圖斯是否相信我，但她點個頭，把名片遞給我。「如果妳得知任何故意恐嚇妳的企圖，或如果發生任何其他與妳有關的不尋常事件，請直接打電話給我。現在，我們離開這間閣樓吧？」我完全贊同。

第七章

第二天，我打了電話給利斯，問他關於鎖的事。他有些不好意思地承認，鎖已經好幾年沒換過。「我得查一下確切的日期才能知道，」他說：「但租客搬走時會被要求交出鑰匙。這有寫在他們的租約上。」

我再次感到好奇，利斯究竟付出了什麼努力來賺取他的物業管理費。房子年久失修，鎖也沒換，而且天知道我還會發現什麼鬼東西。

「你沒想過他們可能有複製鑰匙？」

利斯沒回答這個問題，而是問我為什麼「知道誰可能仍然擁有房子鑰匙」這件事很重要。

我向他說明了我的閣樓冒險。這引起了他的注意。

「紙棺材裡的塑膠骷髏，而且棺材八成是舞臺道具。誰會把這種東西放在閣樓裡？」利斯發出招牌般的戲劇性嘆息。「讓我查一下文件。我馬上就打給妳。」

＊＊＊

「馬上」這兩個字也許誇張了點，但利斯確實在兩個小時打給我，口氣就事論事。

「除了我和妳父親之外，還有兩個房客可能有鑰匙，最後一個是米絲蒂・瑞弗斯。我的助理今天已經下班了。明天我會要她掃描那兩份租賃申請書，用電子郵件寄給妳。文件上可能有什麼妳可以跟進的線索。」

「謝謝你，我到時候會看。與此同時，你還記得什麼嗎，特別是關於另一個房客的事情？」

「她名叫潔西卡・塔瑪倫。她就是我跟妳說過的那個女人，抱怨聽到奇怪的聲音，提前解約的那位。」

有意思。「還有其他人可能有鑰匙嗎？」

「萊斯・艾希福特，住在龍口花巷十四號的隔壁鄰居。做為妳父親僱用的承包商，他可能有一把。」

「我今天早些時候見過他。他看起來不像個瘋子。」

「我沒說誰是瘋子，凱莉，我只是告訴妳誰可能有鑰匙。有鑰匙的人也可能複製了一把給哪個朋友。如果萊斯有複製，他可能給了員工。」

「你開始讓我緊張了。」

「閣樓裡的骷髏不會讓妳緊張？別在意，妳不用回答。我已經安排了一個鎖匠明天去妳家。他會用輔助鎖換掉前後門的鎖。」

這是在我搬進來之前、在每個租客離開後就該做的事。「他什麼時候會來？」

「中午和下午三點之間。我建議妳待在屋子裡，等他忙完。妳不會希望有哪個不速之客趁妳外出時進去。」

「你這樣讓我更緊張了。」

「我對妳父親的這個計畫感到更擔憂了。我相信他不是有意讓妳置身於任何危險，但我不喜歡目前發生的事情。」

「你有何提議？我還是應該聘用米絲蒂・瑞弗斯？」

「我認為這可能是最安全的做法。」

我不敢相信自己的耳朵。利斯真的以為我會因為閣樓裡有骷髏而放棄整件事？我暗自發誓，以後要更小心挑選該讓他知道什麼。在每星期依約向他報告時，給他最低限度的情報就行了。他不知道的事就不會傷害我，或是阻止我。「我只在開玩笑。」

又一聲戲劇性的嘆氣。「我就怕妳這麼說。妳比妳父親還頑固。總之向我保證，妳會很小心。」

「我保證。」

＊＊＊

不知道為什麼，我一整晚其實睡得還不錯，醒來後感覺準備好應付擺在我面前的任何挑戰。我用一個超大號的髮夾固定住頭髮，穿上一條灰色運動褲和一件多倫多暴龍籃球隊的T恤。然後我在屋裡轉了一圈，檢查了廚房和浴室的每個櫥櫃和抽屜，並在樓上和樓下檢查了每個壁櫥的內部。如果閣樓有一把備用鑰匙，那它已經不在這棟屋子裡。等鎖匠來這裡忙完後，我會放心許多。

在等待期間，我決定評估這棟房子需要多少裝潢。即使有五萬元，我還是很快就發現我需要自己做一些工作。處理掉難看的金色地毯，重新打磨底下的硬木地板，這會是很好的第一步。我啟動我的筆記型電腦，檢查了當地處理大型垃圾的相關規定。我可以在星期五把舊地毯跟我每週的垃圾一起扔掉，只要被捆成不超過四呎，重量不超過四十磅。沒問題。我也不認為我舉得動四十磅。這提醒了我：我需要找一家當地的健身房。

我檢查了父親的工具箱，找出一把美工刀，正好可以拿來把地毯切成比較好處理的小捆。但事實證明，把地毯掀起來比我預料的更困難也更髒亂。我突然想到我應該戴上橡膠手套——誰知道地毯的毛圈裡藏著什麼噁心的東西——但我把唯一的一雙留在了閣樓裡，我還沒有準備好回去那裡。雖然我不認為自己算是非常虛榮的類型，但我也不打算以現在這副模樣去購物。我又拉又推地把沙發和椅子從走廊移到客房裡，用舊床單蓋上。

在地毯上用力拉扯幾次後，事情變得容易了一些，但還是一樣麻煩。經過多年歲月，地毯的底墊已經幾乎徹底粉碎，留下了帶有斑點的藍色泡棉碎片，我把它們揉成一團，放進一個綠色的大垃圾袋裡。

我差不多剝完客廳和飯廳地板的地毯時，注意到了我的第一個發現：一個棕色的小信封，嵌在飯廳的牆邊。看來有人掀開了暖氣散熱孔的蓋板，把信封塞進地毯底下。

信封上有一個用來闔起封口的小型金屬釦。封口沒有用膠水密封，這意味著來過這裡的任何人都能添加或刪除信封裡的內容。但誰會在地毯下藏一個信封，更重要的是為什麼？

我正要打開它的時候，歌聲般的清脆門鈴響起。我瞥向手錶，現在是上午十一點，鎖匠應該不會這麼早到。

某種直覺要我在應門前先把信封藏起來。我把它放進廚房櫥櫃裡一盒麥麩片後面時，門鈴再次響起，看來有人不耐煩。我走到前門，從窺視孔向外看。一個五十多歲的胖女人，一頭蓬鬆的漂白金髮，烏黑的眼睛，戴著超大號的銀色圈形耳環，正在盯著我。她穿著牛仔褲、一件深藍色針織長袖襯衫，還有一件帶有月亮、星星和各種占星符號的抓毛絨背心。

我猜她是米絲蒂・瑞弗斯。

我打開門，對她露出表達困惑的微笑。「有什麼事嗎？」

她回以微笑，用雙手行了一個宮廷禮。她的指甲有點長，塗成濃烈的午夜藍，每個指甲尖都點綴著金粉——變得俗氣的法式美甲。空氣中飄蕩著廣藿香精油的香氣。「米絲蒂．瑞弗斯，恭候差遣。」

「我有猜到妳會來。」我一說出口，就意識到我這句話是事實。我一直在等她，甚至希望她來。米絲蒂是龍口花巷十六號的最後一個租客，在我眼裡就是把那具骷髏和那口棺材放在閣樓裡的頭號嫌疑人。「請進。」

米絲蒂快步走進，瞥一眼凌亂的客廳，然後以輕盈的腳步進入廚房。「我注意到妳有茶壺。我很想來一杯茶，要放牛奶，一份糖。」她在小圓桌旁兩把椅子中的其中一張一屁股坐下，那張桌子原本是我放在公寓陽臺上的家具。

真囂張。「抱歉，我沒有牛奶，因為我不喝牛奶，而且我沒想到有人來作客。」我感到一種反常的快感，彷彿家裡沒有牛奶是一種小小的勝利。

「那我就喝清茶。」米絲蒂說道，顯然決定待一陣子。

我從第二個抽屜裡拿出我的可可脂護唇膏——我突然想起媽媽叫這個抽屜「垃圾抽屜」，出於明顯原因。這個抽屜以前放滿剪刀和縫線之類的雜物。我給電熱水壺插上電，拿出一盤巧克力曲奇餅乾。

「妳大概想知道我為什麼來這裡。」米絲蒂拿起一塊餅乾。

「我猜得到為什麼。利斯．漢普頓說妳覺得這棟房子鬧鬼。據說妳說服了我父親相信這種可能性。」

「要這麼說也行。」

我把熱水倒進棕白相間的舊茶壺裡，連同兩個陶杯一起擺在桌上。「我得告訴妳，米絲蒂，我不相信鬼魂和鬼屋之類的東西。我相信一切都有合理的解釋。」我直直地盯著她。「包括閣樓裡可能出現的任何不尋常之物。」

如果米絲蒂知道我在說什麼，也沒做出任何反應，甚至沒眨眼。她只是點點頭，彷彿早就知道我要說什麼。

「從我看到妳的那一刻，我就感覺到妳是一個非信徒。但請放心，在這棟屋子裡住上幾個星期，妳就會改變這種觀點。當妳改觀的時候，我會願意幫妳。」

「利斯還說妳拿到了聘用訂金，」我決心不被她動搖或上當受騙。「他還提到了獎勵。」

「就跟妳或其他人一樣，我當然會想因為付出時間而獲得補償。」米絲蒂黑眸閃爍。「然而，我的提議並不取決於金錢，而是找到關於妳母親的真相，並確保沒有危險降臨到妳身上，不同於妳父親的下場。我有警告他要小心，但他當然沒聽進去。固執如牛，典型的金牛座。」

同樣身為金牛座，我並不欣賞她這番評論，但我選擇忽略它。但我無法忽略的是，她知道我父親的星座。在他死之前，她跟我父親究竟有多親近？我試著想像，安全帶有缺陷這件事有沒有可能不只是事故。但如果真的有他殺的嫌疑，官方調查一定會揭露或至少暗示這點吧？我提醒自己聯繫工地主管，看看能找到什麼。

「沒有什麼事證指出我父親的死並非偶然。」

米絲蒂揮揮她藍色的指甲。「如果這樣相信會讓妳更好受，凱莉，那妳就繼續這麼信吧，雖然我覺得妳這種想法有點太過一廂情願。如果妳真心想解開妳母親遇害的謎團，那麼妳也必須接受妳父親可能得知了真相，而他就是因此被殺。」

我把茶倒進杯子裡，這麼做既是為了安撫我的神經，也是為了扮演女主人。我究竟給自己惹上了什麼麻煩？如果米絲蒂說得對，我就可能有危險。也許除了新鎖之外，我也需要投資一套警報系統。

「考慮所有可能性，這才是謹慎的做法，凱莉，」米絲蒂打斷我的思緒。「採取必要的預防措施，以防有此需要。就像我剛剛說的，如果妳以後決定接受我的提議，我會願意幫助妳。」

「我會牢記在心。既然妳在這裡，我確實有個問題想問妳。」

「儘管問。」

「妳還有這棟房子的鑰匙嗎？」

「鑰匙？不，當然沒有。我搬走的時候，就歸還了前門和後門的鑰匙。為什麼這麼問？」

「我今天要換鎖，而這讓我好奇誰還有鑰匙。我猜這裡已經有一段時間沒換鎖了。」

「真的嗎？我搬進來的時候還以為鎖都是新的。我住在這裡的時候別人可能有鑰匙，現在想想真令人不安。妳換鎖是明智之舉。」

「我能不能問妳另一件事？」

「當然。」

「妳進去過閣樓嗎？」

「閣樓？」米絲蒂皺眉，額頭上的顯眼皺紋因此更為明顯。「妳先是問我有沒有鑰匙，我沒有，現在妳想知道我有沒有進去過閣樓，我也沒有。我開始覺得妳好像在指控我什麼，我不得不說這讓我不太高興。」

米絲蒂的憤慨似乎發自內心，雖然我懷疑她的工作性質需要精湛演技。

儘管如此，迫使米絲蒂採取防禦態度，可能不是解決這個問題的最佳方法。

「我無意冒犯妳，我只是好奇閣樓裡有沒有老鼠。有個搬家工人說他好像聽到聲響。大概沒什麼吧。」

「啊，那應該是妳可憐的亡母的鬼魂，試圖引起妳的注意。」

「因為我不相信有鬼，看來我得找老鼠。那麼，失陪了，我真的得回去工作了。地毯不會把自己給剝下來。」

「當然，很抱歉在妳安頓好之前就登門叨擾，只是我有個預感，不知道妳發現它沒有。」

「發現什麼？」

「一個棕色信封。我無法確定它是不是寫給任何人。」暗紅色的紅暈在米絲蒂的頸部和臉上蔓延開來。「我還在努力提升我的通靈能力。有時我的幻象有點模糊。」

「信封？」我搖頭，強迫自己不要瞥向麥片櫃。「沒有，我沒發現信封之類的東西。」

「那麼，嗯，就像我說的，我還在努力提升我的能力。它可能是個象徵性的訊息，儘管這些訊息通常以動物或鳥類的形式出現。」米絲蒂站起身，拍掉褲子上一些看不見的碎屑。「我把我的名片留給妳。如果妳發現自己需要任何幫助，請打電話給我，不管是什麼事。謝謝妳招待的茶水和餅乾。」

我接過名片，禮貌地點點頭。然後我護送她出門，看著她鑽進她的車裡，看著她開出我的車道，駛離龍口花巷，拐進延齡草路。確定她不會回來後，我回到前門，從門外查看窺視孔。雖然視野模糊扭曲，但毫無疑問：從這裡確實能看到屋內，直接看到棕黃色的廚房。

這就是米絲蒂·瑞弗斯的通靈幻象。

第八章

米絲蒂離開幾分鐘後，鎖匠就到了。我問他能不能用更不容易被窺探的東西取代窺視孔，幸好他也照做了。他向我保證，現代的窺視孔能讓我從屋裡查看外面，但不會讓任何人從外面窺探屋內。他開始工作，告訴我大概需要兩個小時。

雖然我很想知道信封裡是什麼，但我不想在有旁人的時候查看裡面的東西。所以我打開筆記型電腦，利用這段時間查看電子信箱。正如承諾的那樣，利斯的助手掃描並寄來了潔西卡・塔瑪倫和米絲蒂・瑞弗斯的租賃申請。我把它們列印出來，正打算查看時，鎖匠來告訴我他已經完成了工作。我付了錢，目送他離去，然後坐在廚房裡，盯著櫥櫃。

該找出信封裡有什麼東西了。

我不確定我原本在期待什麼，但我沒想到裡頭是五張塔羅牌，小心翼翼地包裹在一張淡粉紅色的紙裡，是在賀卡店的花稍文具盒裡常見的那種紙。雖然我對塔羅牌的瞭解少之又少，但至少知道五張牌絕非一副完整的牌。

我攤開紙，注意到上頭的筆跡：碧藍色墨水，輕柔旋轉的斜體字。字跡並不眼熟，但在我眼裡很女性化，加上紙張和墨水的顏色，這種猜測也有道理。五張卡片按順序排列如下：

三號：女皇
四號：皇帝
六號：戀人
寶劍三
十三號：死神

我把卡片放在茶几上，看了一會兒。我意識到我完全不知道它們意味著什麼，不過最後一張牌——死神——確實嚇到了我。

我是可以上網搜尋它們的含義，但最好還是諮詢專家。我想到米絲蒂．瑞弗斯。儘管我很不願意跟她有任何瓜葛，但她確實有五千元的聘用訂金，我還不如讓她為這筆錢付出努力。至於她是不是真的懂塔羅牌，則是另一回事。

信封裡還有一個東西，一個錦緞小袋，旅行時用來放首飾的那種。我解開鈕釦，取出一個用銀鍊串著的長方形墜飾。

墜飾的正面是一種不透明的玻璃，精緻地包裹在花形銀絲裡頭，中間嵌著一塊透明石頭。鑽石？還是水鑽？背面是銀質。

墜飾的風格明顯有點老舊，彷彿是在另一個時代製作的。我打算給它拍些照片，用電子郵件寄給我的老同學阿雅貝菈．卡本特，看看她是否能告訴我更多關於它的情報。阿雅貝菈最近在馬克維爾以北，約三十分鐘車程的小鎮朗特蘭丁開了一家古董店，店名叫「玻璃海豚」。

我用指甲尖打開墜飾盒，發現一名男子的照片，他有一頭金髮，嚴肅的棕色眼睛，稜角分明的下巴微微向上傾斜。我總覺得這個人有些眼熟，雖然我無法說出我以前在哪見過他。他在我小時候來過我家？還是媽媽在什麼地方遇見了他，她當時帶著我？

我從墜飾中取出照片，避免彎曲或損壞它，翻過來發現一些手寫的字，字跡小而擁擠：

給艾比，永遠愛妳，瑞德。
一九八六年一月十四日

一九八六年一月十四日。就在我母親失蹤前的一個月。這上頭寫著艾比，而不是艾比蓋兒。情人對她的暱稱？

更重要的是，瑞德是誰？而且他跟我母親有什麼關係？

我從各個角度給墜飾拍了十幾張照片——拿掉了瑞德的相片——然後用電子郵件寄給阿雅貝菈，並說明我在馬克維爾的房子裡發現這條銀項鍊。我在父親的葬禮上跟阿雅貝菈談過，我準備從多倫多搬到馬克維爾時給她打過電話，所以她知道這個故事當中的一部分，雖然肯定不是全部。她是個貼心的朋友，知道我有所隱瞞，但她沒追問。

至於塔羅牌則是另一回事。我應該聯繫的人是米絲蒂．瑞弗斯，但在她即興拜訪之後這麼快就打電話給她，勢必會引起她的好奇。我決定等我詳細探索閣樓之後再說。儘管我很討厭這個念頭，但閣樓裡可能還有其他東西值得給她看。

我揉揉太陽穴，試著阻止我知道即將來臨的偏頭痛。這在一開始只是一種冒險和法律義務——更別提一年的休假——但很快就變成了一個複雜的承諾，並出現一些骷髏般的曲折發展。

明天是丟垃圾的日子。體力勞動可能會幫助我思考。我明天再面對閣樓。

＊＊＊

我設法把客廳、餐廳和走廊的地毯都拆掉了，只有稍微停下來吃東西。地毯底下沒有其他隱藏的寶藏或驚喜，不過我很高興地發現地板狀況良好。它們需要重新打磨，但比整個換掉便宜許多。希望臥室地板也一樣前景看好。

目前為止，我的成果是十幾捲地毯、兩個裝滿垃圾的綠色塑膠袋，還有非常痠痛的背脊。我懷疑我的四肢會在一夜之間變得僵硬，而且我真的很想好好睡一覺，不想為了一大早丟垃圾而設定鬧鐘。我拖出吸塵器，成功地把剩下的鬆軟地毯碎塊幾乎都吸了出來，然後開始把捆起來的地毯扔到路邊。

我處理第三捆的時候，萊斯‧艾希福特來到外面。

「看來有人很忙喔。」他從前廊喊道：「還有其他要搬的嗎？」

「大概只剩十捆。」感到背部痙攣，我盡量避免皺眉。「我欣然接受任何幫助。」

萊斯有心意、意願也非常有能力一次拿兩捲，看起來一點也不難受。我開始想像他那件多倫多藍鳥棒球隊T恤底下是六塊腹肌，也為此在腦海中責備自己。跟隔壁鄰居談戀愛可不是好事，尤其考慮到我的男性相關紀錄。

「都搞定了。」他小心翼翼地把最後幾捲地毯擺放整齊，接著遞給我一張捲在黃色塑膠套裡的報紙。「妳的《馬克維爾郵報》，每星期四都會送來，不管妳想不想要。報紙上充斥著一星期的本地新聞，基本上都是商店傳單。每年這個時候都不會太厚，但在返校熱潮和聖誕節期間，得用起重機才吊得起來。」

「我其實很喜歡看商店傳單，而且我有很多東西得買。說真的，我很想在你辛勤工作之後請你喝一杯，但我能提供的恐怕只有茶或咖啡，沒有牛奶。我還打算明天去酒類專賣店。」我低頭看著我髒兮兮的衣服。「而且我真的需要洗澡。」

萊斯發笑。「是啊，妳確實滿需要的，不過我得說我很欣賞妳的工作態度。我的公司用得著十個妳這種人。」

「如果這是工作邀約，我就婉拒了。我得拆掉臥室裡的地毯，還有一大堆我連想都還沒開始想的裝潢。我得列出清單。至少我今天換了鎖。」

「搬家時換鎖確實是好主意，畢竟沒人知道誰可能有鑰匙。」

「沒錯，利斯．漢普頓覺得你可能有一把。」

「真的？這個嘛，沒有，我沒有鑰匙。至於那份裝潢清單，我很樂意幫妳列出優先順序。妳不需要非得僱用我的公司。我只是以鄰居的身分給妳一些建議，引導妳朝正確方向前進。」

「謝謝你，萊斯。我很樂意請你幫這個忙。改天來我家吃晚飯吧，我們到時候再談一談如何？我很會做千層麵和凱薩沙拉，而且我很會倒美味的澳洲赤霞珠葡萄酒。」

「一份家常飯菜和一杯酒換取一些裝潢建議？星期六如何？還是我這樣看起來太飢渴？」

我發笑。「你聽起來像是一個需要一頓家常菜的人。我星期六可以。傍晚六點怎麼樣？」

「聽起來很完美。不過，現在呢，我建議妳好好泡個熱水澡，最好撒些瀉鹽。」他朝我走近，而有那麼一瞬間，我以為他可能會俯身吻我。取而代之的，他從我的頭髮上扯下一縷毛茸茸的地毯。「晚安，凱莉。星期六見。」

「星期六見。」我終於找回聲音的時候開口。但他已經離開了。

第九章

星期五早上，我做的第一件事就是檢查電子郵件，很高興看到阿雅貝菈·卡本特的回信。

主旨：墜飾

嗨，凱莉，

謝謝妳把妳可愛的墜飾的照片傳給我。我這些年來見過類似的墜飾，因此，除了妳寄來的照片之外，我在這封信上的評估也是基於那些經驗。以下是我的評估：

從它的材料、工藝品質以及「裝飾風藝術」來看，妳的墜飾幾乎一定是在一九二〇年代製作的。不透明玻璃是樟腦玻璃——透明玻璃經氫氟酸蒸氣處理，好讓外觀呈白色磨砂狀，為了模仿經過雕刻的水晶石英。

從十九世紀中葉到一九三〇年代，樟腦玻璃被用於許多東西，像是燈罩和瓶子。在珠寶中，它經常在背面鑄有星形圖案，以賦予一種耀眼外觀。

這件作品確實就是這樣製作，正如妳在打開時能從小盒的左側看到的。背面還有一個標記，一個圈在半圓形裡的「14」，這表示材料不是妳以為的銀質，而是十四克拉的白色黃金。

墜飾盒中央的石頭幾乎可以確定是鑽石，儘管我必須親眼看到才能確認。妳何不改天來我店裡走走，順便把它帶來？我們也早該餐敘啦。

祝好，

阿雅貝菈

來自一九二〇年代的墜飾。它是傳家寶？還是從珠寶商那裡購買的二手貨？或是在房地產拍賣會上發現的？阿雅貝菈的答覆引出更多疑問。我回了信給她，感謝她的迅速回覆。我答應她，等我有機會在閣樓裡把母親留下的東西都處理一遍，就跟她約時間見面。我最後留下一句：「我可能還有一些東西要讓妳看看！到時候我請妳吃晚餐！凱莉。」

處理好這件事後，我給自己泡了一杯香草路易波士茶，配上幾塊巧克力餅乾。我並沒有養成吃餅乾當早餐的習慣，而是我的櫥櫃幾乎空空如也，而且因為沒有牛奶，麥麩片比平時更難吃。

我想起《馬克維爾郵報》，於是從走廊拿起它。沒多久，我就沉浸在傳單當中，列出每間店的購物清單。我幾乎開始覺得自己是一個真正的屋主，而不是一個尋找母親失蹤案線索的女兒。

我在九點出門，在四家雜貨店的走道來回走動，囤積了必需品、非必需品——自我提醒：永遠不要在只吃了兩塊餅乾後購物——以及週六晚餐所需的一切材料。我甚至找到一個不錯的六瓶酒架，非常適合廚房流理臺。

我的下一站是「安大略省酒類管制局」，簡稱「安省酒管局」——如果你在安大略省想買烈酒，這裡是唯一的選擇。安省酒管局是在一九二七年禁酒令結束後成立，控制酒精飲料的銷售和分銷，而令我感到好笑的是，將近九十年過去了，政府還是不相信「私有化」這個概念。雖然他們在啤酒和葡萄酒方面的態度有些緩和，但相關的銷售規則還是很嚴格，而且堅決禁止私人商店販賣烈酒。

我的城市勢利小人心態對安省酒管局的時髦外觀感到驚訝，它跟我曾在多倫多光顧過的任何一家商店相比一樣好，某些方面甚至更好。一排排精心擺放的烈酒、利口酒、進口和國產啤酒、各種雞尾酒，還有按國家和顏色分類的葡萄酒。商店後側甚至有一個巨大的陳年葡萄酒區，儘管大多數的選擇都超出了我相當有限的預算。我從澳洲和智利的貨架上挑選了更實惠的紅葡萄酒和白葡萄酒。收銀臺的男員工很好心，把我買的東西放在幾個盒子裡，然後搬到我的車上。真文明。

我今天的最後一站是一家辦公用品店，而根據傳單指出，這家店碰巧有一些碎紙機在特價。如果我要整理父親的檔案櫃裡的文件，就會需要碎紙機。

一名嚴肅的年輕店員非常樂意跟我討論橫切碎紙機和直切碎紙機的優缺點。據他所說，橫切碎紙機是將紙張切成小方塊或菱形，直切碎紙機是將紙張切成長條。

「橫切碎紙機更貴，但也更安全，」店員嚴肅道：「相較之下，如果有足夠的時間和耐心，直切碎紙機形成的長條就能被重新拼湊起來。」

我想像米絲蒂・瑞弗斯翻找我的垃圾——任何能增強她所謂的「通靈」能力的東西——所以我決定選擇橫切碎紙機。隱私不能用金錢衡量。

＊＊＊

我在過了中午後回到龍口花巷，給自己做了一個鮪魚沙拉三明治，並撰寫給利斯的第一份報告。我已經做出決定：在更瞭解那個信封裡頭的東西之前，不要跟利斯提到信封的事。況且這是第一個星期。他不會期待我交出多麼詳細的內容。

收件人：利斯・漢普頓

寄件人：凱拉米媞・邦斯戴伯

主旨：週五報告第一號

在閣樓的紙棺材中發現了一具聚氯乙烯骷髏。警方認為這可能是一場惡作劇。在那之後還沒回到閣樓裡。在待辦事項清單上。換了鎖和前門的窺視孔。見到了隔壁鄰居萊斯・艾希福特。米絲蒂・瑞弗斯登門拜訪，表示願意向我提供幫助。我暫時拒絕了。開始剝除舊地毯。揭露了底下的硬木。

我重讀這封電子郵件。內容是對他已經知道的事情的回顧，但這應該足夠了。

我按下「寄出」，思索接下來該做什麼。我知道我應該把地毯剝完，但我又瘦又累得沒辦法想這件事。如此一來，我唯一能做的就是翻閱父親的文件，研究找出五張塔羅牌背後含義的最佳辦法，或是去閣樓裡翻找。

我決定查看父親的文件。我拿著碎紙機進了客廳。我想起在車棚裡看到一個藍色回收箱，於是將它拿來，放在碎紙機旁邊。不需要切碎的文件可以回收掉。我走進小臥室，又推又拉地把父親的文件櫃搬過走廊，進入客廳。

第一項任務是清除沒有意義的東西。我的構想是，如果某個文件不是沒有意義，就**可能**有意義。

一開始的幾個文件夾都跟家庭開銷有關：電費、瓦斯費、電話費、網路費和第四臺。

照這些文件來看，他這十年來一直在保存它們。因為他沒有自己的公司可以沖銷費用，所以這些文件沒必要保留。我切碎了這些帳單。

第二批文件，是父親這六年來的所得稅申報。我一行行地瀏覽了它們，但唯一真正令我感興趣的，是馬克維爾一家銀行的保險箱的年度扣除額。我走到放著黃銅鑰匙圈的廚房櫥櫃前。果不其然，其中一把鑰匙看起來可能屬於保險箱。我提醒自己聯繫利斯，查明我能如何以父親遺產受益人的身分打開那個保險箱。人們使用保險箱服務，一定有其理由。

接下來是一堆手冊，涵蓋了工具、電器、割草機、家庭健身房之類的內容。我依稀想起家裡的健身房，一個有著各種鐵塊和滑輪的裝置，但我已經好幾年沒在父親家看到它了。到目前為止，事實證明這個文件櫃沒能帶來什麼發現。

我翻閱每一本手冊，粗略瞥過後就將它們扔進藍色回收箱。其中夾雜著一本「紐芬蘭與拉布拉多省」的旅遊手冊。我強忍淚水，想起爸爸的遺願之一是去賞鯨。

我正要處理完的時候，注意到一個銷售各種形狀和大小的解剖模型的小本銷售目錄。我翻閱了一下，發現了一具名叫「莫頓」的骷髏，看起來很像現在住在閣樓裡的那位。有人用藍墨水在紙頁上圈出這個特定的型號，這幾乎證實了閣樓裡就是這個模型。而「棺材上的最後一根釘子」──沒錯，我就是想講雙關語──是一張收據，塞在目錄的封底裡，是多倫多一家名為「陰森工藝品與腐屍級創作」的商店，商品是「一口紙棺材」。收據的日期，是在我父親去世前不到兩星期的時間。從收據的抬頭來看，這家公司專門為電影和戲劇業提供道具。

阿布圖斯警員說過有人想對我惡作劇。棺材只是個舞臺道具，骷髏是聚氯乙烯醫用模型。當然，我已故的父親不可能是惡作劇的始作俑者……吧？難道遺囑中的附則只是一個精心策劃的詭計？如果是，為什麼？我把目錄和收據放在文件夾的頂部，文件夾裡放著米絲蒂·瑞弗斯和潔西卡·塔瑪倫的租約。

我搜索了剩餘的文件，又找到了一些無用的手冊，但沒找到答案。也許保險箱裡有線索，但現在已經是週五深夜，利斯要到週一才會回到辦公室。就目前而言，我來到了一條死胡同。

我環顧房間，大聲開口說話，彷彿真的可能有人在聽。「媽的，老爸，你真的開始惹毛我了。」

我砰地關上文件櫃抽屜，跺著腳回到閣樓，強忍著開始浮現的眼淚。當我終於準備好為父親而哭時，我不想生氣。

第十章

我強迫自己穿過閣樓的入口，決心不屈服於我對狹窄空間的厭惡。除非我能請萊斯來幫我，否則我不太可能把閣樓裡那些箱子搬到房子的主層，而且我不認為我們的友誼——如果那算是友誼——已經發展到我可以讓他知道我在閣樓上有一口棺材的程度。我將不得不獨自經歷這裡的一切。

但不是在這一刻。我今天唯一的目的，是看看棺材裡有沒有父親留下的訊息，或是什麼東西——任何東西——能提供線索讓我知道他到底在想什麼。

儘管我知道棺材來自一家道具供應商，而且名叫莫頓的骷髏只不過是一個塑膠模型，但我還是深吸了幾口氣才鼓起勇氣打開它。我這麼做時，再次對蓋子的輕盈感到驚訝。

莫頓用空洞的眼窩盯著我。我輕輕扶他坐起——既然知道了他的名字，我就對他產生一種怪異的默契——然後檢查緞面頭枕底下。這裡果然有一個標準大小的白色信封。

我打開它，拿出四張照片，每一張都是一個女人、一個男人和一個小女孩。他們站在一棵小楓樹前，手牽著手，對著鏡頭微笑。我認出了二十多歲的父親，比現在的我年輕十歲左右。看著他朝我微笑，充滿活力，生機盎然，我感到喉嚨緊縮。

雖然這是我第一次看到母親的相片，但我一看就知道她就是照片中的藍眼女人。我遺傳了她的心形臉、略寬的鼻子。我對她的頭髮感到一絲羨慕，充滿光澤的筆直金髮。

如此看來，照片中的女孩就是我。她那頭不受髮帶或帽子束縛的栗棕色鬈髮，那雙嚴肅的黑眼眶榛色瞳孔，確實很容易辨識。照片上的我看起來大約五歲，這意味著這些相片是在母親離開我們的前一年拍的。我閉上眼睛，試著想起某一段記憶，某件事，任何事都好。

但什麼都想不起來。

這些照片的有趣之處在於——除了都是在同一個地點拍攝之外——每一

張都是在不同的季節拍攝。其中一張上，楓樹沒有葉子，而且被雪覆蓋。在另一張上，它正處於萌芽狀態，對春天做出呼應。在第三張上，它被閃亮綠葉覆蓋，正值盛夏。在第四張也是最後一張照片上，樹葉變成了深紅色。我們的服裝也傳達了季節性，從外套、靴子和圍巾，到輕便的夾克、牛仔褲和慢跑鞋，再到T恤、短褲和涼鞋。

我把照片一張張翻過來，注意到跟那些塔羅牌一樣的碧藍色墨水和斜體字。一九八五年春。一九八五年夏。一九八五年秋。一九八五年冬。

我猜得沒錯，這些照片確實是在母親離開前一年拍的。一九八六年二月十四日，這個日期永遠銘刻在我的腦海裡。幾年後，我的一個男朋友在情人節甩了我時，父親感嘆說我成了邦斯戴伯詛咒的受害者。我告訴他，我成為受害者是因為我的「魯蛇雷達」，是因為我的判斷力很差，而且我缺乏洞察力。我沒告訴他我其實一直在期待一枚戒指，也沒告訴他我花了好幾個小時挑選出一張最適合的情人節卡片：兩隻豪豬接吻的可愛圖案，還寫著「我愛你愛到覺得痛」。愛確實讓人痛，只不過跟我期待的方式不一樣。

我不禁好奇是誰拍攝這些照片，在哪拍的，而且為什麼選擇那個特定的地點。相片上的楓樹，在一九八五年只比樹苗大一點，如果現在還在的話就會大得多。我沒有在這棟房子周圍看到它，不過利斯·漢普頓確實說過，這裡唯一活下來的植物就是丁香花。所以那棵樹當時可能一度在這裡。

我把四張照片放回信封裡，但沒放回棺材裡。相反的，我繼續搜索，看看棺材裡是否隱藏了其他東西。確信沒藏了其他東西時，我才停下來思索，為什麼父親把這些照片放在一口擺著塑膠骷髏的棺材裡。我猜想，是米絲蒂·瑞弗斯說服他進行某種古怪的儀式。我知道我必須跟她談談這件事，連同塔羅牌的事，但我也知道我必須想清楚怎樣開口。我總覺得米絲蒂非常狡猾。

我環顧閣樓，瞥向兩口箱子，還有一張用氣泡紙包裹的大型彩色海報。天色已晚，加上我今天已經受夠了閣樓裡的骷髏，無論是實體的還是想像的。我根本無法想像在這個塵埃密布、幽閉恐懼的空間裡花幾小時搜索箱子裡的東西，而且我稍微嘗試了一下，也證實了我的猜測：箱子太重，我沒辦法搬出閣樓。至於海報，雖然搬起來有點不方便，但重量很輕。即使我今天不想拆開它，也可以把它帶下去，明天早上再查看。我搬起它，小心翼翼地回到房子的主樓層。我雖然不是通靈者，但確實在不久後的將來看到了一大杯夏多內葡萄酒。

＊＊＊

我本來打算在明早之前不理會海報，但我坐著啜飲夏多內，把切片蔬菜浸入鷹嘴豆泥裡的時候，它一直在呼喚我。我終於屈服，拿了一把剪刀剪開氣泡紙。

我發現這幅海報原來是電影音樂劇《災星簡》的鑲框電影海報，在劇院裡會看到的那種。海報上的女星桃樂絲．黛身穿亮黃色襯衫、生皮背心和緊身褲、金色牛仔靴和寬簷帽。她站在寫著「《災星簡》彩色電影」字樣的馬鞍上，揮舞著鞭子，霍華德．基爾飾演的蠻牛比爾．希考克則站在她身後。鞭子的正上方寫著「耶哈！這是音樂盛會中的大盛事」，左下角寫著「華納兄弟影業最盛大、最搞笑的西部音樂劇！」。

我對母親的少數瞭解之一，是她喜歡一九五〇年代的電影音樂劇，而這張海報似乎符合這項特徵。我上Google搜尋了一下，證實了這一點。這部電影於一九五三年上映，其中收錄了熱門歌曲《祕密之戀》。我想到來自瑞德的墜飾。這兩件事之間有關聯？還是純屬巧合？

另一筆 Google 搜尋把我帶往 YouTube，看到這部電影其中的片段。看到桃樂絲和她的馬一起奔跑，在一棵樹前面停下，開始唱歌，雙臂張開，然後彎下腰去撿一朵水仙花，我忍不住咯咯笑。當她跳回馬背，側身坐在馬鞍上，在回去鎮上的路上繼續唱歌時，鏡頭變得更肉麻。

這個片段表達的是，她的祕密之戀不再是祕密。我知道好萊塢版的《災星簡》已經對劇情做了相當程度的和諧化，儘管我已經大約二十年沒做過任何相關研究，我也已經忘了大部分之前得知的東西。我向自己承諾，我要多讀些關於歷史上那位災星簡的史實。

等我去拜訪阿雅貝菈・卡本特的時候，我也可以帶上這幅海報。雖然這東西嚴格來說不是古董，但我知道阿雅貝菈對復古海報很感興趣。她跟我說過，她從尼亞加拉瀑布城的一位收藏家那裡買下了一組鐵路和遠洋輪船海報。沒錯，我這張不算是旅行海報，但展示給她看、聽聽她的想法，不會有什麼壞處。就我所知，這幅海報應該是重新印製的復刻版。說起來，我也可以給她發幾張海報的正面和背面的照片，就像墜飾那樣。

我把海報翻過來，看到斜體手寫字——我現在認為這是母親的筆跡——

不過比照片背面的那些字更扭曲一些。她寫下這些字的時候是不是感到擔心？

祝我的災星桃樂絲七歲生日快樂。

永遠愛妳，

媽媽

不是「永遠愛妳的爸爸媽媽」，而是「永遠愛妳的媽媽」。而且我的生日是五月一日，但媽媽在情人節那天就離開了。這是否意味著她知道她要離開，想確保我有生日禮物？還是她是那種看到東西就先買下來，以備不時之需的類型？而且為什麼爸爸這些年來一直把它藏在閣樓裡，用氣泡紙包著？是不是因為媽媽沒在海報上提到他？這是不是有什麼隱情？我意識到我完全不知道這些問題的答案，可能也永遠不會知道。

我看著海報上鮮豔的色彩，生動的五〇年代形象。我可以想像這個海報掛在我小時候的臥室裡，當時應該是一個美麗的牆面藝術。說起來，它現在掛起來應該也很好看。我決定試試看，反正我臥室牆上現在什麼也沒有，而且這幅海報確實很特別。

況且，這是媽媽送給我的禮物——我唯一的一個。這樣也算是有些意義吧。

第十一章

我原本可以在星期六做很多有建設性、或許能幫助破案的事情；「原本可以」這幾個字是重點。但我允許自己從偵查工作和清除地毯的工作中抽出一天的時間，來探索穿過馬克維爾中心的十二哩長步道系統。根據這個城鎮的網站資料，這條小徑是沿著荷蘭河行進，穿過公園和綠地，經過溼地和歷史文化遺址，並與周邊兩個城鎮的小徑相連。這聽起來像是跑者的天堂。

跑步的好處——除了能讓你不用因為怕胖而只吃羽衣甘藍和捲心菜湯——還可以清除頭腦裡的雜念。我回到家時，已經決定讓萊斯看看我發現的那些相片。做出這個決定後，我覺得我至少可以完成一些調查工作。我開始為了萊斯而把千層麵——還有我自己——準備好。我知道這不是約會，但把我最好的一面展現出來並沒有什麼壞處。

＊＊＊

晚餐比我預想的還要好。萊斯不僅胃口很好，還很愛誇人，堅稱千層麵和凱薩沙拉是他吃過的最好吃的，他還對我在商店裡買來的法國麵包——我把它做成了義式開胃菜普切塔——讚不絕口。而且他一點也不在意盤腿坐在地上用餐，餐盤和酒杯放在茶几上。

「要麼坐在這裡，要麼坐在廚房那張小圓桌旁邊，但那張桌子不是用來吃晚餐的，」我說：「況且，如果在那裡用餐，大蒜味可能會有點強烈。我知道我需要找一張餐桌，但我還不確定我打算如何使用這個空間。我一直在考慮打掉廚房和客廳之間的牆。即使我不這麼做，廚房也早該整修了。」

「妳何不買一套便宜的露臺家具？至少這樣妳就有了桌椅，而且能在戶外使用。」

「好主意。我怎麼沒想到？」

「妳原本遲早會想到的。」

「這我可不確定。你覺得我該怎樣處理牆壁？」

「妳當然可以打掉這裡的牆，這會讓空間變得很寬敞。不過要注意的是，妳的廚房和這個房間之間的牆壁剛好是承重牆，但一個巧妙的方法是使用有柱子的中島來取代它，我在我家就是這麼做。妳父親原本也有同樣的想法，所以我已經做了測量、平面圖、數位預想圖，以及基於他想要的裝潢所做的估價。我也可以給妳另外幾個名聲良好的承包商的名字，他們能做同樣的事情。」

「我不需要打給其他人，我相信我父親已經選好了人選。」

「如果妳確定——」

「我非常確定。我什麼時候可以看看平面圖？」

「我星期一早上九點之前過來如何？但我得事先提醒妳，裝潢工作很髒亂，需要時間，而且有可能變得昂貴，這取決於妳選擇什麼樣的裝置和裝潢。」

「我能應付髒亂，而且我有時間。至於預算嘛，我爸確實留了一些裝潢的錢給我，希望會夠用。」

「我們習慣在預算限制下工作。只要妳明白，除非預算無上限，否則裝潢一定要做些妥協。」

「我明白。」

「那就這麼說定了。接下來，咱們今晚就別再談裝潢的事情了。讓我幫妳收拾餐具，這樣我們就能一起好好享受葡萄酒。」

體格健壯，什麼雜事都會做，還願意洗碗。這真是一個成功的組合。儘管如此，我還是沒辦法昧著良心請客人幫我洗碗。「你在沙發上放鬆一下吧，我只需要幾分鐘。」

我想到另一件事。那些照片。「你說過你在馬克維爾長大。你介不介意在我洗碗的時候幫我看些照片？」

「照片？妳是說妳手機上的？」萊斯眉頭一皺，一臉擔憂，彷彿我是那些用手機拍了幾百張照片，希望他一張一張翻閱的那種討厭鬼之一。

「不是在我的手機上。我是說真正的照片，只有四張，是跟我爸媽一起拍的。我是希望你能認出照片的背景。不過我得事先警告你，照片上有個麻煩之處。」

「任何事都有麻煩之處，」萊斯雖然嘴上這麼說，但面帶微笑。「這些照片哪裡麻煩？」

「它們是在大約三十年前拍的。」

「看來妳設下的挑戰都不簡單喔？」他依然面帶微笑，而且好像有點挑逗意味。

「抱歉。」我回以微笑。

「不用道歉。我非常樂意嘗試。但妳去問妳媽不是最快嗎？」

「我還以為你已經知道了。我媽在一九八六年的情人節那天離家出走，甚至連封信都沒留下。我們從此再也沒有她的消息。」

「原來如此。這對妳和妳父親來說一定就像晴天霹靂。」

「我們還是熬了過來。」

「妳覺得妳父親這些年來把房子租出去，是希望她會回來找他？」

我想要萊斯的協助，但我沒為這麼多提問做好心理準備。「我不知道。他很少談到她。」

「抱歉，我顯然越界了。讓我看看那些照片，看我能不能認出背景。」

在他改變主意之前，我快步進入廚房，從抽屜裡把照片抓出來。

「謝了，萊斯，」我把信封遞給他。「我去洗碗的時候，就麻煩你看看這些照片了。噢，而且我做了提拉米蘇當點心，如果你有興趣。」

「提拉米蘇。妳是女神。等我們晚點喝咖啡的時候再吃如何？先再來一杯葡萄酒怎麼樣？」

「好主意。」

＊　＊　＊

當我回到客廳的那一刻，我就知道有些事情發生了變化。萊斯的肩膀出現了一種前所未有的緊繃感。

「妳是在哪裡發現這些照片的？」他問。

「閣樓。」我決定不說出閣樓裡的哪個地方。「為什麼？你認得照片上的地點？」

萊斯點頭。「我相當確定，這些照片是在一個公園裡拍攝的，位於報春花街公立學校旁邊，在這裡以北的幾個街區外。那棵樹現在大了很多，但如果仔細看冬天這張，在左邊的角落，可以看到背景有一點點棕色和黃色的斑點磚。那就是學校。磚塊的顏色很特別。」

我仔細查看相片。褐色和金色的斑駁磚塊雖然幾乎看不見，但確實在那裡。「我明天跑步時會去那裡看看，也許能想起其他回憶。謝了。」

「還有一件事，凱莉。」

「怎麼了？」

「我覺得我認得妳媽。」

我瞪著他。「怎麼可能？你是在十年前才搬來隔壁。」

「沒錯，但我是在馬克維爾長大。我認出那所學校，是因為我從幼稚園到八年級都在那裡上學。雖然我的爸媽現在每年在亞利桑那州待六個月，在馬斯科卡的小屋裡待六個月，但我們以前住在離這裡幾個街區的地方。」

「你爸媽是我爸媽的朋友嗎？」

萊斯搖頭。「應該不是。我在幾個月前見到妳爸的時候，完全不覺得他眼熟，他也沒說他認識我的家人。他如果認識，應該會告訴我吧？」

「應該吧。」但我其實並不確定。爸爸在很多事情上都對我有所隱瞞。話說回來，爸爸如果認識萊斯的父母，我無法想像他為什麼不告訴萊斯。「你說你認得我媽。你什麼時候見到她的？」

「我媽一直熱衷於募款活動，現在也是。在我小時候，烘焙募款很受歡迎，尤其是在支持學校活動的方面。妳給我看的照片上的那個女人——妳的母親——有一次為了響應募款活動而把一大盤花生醬餅乾送到我們家。我當時大概九歲或十歲。那時候還沒有現在這麼多花生過敏的案例。」

「你還記得你在九歲、十歲時見過的一個女人？真厲害。」

萊斯咧嘴笑。「我之所以記得，是因為妳媽特地為我做了餅乾，是其他餅乾的三倍大，她還用巧克力片在上面畫了一個笑臉。對一個孩子來說，把花生醬和巧克力混合製成一塊巨大的餅乾，就相當於在沒有生病的情況下可以不用去上學。」

「我媽以前常在特殊的日子做那種餅乾給我。我已經好久沒想起這件事了。」我皺眉。「可是為什麼我不記得拍攝這些照片？就算研究過它們，我還是沒有任何印象。」

「有時候我們會壓抑記憶來保護自己。也許當妳準備好想起時，妳就會想起來。」

「我為什麼會需要保護自己？」

「這我就不知道了。」

「你還記得這個女人的名字嗎？」

「抱歉，不記得了。」

「你能不能打個電話問你媽？我想知道她是否記得關於我母親的任何事情。我媽名叫艾比蓋兒，但我相當確定她也自稱艾比。」

「沒問題。」

雖然我在這之後試著交談，但突然間我的腦海裡充滿了萬花筒般的陳年記憶。媽媽烤蛋糕，還讓我把碗裡的材料舔乾淨。我們倆在瑪索曼湖畔堆沙城堡。我在車道上跳格子，媽媽一臉喜悅地看著我一一喊出密西西比這個地名的字母，我的腳和腿在彼此串聯的橡皮筋上穿行，我當時根本沒想過密西西比是一個真實的地方，在南方千哩之外，在另一個國家。

我突然想到父親都不在這些特殊的回憶之中，但我還沒有準備好往這方面細想下去。

萊斯似乎明白我在想什麼，在我心不在焉地問他要不要喝咖啡時拒絕了，不過他確實接受了一小塊提拉米蘇，可能是因為他先前對此反應熱烈。當他終於起身離去，承諾週一早上會帶著裝潢平面圖回來時，我們都已經渴望獨處。

「很抱歉，我是個很差勁的女主人，」我說：「置身於這棟房子、這些照片、現在聽說你可能見過我媽……這開始喚起埋藏已久的回憶。」

「我只能想像妳的感受。聽著，如果妳願意，妳可以跟我一起去拜訪我爸媽，把這些照片帶著。我爸經常旅行，但我相當確定他下個週末會在這裡。」

「你確定？」

「我非常確定。我爸媽很喜歡有人登門作客，尤其我媽。此外，這樣一來妳就能得到他們提供的第一手情報，而不是經過我的轉述。就算他們能提供的情報不多，或我記錯了什麼，在羅索湖度週末也絕對不是壞事。」

「好主意。」雖然我不完全肯定這是好主意。如果艾希福特夫妻什麼也不記得？更糟的是，如果他們對我說出一些我不想知道的事？

「我來做安排。」萊斯俯身在我的額頭上輕輕吻了一下，愛爾蘭體香皂的柔和香味揮之不去。「晚安，凱莉。」

「晚安，萊斯。」我關上門，輕觸他的嘴唇碰過的部位。

第十二章

經過一夜的輾轉反側，我在星期天早上早早起床，在零碎的睡眠中做了許多雜亂無章的夢。我吃了一點簡單的早餐——燕麥片和茶——然後穿上跑步裝備出門，在小街上蜿蜒前行，偶爾折返。摸索這個街坊需要一些時間。最終我找到了萊斯提到的那所公立學校，獨特的磚塊讓它很容易被發現，連同那棵如今正在完全萌芽的巨大楓樹。我停下手錶上的GPS，閉上眼睛，試著想起自己小時候曾經站在那裡。

但我什麼也想不起來。

我不知道我在期待什麼，但不應該什麼也想不起來。我在棒球場旁邊的木凳上一屁股坐下，環顧四周。也許如果我在這裡坐一會兒，就會想起什麼往事。但我什麼也沒想起。我感到一滴淚水從我的臉頰上流下來，緊隨其後的是一股洪流。

我沒想到自己會掉淚。我向來有點孤僻，而在經歷了我的情人節大屠殺之後，我已經規定了自己避免多愁善感。我現在卻在這裡，坐在校園的長椅上，為一個可能拋棄我、我幾乎記不得的女人而哭。我用袖子擦擦眼睛，重新啟動手錶，跑回龍口花巷十六號，心想我究竟有沒有曾經把這裡當成我的家。

* * *

我回到屋裡，打了鳳梨香蕉蛋白冰沙，喝了一杯，接著準備了晚點要吃的起司通心麵砂鍋——最棒的療癒食物——然後把今天剩餘的時間都拿來在兩間臥室裡拆地毯。這是一項耗費大量體力的乏味工作，還需要搬動家具，再把成捆的地毯放在車棚，等下星期的垃圾日，但知道這項工作終於完成的感覺很好。

我沒在地毯底下發現更多隱藏的驚喜，我不確定我該對此感到慶幸還是失望。我查看手錶。該加熱起司通心麵，切些沙拉了。

＊＊＊

儘管身體很累，我卻似乎沒辦法在晚飯後放鬆。我試過看書、看電視，還有瀏覽臉書和 Pinterest。我想到利斯用電子郵件寄給我的租約。我倒了一杯夏多內葡萄酒，抓起一個筆記本，坐在辦公桌前用 Google 搜尋潔西卡・塔瑪倫，那個提前解約的房客，這時門鈴響起。

我查看窺視孔。門廊上的女子看起來六十好幾或七十歲出頭，臉上有著柔和的皺紋，頂著一頭三十年前很流行的灰白色爆炸頭，戴著金框的多焦眼鏡，鏡片上的線條刻得很深，看來她戴的這一款不是漸進式鏡片。她的薄唇上塗著鮮紅唇膏，眼睛周圍有一抹不太相配的眼線。我打開門，聞到一股爽身粉和玫瑰水的味道，這兩種東西顯然都撒了太多。

「很抱歉這麼晚打擾，」女子開口，雖然現在才剛七點。「只是我剛剛晚上散步回來的時候遇到萊斯——我喜歡每晚飯後在附近走走——他告訴我妳並不是新來的房客。他說妳是吉姆和艾比蓋兒的女兒。」女子露齒而笑，我看到她的上犬齒沾到一點紅唇膏。「我是艾菈・科爾，住在妳左手邊那棟，帶有綠色百葉窗和玫瑰園的棕色磚房。我們的房子有被列入『馬克維爾美麗花園導覽』，雖然我們的玫瑰還沒開花就是了。我是原始屋主之一。」

「原始屋主？」

艾菈點頭。「野花區的原始屋主。早在七〇年代，馬克維爾還只是多倫多地平線上一個斑點時，我們就從設計圖中挑選了房子。當年只有兩萬個居民，商場只有四十家店。而且當時沒有像青春痘一樣到處發芽的那種大盒子般的怪物建築。」

我實在不想聽到話題被轉移到關於城市擴張的事情。我想起幾年前一位建築商朋友跟我說過「隔壁新蓋的房子總是難看的那種大房子」。我試著轉移她的話題：「原始居民？這一定很令人興奮。」

艾菈・科爾彷彿散發傲氣；她挺起胸膛時，我幾乎可以看到她那頭鬈髮豎起。「當然，我這些年一直有做些裝潢。我們都有……」她低頭看著我的油氈地板，臉龐泛紅。「這個嘛，我們大部分的人都有，沒把房子出租出去的人。不過我不怪妳爸。」

我沒理會她的喋喋不休，但試著理解她這番話。艾菈・科爾可能知道一些關於我媽媽的事情，也許甚至關於我爸。「妳要不要進來？我正在喝葡萄酒。我有紅酒也有白酒。」

她的嘴抿成一條直線，紅色唇膏使它看起來像枯萎的罌粟。「妳喜歡一個人喝酒。」

她這句話是暗示我是酒鬼，我應該感到惱火才對，但我發現自己徹底進入辯解模式。「我只是在星期天辛勞了一天後喝點小酒。我今天一整天都在剝地毯。」她依然緊抿嘴唇。

我實在很想叫她滾，但這不是獲取情報或敦親睦鄰的好方法。我努力表達和解的態度。「我可以泡一壺很好喝的花草茶，例如洋甘菊，很適合晚上喝，我還有一些巧克力餅乾。雖然是從店裡買來的，但滿好吃的。」

「從店裡買來的也很好，」艾菈的態度顯然軟化許多。「不過我記得妳媽媽很喜歡烘焙。」

「可惜我沒繼承她這項熱忱，但請進吧，把這裡當自己家。妳想坐在廚房還是客廳？」

「我向來覺得廚房比較溫馨。」

「那就廚房。」我給電熱水壺插上電，意識到我還沒跟艾菈說我叫什麼名字。「我真失禮，還沒好好自我介紹。凱莉・邦斯戴伯。」

「我當然知道妳是誰，凱莉，不過我記得妳媽媽總是叫妳凱拉米媞。」

我為什麼不記得母親叫我凱拉米媞？難道這就是為什麼我堅持要每個人，包括我父親，叫我凱莉？

「現在大家都叫我凱莉，科爾太太。」我擠出笑臉。

「鄰居之間不需要這麼拘束。叫我艾菈就行了。」

「謝了，艾菈。讓我準備一下茶水和餅乾，然後我們能聊聊。我很想多聽聽關於我爸媽的事。我的意思是，如果妳有任何故事能分享。」

看到艾菈露出中了樂透般的笑容，我知道我戳中了要害。看來她就是這個街坊最愛管閒事的人。也許整條龍口花巷的人，甚至整個野花區的人，都對她避之唯恐不及。

意思就是，她是我最新的好朋友。

第十三章

艾菈把一塊巧克力餅乾浸在茶水裡。「妳剛提到剎地毯。我在垃圾日那天注意到路邊有一捆捆地毯。我好像看到萊斯在星期四晚上幫妳搬動那些東西。他有幫妳忙？」

我猜得沒錯，艾菈果然愛管閒事。「不，全程是我自己動手。萊斯看到我把地毯搬出去，因此提議幫忙。」

但她當然知道這件事。她當時八成開著窗戶，試著偷聽我們的談話。

「我在車棚裡還有一堆，準備下星期讓垃圾車收走。我很高興看到硬木地板看起來很好。地板重新整理一下應該會很漂亮。」

「的確，當年真的很流行家裡鋪滿地毯。我們也有鋪，不過大概在十五年前拆掉了。我很高興看到妳這麼努力。這表示妳打算留下？」

「至少住一陣子。」我不打算告訴她遺囑附則的條件，艾菈一定會在隔天早上就把這件事傳遍整個鎮上。我該把話題轉往另一個方向了。

「艾菈，既然妳家的園藝那麼漂亮，也許妳可以給我一些這方面的建議。有人告訴我，我家這片土地上除了丁香花之外什麼也種不活。我很希望能有自己的菜園，種些很普通的東西就行了，像是番茄、黃瓜，也許一些西葫蘆。」

「這幾種在這個地區都很容易種植。等妳挖好地，我很樂意和妳一起去花園中心。我不會幫忙挖地，但我可以告訴妳該在哪裡挖。妳有沒有興趣看看我推薦的地點？趁現在光線很好。」

「當然。」

我們漫步來到外頭，艾菈指向靠近院子後面一個雜草叢生的長方形區域，在一間破舊的儲藏室後面。院子裡的其他地方雖然有些雜亂，但這個區域實在讓人感到鬱悶。

「妳媽媽在她還在這裡的最後那年夏天，在這裡開了一片菜園，」艾菈說：「當然，這塊地已經荒廢了，但只要拔草翻土、整理一番就行。這塊地有充足的日照，而且很隱蔽，所以當妳坐在露臺上的時候，不必看著西葫蘆和番茄。妳也會想種些花。我建議妳先弄到幾個威士忌酒桶。我有一張圖表能告訴妳要買什麼植物，這樣妳整個季節就能擁有花朵和不同的植物。」

「威士忌酒桶？」

艾菈點頭。「釀酒廠會把威士忌酒桶賣給花園中心，花園中心再把它們切成兩半，就成了可愛的鄉村風格花盆。」

「鄉村風格。我喜歡這個主意。」我拍開第五隻蚊子。「我們先回屋裡吧，免得成為蟲子的食物。這裡的蟲子似乎比城裡的惡劣得多。」

「這裡有更多的樹木和水，更少的混凝土。這就是我已故的丈夫艾迪建造了一座裝有紗窗的涼亭的原因之一。」艾菈在我們返回室內時說道。

「妳已故的丈夫？他最近過世了？」

「算到今年八月就第五年了。他在高爾夫球場被閃電擊中，如果妳能相信這種事。據說艾迪當時沒理會警告喇叭，還是想打球。他算是如願以償了，那個頑固的老蠢蛋。」

「我很遺憾。」

艾菈用一隻飽經風霜的手揮開我的安慰之詞，雖然我注意到她還戴著結婚戒指。

「妳有沒有其他問題，凱莉？如果在我的能力範圍內，我很樂意回答。」

「既然妳就住隔壁，我猜妳這些年來進來過這棟屋子幾次。妳有沒有認識任何一個房客？」

「這些年來，很多人進出過這棟屋子的前門。」她又緊抿嘴唇。「有些很親切，有些則不是。」

「看來妳不是每個房客都喜歡。」

「與其說喜歡或不喜歡，應該說其中一些人自命不凡，不想跟一般人攪和。」艾菈大聲地悶哼一聲。「幾乎每個房客都有邀請我過來作客，只有一個例外，雖然幸好她沒住很久。她自稱塔羅牌占卜師。我之前聽說，她在金恩街那間有機天然食品店後面的一家『新紀元』風格的店鋪幫人占卜。我從沒去過那兒，但我知道他們販賣捕夢網、水晶、邪眼珠子之類的東西，打著『幫人們找到平靜』的幌子，其實根本就是騙走傻子的錢。」

「我猜妳是指米絲蒂．瑞弗斯，上一個房客？」

「老天，不是。米絲蒂是真本領。她從心靈世界獲取幻象，幫助人們。」

我決定不提到米絲蒂曾來見我、提議「幫忙」，或是我父親相信了米絲蒂的說詞。況且，我猜艾菈已經知道了這些事。

「跟我說說以前的日子吧，艾菈。」

「妳是說跟妳說說妳的媽媽。」艾菈傾身向前，拍拍我的手。「我知道，親愛的，當妳差不多只是跟玫瑰叢的花蕾一樣大的時候，妳就沒有媽媽了。妳爸爸因此大受打擊，這也情有可原吧？如果有哪個男人愛過自己的太太，那個人就是吉米・邦斯戴伯。哪怕妳媽媽只是感冒，他也會表現得緊張兮兮，好像她已經一腳踩進墳墓。而且他不想讓妳看到她生病。他做了他能做的一切，好讓妳不會看到她身體出狀況。」一個回憶飄進我的腦海。我好像曾經睡在艾菈的大腿上？

艾菈似乎又看穿我的思緒。「妳爸媽不只一次僱了我和艾迪來照顧妳，就因為妳媽媽得了流感。我知道妳爸爸小時候親眼目睹他的祖父母死於癌症。他們離世的這件事一直困擾著他，就算他長大之後。」

我點頭，終於明白怎麼回事。我每次生病時，父親也是表現出那種態度，對我保護得幾乎到了恐慌的程度。我在這一刻才明白為什麼。他從沒跟我說過他如何失去他的祖父母，我也從未質疑過他們為何不在人世。我們就是從不討論邦斯戴伯家族。

「我爸很少提到我媽。我原本一直在想，他究竟有沒有真的愛過她，還是只是因為她懷孕了才娶她。」

「沒這回事，親愛的。妳千萬別這麼想。我認識的吉米·邦斯戴伯就是會娶妳媽媽，不管她有沒有懷孕。艾比蓋兒踏過的地面，在他眼裡就是聖地。」艾菈搖頭。「我從不相信那些不堪入耳的謠言。」

我決定裝傻。「什麼樣的謠言？」

艾菈臉紅。「我真不該說出來。」

「但妳說出來了。妳說有謠言。我寧願從妳嘴裡聽見，一個認識並喜歡我爸媽的人，而不是街上的陌生人。」雖然艾菈對我來說幾乎也是個陌生人。

她接受了我這句話。「好吧，反正如果妳去圖書館看看《馬克維爾郵報》以前的報導，也會得知那些謠言，那我就乾脆告訴妳。」

我提醒自己去圖書館。我只希望他們有保留《馬克維爾郵報》的檔案——也希望我的大腦有記住我在腦海裡做的一大堆筆記。

「說下去。」

「妳媽媽離開的那天，妳爸爸報了警，說她失蹤了。他堅稱她絕對不可能丟下妳。我也必須同意他的邏輯，凱莉。就我所看到的，妳媽媽對妳萬分寵愛，凱莉。此外，據我們當時所知，她什麼也沒帶走。離家出走至少會帶個裝滿衣服的行李箱吧？」

我搖搖頭，但心裡在想：誰會把一個裝有五張塔羅牌和一個墜飾的信封藏在地毯底下？有人認為自己會消失一段時間，而且不希望那些東西被發現？還是那個人不期望自己會回來？那麼，她為我七歲生日——我的七歲生日是在她離開的兩個半月後——留下的《災星簡》海報又如何解釋？

「警察做了什麼？」

「一開始什麼也沒做。他們要妳爸爸等四十八小時。但最終，負責這件案子的警員們調查了她離開前的最後那幾天和幾個小時，訪談了街坊的每個人。從情人節那天早上起，就沒有人見過她了。我記得那天是個星期五，艾迪預訂了在薩契爾之屋吃晚餐。那家餐廳現在已經歇業了，沒辦法跟那些在九〇年代來這裡開業的連鎖餐廳競爭，但在當年，它就是馬克維爾最高級的餐廳。總之，妳的爸媽那天原本要和我們一起吃飯，但因為那天是星期五而且是情人節，所以他們找不到保母。」

「所以妳那天沒看到她。」

「噢不，我有看到她，但只有在上午看到。她當時走路送妳去學校——她每天都親自送妳上下學，風雨無阻，不像今天每個人都懶惰得只會開車到處跑。難怪現在這麼多胖孩子。」艾菈稍作停頓，好像在等我插話。我沒說話。沉默片刻後，她再次開口。

「那天，妳帶著一個紅色的小錢包，裡頭裝著情人節卡片。我知道裡頭是情人節卡片，是因為妳們倆在我家門口停了下來，給了我一張。」艾菈眉開眼笑。「那對我來說意義重大，尤其因為我和艾迪一直沒能擁有自己的孩子。」

我試著回想起我走路上下學。我什麼也沒想起來，但如果我慢慢走去那所學校，使用多年前的同一條路線……

「妳知不知道我們當時走哪條路線，艾菈？因為我很想想起來，但就是想不起來。」

「我其實知道，因為妳媽媽有幾次生病時請我接送妳上下學。我第一次帶妳上學的時候，拐錯了一個彎，妳立刻糾正我。」想起這個回憶，艾菈咯咯笑。「路線是從龍口花巷去延齡草，然後去紫錐花。沿著紫錐花去報春花，就會抵達那所學校。一路上都是右轉。」

我拿起紙筆寫下。這跟我昨天跑步的路線不一樣。

我想起另一件事。

「妳說我媽每天送我上下學。她那天有去接我嗎？」

艾菈搖頭。「那就是『出了事』的第一個線索。妳媽媽沒去接妳的時候，他們有試著打電話給她。沒人接聽。他們接著打給我。我被列為緊急聯絡人，因為妳爸爸從事建築工作，人可能在任何地方。別忘了，當時還沒有手機這種東西。所以我立刻去學校帶妳回家。我一直陪著妳，直到妳爸爸下班回來。」

「發現我媽媽不在時，他做了什麼？」

「他一開始不敢相信，即使我告訴他我們已經搜過了房子和後院。他沒理我，而是像瘋子一樣在整個屋裡跑來跑去，打開每個壁櫥，喊妳媽媽的名字。然後他去外面搜查院子。外面雖然沒有任何地方可以躲藏，不過棚屋是有那麼一點可能。」

「看來外面沒有她的跡象。」

「完全沒有。她簡直就像人間蒸發。妳爸爸跳進他的皮卡車，像著了魔似地在街上到處找。他一到家就報了警，不過，就像我剛剛說過的，他們告訴他必須等四十八小時才能報案有人失蹤。也許他們懷疑她是和情人一起去了某個地方，畢竟那天是情人節。」

「但我爸不相信？」

「我不確定他當時相信什麼，凱莉。只有他能告訴妳確切答案，但他已經不在我們身邊了。我只知道的是，一旦警察介入後，他們似乎認為妳媽媽的離開可能不是出於她自己的意願。他們當時來過妳家裡十幾次，用一百種不同的方式問妳爸爸同樣那些問題。我知道這些，因為他有跟我的艾迪說。」用一百種不同的方式問同樣那些問題。這樣很容易說錯話。

艾菈似乎知道我在想什麼。「妳爸爸從沒改變他的說詞，一次也沒有。妳大概以為這樣就能洗刷他的嫌疑，但這反而讓警察更懷疑他，彷彿他是牢記了一套說詞，而不是說實話。」

「但警察為什麼會認為他跟我媽的失蹤有關？他做了什麼會讓他們這麼想？」

「食物銀行有個女人叫瑪姬．洛納根——或許我該叫她長舌婦．洛納根。她暗指妳媽媽有外遇。但如果妳媽媽有外遇，我一定會知道。雖然我沒有在食物銀行當義工，但我清楚妳媽媽是什麼樣的人。」

我強忍笑意。聽起來好像瑪姬．洛納根和艾菈．科爾是同一個小池塘裡的對手。不知道瑪姬是不是還住在馬克維爾。我正想問的時候，艾菈繼續說下去。

「瑪姬那張管不住的嘴巴火上澆油，而且她就是不肯鬆手。她把她那套說詞說給任何願意聽的人聽，而很多人都聽了進去。妳和妳爸爸在開學前搬去多倫多。他希望妳在一個新的地方有一個新的開始，他真是個好人。」

「那警察呢？妳知不知道他們怎樣處理這個案子？」

「我懷疑這就是警方所謂的冷案。我很懷疑這些年來有多少人研究過它。沒有屍體，就沒有理由查案。至於妳爸爸，他搬家後我就再也沒聽說他的消息，直到三個月前他來拜訪我。他說他考慮搬回來。我承認，我當時很訝異，但我沒有立場窺探。」

我差點被茶嗆到。艾菈雖然沒有立場窺探，但我相信她如果有任何機會就一定會這麼做。我決定稍微誇大事實。「也許他覺得如果他搬回來馬克維爾，我媽遲早也會回來。」

「如果他是這麼相信，凱莉，那他就是大傻瓜。」

我感覺脊椎僵硬，聽到自己衝口說出我不該說出的話。這就是真正的邦斯戴伯詛咒：不知道什麼時候該閉嘴。「我不認為我爸是傻瓜，艾菈。就算——我承認這個可能性——他對我母親的愛顯然到了愚蠢的程度，但我們當中有誰在愛情中不是傻瓜？」

「妳誤解了我的意思，凱莉。我從沒暗指妳爸爸是個傻瓜才會愛妳媽媽。我剛剛的意思是，他如果這些年來一直在等她，那他就是個傻瓜。」

「為什麼？」

「因為我相信妳爸爸在某一件事上是對的。妳媽媽永遠不會丟下妳，至少不是自願的。」

「意思是？」

「意思是逝者不會回來，凱莉，至少肉身不會回來。」

我瞪了艾菈．科爾大約一分鐘，然後才做出反應。我不想讓她懷疑我搬進來的真正原因。但在另一方面，我必須弄清楚她知道什麼。

「我一直以為她拋下了我們。妳的意思是我媽已經死了？」

艾菈點頭，金框眼鏡從鼻梁上滑落。她立刻推回去。「我這該死的眼鏡總是滑下來。我不記得我拿去驗光師那裡修了多少次。好像跟鉸鍊的類型有關。」

我把指甲掐進手掌，盡量別表現出不耐煩。「妳剛說妳認為我媽已經死了。為什麼？」

艾菈再次點頭。「我有把這件事告訴警察，雖然我不確定他們有沒有對此採取任何行動。總之，在那年情人節的前一年，應該是一九八五年，我對此記得很清楚，因為我在那一年滿四十歲，而當年的四十歲就真的是四十歲，不像今天妳會看到四十歲甚至五十歲的人穿著他們青春期女兒的衣服，我不是在批評他們啦，雖然我不認為那種年紀的人還適合穿著屁股上寫著字的運動褲。當然，這是另一個話題了。」

我再次點頭，決定不再打斷艾菈的節奏。如果我從客服中心的工作中學到了什麼，那就是每個人都有自己講故事的方式。如果試圖加快說話者的速度，就像選擇一條替代路線來避開施工區，結果發現自己偏離了原本的路線十哩遠，而且被困在車禍引發的塞車車潮裡。

「我剛剛說，」艾菈說：「我記得那件事，是因為我在妳媽媽滿二十五歲的同一天滿四十歲。一九八五年，十二月十四日，星期六。艾迪和吉姆——妳的爸爸——給我們辦了一場派對，邀請了街坊的每個人，我們當時大家感情很好，而且艾迪和吉姆是最好的朋友，儘管年紀相差十五歲。妳媽媽和我，我們相處得很好，尤其因為她能用她烘焙的東西來滿足我的甜牙齒。」艾菈輕聲發笑。「我常說我不只有一顆甜牙，我所有的牙齒都是甜牙齒。」我義務性地咯咯笑。這足以鼓勵艾菈說下去。

「就在那天晚上，我第一次懷疑妳媽媽好像在害怕什麼，雖然我應該早點意識到，因為那些照片……」

我坐直身子。「什麼照片？」

艾菈用一根手指推推眼鏡，慢慢點個頭。「她第一次提到它，好像是在那年的二月，不過也可能更早。時間讓很多回憶變得模糊。總之，妳媽媽想出了一個她稱之為『幸福家庭的四季』的東西。你們一家三口的四張照片，都在同一個地方拍攝，四個季節各一張。我記得第一張照片是在復活節前後拍的。」

即使我想開口——我因為害怕艾菈離題而沒這麼做——我也不認為我說得出任何話語。

「事後看來，」艾菈說：「我當時應該質疑她為什麼覺得需要拍這種照片，但在那時候，我只覺得她來找我讓我感到很榮幸。」

我差點衝口說出「為什麼還在學校拍照？」，這不僅會讓艾菈知道我發現了那幾張照片，而且知道我已經找出了拍攝地點。我啜飲茶水，繼續等候。幸好我不用等太久。按照這種龜速，艾菈會在明早的早餐時間還在這裡。

「我們決定在離這裡幾個街區的校園拍照。在那前一年的加拿大國慶日，妳媽媽在校園裡種下了一棵楓樹。妳如果去看看，會看到它還在那裡。妳媽媽非常在乎加拿大日，而且當時馬克維爾提倡植樹行動。居民們到處種植鎮上提供的樹苗。」

我正好奇為什麼媽媽請艾莅幫忙拍照時，艾莅直接回答了我的問題。

「我喜歡攝影，這就是為什麼她請我拍。我現在也很喜歡，不過使用數位相機顯然更容易，尤其現在有各式各樣的電腦軟體。不過要知道，如果想學好攝影，是有一個學習曲線的，我的意思是不要只是用手機狂拍、看看成果如何。在當年，拍下照片後，要等到沖洗出來才會知道照片是什麼模樣。容我自賣自誇，我是一個很好的攝影師，而且我有一臺不錯的相機。所以妳媽媽問我能不能幫忙拍四季照片，我說沒問題，因為我當時完全沒想過這個要求哪裡奇怪。當然，妳當時還太小，不會提出反對，至於妳爸嘛，妳媽媽想怎樣他都會支持。」

「所以妳拍攝了四季照片。」

「是的，我們在春天拍了第一張，我們也都很滿意成果。我可能對那整件事沒多想，但果不其然，夏天到來的時候，妳媽媽又提出請求。到了秋天的時候，我猜她會再來找我。我已經在腦海中計畫好了該如何拍攝，而樹葉就像往常那樣變成了漂亮的金紅色。最後一張，冬天那張，是在十二月十四日拍的，在我跟她的生日那天早上。」

艾菈擺弄手上的茶杯，又拿起一塊餅乾。「那天妳媽媽有點不一樣，有些緊張不安，不過在我拍的照片上完全看不出來。我當時以為她只是因為當天晚上的生日派對而緊張。妳媽媽向來不適應人群，說這是因為她是獨生女。」

我能理解，因為我也是獨生女。我不介意一對一互動，但我更喜歡獨樂樂而不是眾樂樂。話雖如此，我不會光是因為想到要參加派對就緊張不安。

「妳說妳當時以為她只是緊張，意思是妳後來覺得那可能是出於別的原因？」

艾菈咬下唇，紅色唇膏幾乎完全褪色，然後她試探性地點個頭。「那是我給她最後一張照片的時候，你們三人冬天合照的那張。她當時說：『如此一來，如果發生了什麼事，凱莉至少有東西來記住我們這個家。』我覺得她這句話很怪，但我詢問她的時候，她只是發笑，說她講話太誇張了。我原本想追問，但艾迪那時候叫我不要多管閒事。如果我當時有追問，說不定妳媽媽現在就還會在我們身邊。」

「所以妳完全相信她已經死了？」

「噢，這不是我能證明的事情，但我確實知道有某件事把她嚇得很慘。至於什麼事、誰或為什麼，我沒有答案。我真希望我有。」

而我真希望我知道為什麼爸爸把照片藏在一具塑膠骷髏底下的棺材裡。

「我知道妳認為我父親一廂情願，但他想必相信她會回來，不然這些年他為什麼一直守著這棟房子？」

「他從沒跟妳討論過這件事？」

「我根本不知道這棟房子——」我阻止自己，但晚了一步。艾菈立刻意識到怎麼回事。

「妳原本不知道這棟房子的存在？」

我默默責備自己。不用多久，整個街坊就會談論著這個最新的八卦。太遲了。

「我是在聽了我爸的遺囑才知道。我承認，我在聽到的時候感到驚訝。」

「所以妳回來這裡。」艾菈用犀利的眼光打量我。「可是為什麼？」

我保持沉默，聳聳肩，盯著地板，希望這個話題會就此打住，可惜我沒這麼幸運。

「讓我猜猜。某些條款要求妳先在這裡住上一段時間，然後才能繼承這筆房產。米絲蒂・瑞弗斯有提到這個可能性，但我當時以為她在胡說八道，就像我告訴她『這棟房子鬧鬼』的說法一樣是胡說八道。」

「米絲蒂・瑞弗斯跟妳說這棟房子鬧鬼？」

艾菈點頭。「其實，親愛的凱莉，她確信妳媽媽是被謀殺的，而她在凶手被抓到之前不會放棄。」

我試著維持面無表情。我一點也不希望艾菈告訴任何人我爸原本也開始相信我媽是被謀殺的。我也不太高興米絲蒂散布這種八卦，讓她自己聽起來像是某種偉大的救世主，而不是我懷疑的貪財傭兵。我正想對艾菈這麼說的時候，她的下一句話讓我措手不及。

「那妳呢，凱莉？既然妳回來了這裡，住在這棟房子裡，重燃了舊的記憶，妳相信什麼？」

也許是因為她詢問的方式直截了當，又或許是因為暖氣爐在這一刻發出了響亮清晰的呻吟。不管是什麼原因，自從她走進前門，我第一次發現自己對她完全誠實。「我不知道，艾菈。我猜我來這裡就是為了找出答案。」

第十四章

艾菈在不久後離開了。我因為沒向她坦承我發現了那些照片而有些難過，畢竟我不需要告訴她我是在哪發現它們。但話說回來，艾菈說那些照片是她拍的，這也只是她的片面之詞；不過，如果不是她拍的，她又怎麼會知道那些照片的存在，加上我想不出她有什麼理由說謊。我做出決定：我需要再考慮一段時間。如果我想不出什麼該怎麼做，那麼我下星期會帶那些照片去她家。反正我可以跟她說，我是在整理父親的遺物時發現的。這不完全是謊話，這棟屋子就是父親的遺物之一。

艾菈那些話中還有一些其他東西，某些東西在我的腦海中揮之不去，但我累得沒辦法確定它究竟是什麼。我決定去休息，而我的腦袋碰到枕頭的那一刻，我就陷入了無夢的睡眠。

＊＊＊

我醒來時神清氣爽，迫不及待地想開始這個星期一早上。我首先需要做的，是打電話給利斯。和他的接待員簡短交談後，我被接通了。

「凱莉，」利斯說：「我在星期五收到了妳的報告，內容很足夠，妳不需要打電話來。」我很高興知道，利斯並不期待我向他詳細說明我的生活瑣事。

「我打來不是為了報告。」

「妳應該沒有發現更多骷髏吧？」

「沒有，謝天謝地。我打來是因為我發現一張關於保險箱出租的銀行對帳單。我很確定鑰匙在你給我的鑰匙圈上。不知道你是否知道銀行在哪裡，而且你能不能安排我查看保險箱。」

「讓我調查一下，今天下班前回電話給妳。還有其他事嗎？」

「其實有。這一切讓我想找到我的爺爺奶奶和外公外婆。也許只是因為我覺得自己像個孤兒。你建議我應該從哪裡開始？我甚至不知道他們住哪，也不知道他們叫什麼名字。」

「我恐怕沒有多少情報能告訴妳。我知道妳母親來自湖濱鎮，那是一個擁有少數常年居民的木屋社區，位於馬克維爾東北邊約四十五分鐘車程處。妳父親某年夏天在那裡露營時遇見她。很不幸的，我只知道這麼多。妳父親拒絕提到妳的外公外婆。從我知道的來看，他們不是很喜歡他。」

這證實了我的懷疑，但無法阻止我想見到他們。雖然機會不大，但我母親可能有在我父親不知情的情況下跟她的父母保持聯繫。

「那我爸爸那一邊呢？」

「彼得和珊卓・邦斯戴伯。他們以前住在多倫多，但我知道他們在妳爸媽結婚時搬家了。我不知道他們搬去哪。他們不贊成這場婚事，妳父親也未曾原諒他們。他還滿記恨的。」我嘆口氣，知道他說的是事實。

「妳可以考慮聘請一個情報仲介，」利斯說：「我會叫助手把我們合作過的幾個不錯的人選寄給妳，選擇還不少。」

我掛了電話，好奇一個情報仲介要花我多少錢的時候，歌聲般的門鈴聲響徹整棟房子。來者是萊斯，準備跟我談談裝潢的事。

＊＊＊

萊斯花了將近一小時在平板電腦上向我展示了他的裝潢前和裝潢後的計畫，包括打掉一堵牆，而且添加一座大型中島，不僅可以當成容納八人的餐桌，還可以充當隔間。我不得不承認成品看起來很完美：廚師廚房、開放式格局，以及將現有的硬木地板與入口和廚房的石板地板結合。

「看起來真棒，」我說：「可是這樣要花多少錢？」

「這取決於妳想要什麼樣的櫥櫃和飾面，但我在各大建材中心都能拿到承包商的折扣。我們何不這星期找一天去購物，看看妳有哪些選擇？」他查看手機。「我星期三有空。我可以兩點左右來接妳。」

我不想深入探索「與萊斯共度時光」的念頭讓我感覺多麼美好，至少現在還不想。況且，廚房通常是房子的賣點，而且我計畫在年底——或更早——離開馬克維爾，回到充滿匿名性的城市。

「那就星期三下午兩點。」

＊　＊　＊

萊斯離開後，我拿出過去五年租約的文件夾，希望能找到一個可能的鑰匙持有人。我從米絲蒂・瑞弗斯的租約開始，因為我知道她現在在哪裡。她在雇主欄上寫了「自營業」，而在租金支付方式的欄位上，她同意提前支付第一個月和最後一個月的租金，而且每個月的第一天從她的銀行帳戶裡直接提取租金。

米絲蒂找了兩位前房東當她的推薦人。那兩人都說她是好房客，總是按時交租。租約上沒有其他細節，這意味著米絲蒂不太可能有保持聯繫，更不可能提供她的新住處的鑰匙。

我接下來查看潔西卡・塔瑪倫，她因為覺得房子鬧鬼而提前解約。租約上寫著，潔西卡・塔瑪倫的雇主是「太陽月亮星星」。我上網搜尋這家商店的網站，它標榜這是「一個獨特的商店環境，支持本地工匠、公平交易、手工製作和環保產品，以協助療癒之旅」。

他們在提供的服務底下列出了整體治療，使用塔羅牌、茶葉和私人物品的占卜，能量心理學，脈輪平衡，以及所謂的巴維斯帕塔，被描述為「能帶來輕鬆而快速的改變的天使治療性工具，能喚醒你真正的聖性，讓你的心充滿喜悅」。他們的術者名單上只寫出名字，沒有姓氏。塔羅牌占卜師自稱蘭蒂。

蘭蒂會不會就是潔西卡·塔瑪倫？利斯跟我說過，潔西卡抱怨閣樓裡有噪音而提前解約。艾菈說她沒住多久，而且她在金恩街的有機天然食品店附近一家新紀元店鋪工作。我查看地點。它符合這個描述。

利斯一直認為潔西卡只是為了提前解約而編藉口，但如果她真的是因為某種通靈能力而覺得這棟屋子讓她不舒服？我向來不相信這種事，但現在開始感到好奇。

太陽月亮星星的網站上是怎麼說的？我再次閱讀網站上的文字：「使用塔羅牌、茶葉和私人物品的占卜。」塔羅牌。

我得約個時間跟蘭蒂見面。

＊　＊　＊

太陽月亮星星的接待員用帶有喘息的聲音告訴我，蘭蒂是週二和週五上班，占卜需要大約一個小時，而且蘭蒂的時間通常很快會滿額。但她說剛好有個人取消預約，問我要不要明天十一點過去，如果不行就要等到下星期。我決定預約，而且問能不能帶些東西讓蘭蒂看看。接待員向我保證，這麼做會協助蘭蒂、讓我得到更準確的占卜，「不過只有上帝完全準確」，她輕聲笑道。

第十五章

太陽月亮星星藏在「自然之道有機天然食品店」後面，這是一家大型商店，從肉類、魚類、家禽、雞蛋和蔬菜到維生素、蛋白粉、天然護膚品、環境友善的清潔用品和草藥……應有盡有。店裡還有一系列令人眼花繚亂的烘焙食品——許多是用我從未聽說過的穀物製成——還有無麩質產品，以及大量的純素選擇。如果你在自然之道還找不到你想要的東西，那你大概會因為過於挑剔而活活餓死。

在這家龐大商店的另一端，能看到太陽月亮星星，一間很小的零售店，裡頭擺滿小飾品和紡織品，大多由本地工匠製作。在這裡，內行的買家能找到天然石飾、治療水晶、神祕學書籍，以及帶有紮染圖案、亮珠和絲綢刺繡的飄逸棉質服裝。一個蓮花形狀的手繪陶瓷架上放著一根薰衣草香。

一名活力充沛的年輕女子向我打招呼，她戴著好幾條彩色圍巾，穿著黑色緊身連衣褲。從她輕柔而帶有呼吸聲的嗓音來判斷，她就是接聽我電話的那位女士。我不禁想壓低嗓門，彷彿這裡是圖書館或祈禱的地方。

「我是凱莉．邦斯戴伯，來見蘭蒂。」

「歡迎妳，凱莉。妳很準時。」她指向右手邊一條狹窄的木製樓梯。「我們所有的術者都在樓上。我會通知蘭迪，讓她知道妳正在路上。」

上層有一道走廊，有七扇門，每邊三扇，盡頭是公共廁所。一個小小的等候區擺放著一張橙色粗花呢沙發和一張相配的椅子，如果要我猜，應該是從救世軍舊物回收店那裡弄來的舊貨。主牆上覆蓋著拼布被子，補丁由各種形狀、顏色和紋理的刺繡和裝飾織物碎片組成，這項工程看起來是由很多人花了很多小時完成的，最終的成果很引人注目。

我剛要坐下時，一扇門打開，一名女子輕輕從中走出。她有著一頭鬆散地垂於腰際的烏黑長髮，肉桂色的皮膚，青金石色的眼睛和舞者的身材，修長而輕盈。她穿著黑色緊身褲和一件特大號的銅色毛衣，指甲漆成亮黑色，每根手指——包括拇指——都戴著一枚銀戒，有的精巧，有的樸素，有的鑲有石頭。

這個世界上很少有人散發善良、美麗和魅力，但蘭蒂集三者於一身，她幾乎可以把自己的精華當成某種魔法藥水出售。我忍不住盯著她看，深感著迷。她綻放微笑，露出一排珍珠般的潔白皓齒。

「歡迎來到太陽月亮星星，凱莉。我是蘭蒂，我一直在等妳。」她的嗓音帶著柔和的音樂韻味，還有一絲淡淡的英國腔。

也許是因為她的語調，也可能只是我想像力過剩，但我總覺得她的意思是她在我預約之前就一直在等我。但這絕對是我胡思亂想吧？我跟著她穿過走廊，進入她的房間。

這個空間從地板到天花板都塗成漆黑的午夜藍。無數個小燈在頭頂閃爍，看起來就像萬里無雲的夏日夜空。在高聳的鐵架上，一根巨大的蠟燭在其中一角發出柔和光芒，散發肉桂和香草混合的香氣。唯一的擺設是一張黑漆方形桌，中間放著一副塔羅牌，還有兩張用深藍色針織軟墊覆蓋的椅子。其中一張椅子的背面繡著太陽，另一張的背面繡著月亮的四個月相。蘭蒂盤腿坐在繡著太陽的椅子上，雙腳壓在身下，示意另一張椅子。幾個五顏六色的手鐲在她的右臂上叮噹作響。

「請坐。」

我照做，就算我實在很想奪門而出，衝下樓梯，回去安全的龍口花巷。我這種根本不相信神祕事物的人來這裡做什麼？我甚至從不在報紙上看我的每日星座運勢。

蘭蒂似乎察覺到我的不自在，因為她向前傾身，把塔羅牌推到一邊。「伊蓮說妳想做塔羅牌占卜，但我感覺妳不是為此而來。那麼，告訴我，凱莉，有什麼是我能幫妳的？」

我猜伊蓮是接待員兼店員，而如果是這樣，我在預約時一定有說我打算帶一件自己的物品，所以蘭蒂所謂的「感覺」只是很簡單的推理。根據我有限的研究，我知道十張塔羅牌可能代表凱爾特十字牌陣。我只有五張牌，這要麼是半個凱爾特十字——如果有這種東西——要麼就是完全不同的東西。我來這裡就是為了找出答案。但在擺出我的五張塔羅牌之前，我需要知道我可以信賴她，或至少該試試她的本領。

「在我們開始之前，我想瞭解更多關於塔羅牌的知識，獲得一點理解，好讓我知道我該期待什麼。」

「很公平。」蘭蒂從盒子裡拿出一副牌，一邊說話一邊開始洗牌。「塔羅牌有幾種種類。我個人用的是最有名的萊德偉特塔羅牌。不管牌上畫著什麼，一副真正的塔羅牌有兩個部分，共七十八張牌：二十二張大阿卡納牌，以及五十六張小阿卡納，有四種花色。阿卡納是拉丁文，意思是奧祕。花色的名稱各不相同，但最常見的，以及在萊德偉特中使用的，是權杖、聖杯、寶劍以及錢幣。妳目前還聽得懂嗎？」我點頭。

「好，接下來，大阿卡納也被稱作王牌，來自拉丁語『trionfi』或『勝利』。每一張都用羅馬數字命名和編號，從零開始，愚人，到二十一，世界。」蘭蒂把幾張牌翻過來，面朝上——十命運之輪和十七星星。「妳可以看到插圖中有很多細節的象徵意義，繁瑣得不適合現在講述，但妳如果想更瞭解塔羅牌，就要注意這些細節。」

我再次點頭。她語氣中的崇敬、對卡牌的溫柔愛撫，都吸引了我，彷彿她在為我朗讀一個她心愛的睡前故事，卡片上的畫面更是讓我有這種感覺。

蘭蒂又翻開四張牌，正面朝上，放在桌上，每種花色各一張：權杖、聖杯、寶劍和錢幣。「每套花色都由相同的結構組成，跟尤克牌或橋牌時使用的牌組有些類似：A到十，外加四張宮廷牌，侍童、騎士、皇后和國王。」

「所以權杖、聖杯、寶劍和錢幣有點像黑桃、方塊、紅桃和梅花。」

「相似程度超出妳的想像。事實上，現代的五十二張撲克牌就是從塔羅牌衍生而來的，四種花色直接對應塔羅牌的花色。權杖是梅花，聖杯是紅桃，寶劍是黑桃，錢幣是方塊。我們甚至可以把牌的花色跟頭髮和眼睛的顏色聯繫起來。」

「怎麼說？」

「在塔羅牌中，聖杯代表淺棕色頭髮和白皙膚色的人，權杖代表金色或紅色頭髮和藍色眼睛的人，寶劍代表深棕色頭髮和榛色、灰色或藍色眼睛的人，而錢幣代表膚色非常黑的人。」

「所以在塔羅牌的例子中，寶劍會用來代表我，因為我有深棕色的頭髮和榛色瞳孔。我母親是金髮，會由權杖來代表。」

「沒錯，但還不只如此。兩種牌也代表元素，就像占星術那樣。因此，權杖和梅花象徵火，聖杯和紅桃象徵水，寶劍和黑桃象徵風，錢幣和方塊象徵土。例如，金牛座的人在塔羅牌中的代表是錢幣，在現代套牌中就是方塊。」

她是猜到我是金牛座，還是隨口說說？這整場談話開始讓我感到情緒激動。

「聽起來比我預料的複雜得多。」

「塔羅牌需要好幾年時間才能學會，而且沒人能精通，沒有所謂的絕對。然而，我成年後大部分的時間都在研究塔羅牌，所以我對這些牌應該算是有些見解。」她微笑。「接下來，我們何不把注意力轉移到妳帶來的卡片上？」

我震驚無語地瞪著她。她怎麼知道我有帶卡片來？

蘭蒂發笑，銀鈴般的笑聲讓我想到風鈴。「不，我不會讀心術，如果妳是在想這個。伊蓮說妳想帶一些私人物品，如果它是一般物品，或是一件珠寶，妳就應該不會詢問關於塔羅牌的事，也不會對塔羅牌感興趣。況且，妳一直在摸妳手提包裡的某個東西。」

其實我一直在考慮要不要拿出我的可可脂護唇膏，但我正在試著改掉或至少控制住這個習慣。

「我確實有帶來幾張塔羅牌。」

「我猜它們在某些方面很特別。」

現在是做決定的時候。我要不要讓她知道我是怎麼發現它們？我選擇公開透明。既然我需要蘭蒂的幫助，我就需要把我知道的一切都告訴她。「我相信它們是我母親留下的。我在我最近在龍口花巷繼承的一棟房子裡發現了它們。」

「龍口花巷十六號？」蘭蒂問。

「是的。」

「我在那裡住過很短的時間。」

「我知道。至少我懷疑妳就是潔西卡・塔瑪倫。」

從她挑起的眉毛看來，我成功地激起了她的好奇心。

「妳是警察，還是某種私家偵探？」

她怎麼會跳出這種結論？我感到好奇。

「不，只是我最近在查看我父親的舊文件，其中包括過去的租約。他最近去世了，把房子留給我。」

「我為令尊的事感到遺憾。我只見過他一次，但他給我的印象是一個非常好的人，善良又聰明，但他心裡顯然有些煩惱，大概是因為失去妳的母親。」

「妳知道我母親失蹤的事？」

蘭蒂點頭。「我的家人在一九八六年從印度搬到這裡，當時我只有十二歲。當時有很多針對這個案子的報導，我爸媽很驚訝這裡會發生這種事。他們擔心搬來馬克維爾是個錯誤。」

我只能假設蘭蒂聽過所有謠言，包括我母親可能是被謀殺的謠言。是時候切入正題了。

「正如我剛剛說的，我正在查看我父親的舊文件，發現了一份由潔西卡・塔瑪倫簽署的舊租約。我注意到租約提前終止，再加上一些關於一位曾經住在那裡、在這裡工作的塔羅牌占卜師的鄰居八卦，讓我得出結論：妳可能把自己變成了蘭蒂。」

「讓我猜猜，」蘭蒂微笑道：「那個鄰居就是艾菈・科爾。」我回以微笑，差點發出咯咯笑聲。

「我只能想像艾菈是怎麼說我的。她第一次登門拜訪的時候我沒邀請她進屋，那恐怕對她的感情和自尊都造成了相當大的傷害。我猜其他房客都有邀請她作客。我不太喜歡好管閒事的那種人，而且那棟屋子的氣場不好，在她出現的時候變得更糟。我搬進那棟屋子後，我才知道它就是有個女人……失蹤的那棟屋子。」

我決定暫時不討論艾菈，但是氣場很差的這件事讓我有點擔心。蘭蒂注意到我在想什麼。

「噢，對妳來說不是壞事，凱莉。那棟屋裡的魂靈是為了保護妳，不是傷害妳。妳是註定要在那裡，而且只有妳才能找到那個放著這些牌、這個訊息的信封。否則為什麼之前都沒人發現？」

「可能是因為它們隱藏在地毯底下很多年。其實是從一九八六年，可能更早以前。」

「這只是證明我的想法是正確的，」蘭蒂說：「地毯隨時可能被更換。事實上，它大概很久以前就該換了，但它並沒有被換掉。此外，妳搬進去所做的第一件事就是換地毯。這不是巧合，而是一些強大的力量在運作。」

我不確定我是否接受這個理論，但如果這樣告訴她似乎既不禮貌也不謹慎。「妳想不想看看那些牌？」

「想。」

「只有五張。」我把寫著媽媽的字跡的紙拿出來，連同五張卡片一起遞了過去。

「這可能是以五牌陣的形式留下，」蘭蒂說：「妳母親列出的這份清單很有幫助。如果不按順序閱讀它們，就會造成完全不同的解讀。」

「妳能不能告訴我它們代表什麼？」

「我會告訴妳我在卡片上讀到的內容，但至於這是不是妳母親希望傳達的訊息，我就無法保證。這樣夠公平嗎？」

我原本希望能獲得一些更確鑿的東西，但對此我無能為力。「夠公平。妳介不介意我在妳解讀的時候把所有東西寫下來？我有帶筆記簿。」

蘭蒂停下來思索片刻。我這個請求顯然不常見。過了很久之後，她點點頭。「我平時會拒絕，純粹因為每次占卜，卡片都會改變，因為我們的人生在變，我們在不斷演進。但這次情況不一樣，所以我接受。妳會有很多東西要記，而且記憶是選擇性的。」我從包裡拿出一支筆和一本黑色的 Moleskine 筆記簿。

「我們開始吧。」

第十六章

蘭蒂按照我媽在清單上的順序排列卡片。「塔羅牌陣有幾百種，」她說：「但我們就假設妳母親是用這種特殊的五牌陣來讀牌。我個人認為在試著決定特定的行動方案時，五牌陣是一種非常有用的陣形。第一張牌代表現在。第二張牌代表過去，或依然影響著現在的過去。第三張牌代表未來。第四張牌則揭示任何決策的背後可能原因或因素。第五張牌顯示採取特定行動的可能結果。」我把所有東西都寫在筆記簿上，如下：

三號：女皇——現在

四號：皇帝——過去

六號：戀人——未來

寶劍三——原因

十三號：死神——可能的結果

「所以這表示什麼？」我寫完最後一個字後問道。

蘭蒂輕撫卡片，然後閉上眼睛，開始哼唱。大約一分鐘後，她睜開了眼睛，搖搖頭。「我可能是錯的，凱莉。雖然這些牌可能代表我提到的五牌陣，答案可能沒這麼簡單。」

「我不明白。妳究竟想說什麼？」

「我認為這些卡片有可能是有人給妳母親的，或郵寄給她的，可能一次一張，因為她有按順序列出它們。如果是五張同時寄來，她就不太可能會注意到它們的順序而且寫下來。」

我拿出可可脂護唇膏。「妳是說有人把這些牌分次寄給她，可能連同一個死亡威脅？」

「我沒辦法肯定，也不想在沒有其他確鑿證據的情況下提出死亡威脅的可能性。不過，我相信是一個只有最基本的塔羅牌知識的人寄給她的。例如，第四張牌似乎不適合當成障礙物，但不僅如此。這些牌看起來太……結構化。我認為寄件人是從字面上的意義看待這幾張牌的圖像和名稱。」蘭蒂俯身看著卡片，再次閉眼片刻，然後點點頭，彷彿回答她腦海中的某個聲音。

「是的，這絕對是我感受到的訊息。」

我很想翻白眼。聆聽一些關於塔羅牌的繁瑣細節是一回事，但來自外太空的潛意識訊息則完全是另一回事。

撇開潛意識訊息，如果蘭蒂真的說中了呢？如果某人——可能是瑞德，墜飾的給予者——把這些卡片寄給或親手交給我的母親？這一切究竟意味著什麼？是否能提供我母親失蹤的相關線索？我正在思索這一切時，蘭蒂再次開口。

「我們應該用那種方式看牌嗎，凱莉？把它們當成某人傳來的訊息？」

我看著蘭蒂，她如此輕聲細語、超凡而真誠。

「有何不可？」

蘭蒂從女皇開始。「卡片上描繪的女人有著一頭飄逸金髮。妳母親有一頭長長的金髮嗎？」

我想到四個季節的照片。「是的，她有。」

「好，注意這裡，她是戴著一頂有十二顆星星的王冠。這代表十二星座，女皇成了天堂之后。換言之，她很受尊敬。」

「她穿的長袍非常寬鬆，」我說：「女皇懷孕了嗎？」

蘭蒂溫柔一笑。「妳真是觀察入微，凱莉。這部分取決於每個人的解讀。有些人認為女皇只是代表母性，但有些人認為她懷有身孕。所以在這個情況下，兩種可能都可能是真的。妳母親離開的時候有懷孕嗎？」

我猛然抬頭，脖子差點因此扭傷。懷孕？我在外頭有個弟弟或妹妹？「我父親從沒提過這件事，加上沒有人找到她，無論死活，我看不出有什麼辦法能找出這個問題的答案。」

「有道理。讓我們看看第二張牌，代表過去的那張。皇帝。」

我看著坐在寶座上的男人，一臉長長的白鬍鬚，神情嚴肅，頭戴王冠，身穿飄逸紅袍。「他看起來很老，很……有威嚴。」

「是的，他看起來很像鐵腕君主。皇帝有可能代表一個人的真正的父親。妳母親跟她的父親，也就是妳的外公，關係如何？」

「我從沒見過他，光是這點就指出他們的關係不是很融洽。我的理解是，她懷了我的時候，她的父母就跟她斷絕了關係。她當時十七歲。」我思索這件事。「也許第一張牌意味著她懷了我。」

「這確實是一種可能。」

換句話說，我母親離開時確實也可能懷了孕。「跟我說說第三張牌，戀人。」

「萊德塔羅牌所描繪的戀人，是站在生命樹和知識樹前的亞當和夏娃。他們不是我們在聖經中聽聞的墮落情人，而是理想關係的典範。」蘭蒂指向在他們頭頂上盤旋的一位天使。「在這裡，大天使拉斐爾讓這兩人在一起，並祝福他們。」

「妳認為這對戀人是指我的父母嗎？」

蘭蒂搖頭。「我不這麼認為。妳的父母本來就是戀人。如果我的假設是正確的，這些牌是為了表達傳統的五牌陣，那麼這張卡片代表了未來，而提供這張卡片的人就是亞當，妳母親則是夏娃。」

我看著下一張陰暗的牌，寶劍三。上頭描繪著一顆紅色的心，三把藍色鋼劍穿過它，上方烏雲密布，背景下著雨。「看來這對戀人的結局並不圓滿。」

「我覺得有趣的是，這也是唯一一張出自小阿卡納的牌，因為它表明了無論是誰提供這些牌，都仔細看過了整副七十八張牌，從中只挑選了五張。」

蘭蒂用修長的手指撫摸卡片上的三把劍。

「在塔羅牌中，這張牌代表哀傷、深沉的悲傷，還有心痛。最令我感興趣的是這三把劍，彷彿這種不快樂被分享出來，不只是由寄件人和妳母親分享，也被第三方分享。」

「我的父親？」

蘭蒂聳肩。「可能是，也可能不是。這確實是一個可能。」

該來看看最後一張牌了，這張卡片描繪著一個披著斗篷的骷髏騎著一匹白色駿馬；一個死去的國王倒在馬下，彷彿被踐踏。「死神這張如何？」

「這是進行塔羅牌占卜的人都害怕的一張牌，雖然不一定出於充分理由。這張牌本身就充滿象徵意義。死去的國王象徵抗拒改變的人。右下角的主教象徵無懼地面對死亡。在他旁邊，一個年輕的女人移開視線，彷彿突然意識到自己大限已至，而一個小孩抬起頭，手裡拿著一朵花，天真無邪，無所畏懼。中間偏右的位置有一顆耀眼的太陽，在石門後面。在左邊，有一艘埃及小船在河上。埃及人相信死亡是從一種狀態過渡到另一種狀態。」

「所以意思有很多？」

「嗯……不，沒有很多。死神牌確實代表某件事的結束，甚至可能表示肉體的死亡。牌上的圖像讓我們能以不同的方式看到同一個情況。」蘭蒂給了我一個同情的微笑。「我知道妳來這裡是為了尋找答案，凱莉，可惜我沒有答案。」

「妳告訴我的東西已經比我期待的多得多。」

「這很簡單，」蘭蒂笑道：「因為妳來這裡的時候沒抱持任何期待。」

我露齒而笑。我必須承認她說得沒錯。「這個嘛，還是謝謝妳，感謝妳付出的時間和專業知識。我猜我接下來要做的是找出是誰寄來這些卡片，雖然我實在不知道要如何做到這一點。」

蘭蒂變得嚴肅，眼中滿是關切。「妳前面有漫長的路要走，而且妳一個人走不了。一路上會有妳可以信任的人，也有妳不能信任的人。有時這兩種人很難區分。有時我們一開始不喜歡的人會成為我們最好的盟友。有時我們最好的盟友會變成敵人。」

我想到我目前為止遇到的人。米絲蒂·瑞弗斯。艾菈·科爾。萊斯·艾希福特。我知道我不喜歡也不信賴米絲蒂。

艾菈雖然愛聊是非，但我總覺得她身上有些東西很討我喜歡。況且，如果小心應付她，她肯定會有所幫助。儘管我不願承認，但我真的很希望能夠信賴萊斯。但我能相信他嗎？

我看著蘭蒂青金石般的眼睛，咬著下脣，點點頭。「我會小心的。」蘭蒂看起來不太相信我這句話。「我能不能推荐一些東西？」我點頭。

「這家店有販賣用乾燥的白鼠尾草製成的煙燻棒。我建議妳買一支，清理掉龍口花巷十六號裡的任何負能量。這能讓妳住在那裡的時候受到保護。」

我想到閣樓裡的棺材和骷髏。清理房子裡的任何負能量，聽起來是個好主意，雖然我不相信一種叫做煙燻棒的東西就是答案。「我從沒聽說過所謂的煙燻棒。」

「煙燻是原住民的傳統。我向來推薦用蠟燭點燃煙燻棒，因為可能需要一點時間才能讓煙燻棒冒煙。一旦棒子被點燃，冒出火焰，就把火吹熄，好讓煙燻棒悶燒而不是燃燒。然後妳在整棟屋子裡走過每一個房間，揮舞煙燻棒，吟誦『我正在消除所有負能量，用正能量取而代之』之類的話語。務必把煙燻棒放在防火容器裡，以防灰燼掉在地上。最重要的是，煙燻的時候必須抱持著謹慎而且最恭敬的態度。在進行煙燻之前，先想清楚妳的意圖，並在進行儀式時把這個意圖清楚地記在腦海裡。完成儀式後，把煙燻棒埋在房子的土地裡。」

我離開蘭蒂時承諾我會對龍口花巷十六號進行煙燻，然後我下樓來到太陽月亮星星的一樓，把十塊錢交給說話帶有喘息聲的店員，拿到一綑看起來只是用麻繩包裹的樹枝。

骷髏和棺材。

塔羅牌和樹枝。

說真的，老爸，你究竟害我惹上什麼麻煩？

第十七章

煙燻儀式花了大約三十分鐘，屋子裡殘留著一種讓人聯想到大麻的微弱氣味。我並不是說我喜歡抽大麻，我只有在高中時試過幾次，但我記得大麻那種甜味。我打開所有的窗戶，讓屋子通風，因為我知道萊斯會在一小時內來接我、一起去購物。我不想讓他以為我在家裡抽大麻，我也不確定我是否想向他解釋我為何煙燻家中。

和往常一樣，他很準時，在星期三下午兩點按響了我的門鈴。他甚至安排好了讓屋頂公司在星期五來。

這次出門化解了我可能對他還有的任何疑慮。無論我們走到哪裡，似乎每個人都認識他而且喜歡他。我們的最後一站是一家大型零售商，提供各種廚房、浴室櫃和流理臺，包括幾種客製化選擇。很明顯的，來幫助我們的女店員都對他非常迷戀。他似乎對她們這種態度完全視而不見，這更是讓我拉緊了身上的「不要愛上這傢伙」的盔甲。我跟他最不需要的，就是跟隔壁鄰居談戀愛結果感情生變。

儘管如此，當萊斯把一隻手放在我肩上，帶我去看一排櫥櫃的時候，我還是不禁感到胃裡一陣暖意。他繼續把手放在我的肩上時，一名迷人的女子以輕盈的腳步朝我們走來，她一頭完美挑染的齊肩金髮，腳上穿著黑色細高跟鞋。乍看之下，她似乎三十出頭，但仔細觀察發現她其實是四十幾歲，因為保養得宜而比實際年齡年輕十歲。從她殺手級的身材來看——巧妙地塞進緊身牛仔褲裡，露出乳溝的灰色毛衣襯托出她黑炭色的眼睛——她經常努力健身。我知道我這種想法很邪惡，但我不禁好奇她是在什麼器材上或哪個男人身上練身體。

「哎呀呀，萊斯・艾希福特，真沒想到會在這兒遇到你，」她的嗓音甜得像楓糖漿。「而且你旁邊這位是誰呀？你交了新女友卻沒讓大家知道？」

「香緹兒，」萊斯語調中立。「這位是凱莉・邦斯戴伯，吉姆的女兒。她搬進了龍口花巷十六號。」萊斯轉頭看著我。「凱莉，這位是香緹兒・馬錢德——

托馬斯。香緹兒住在對面的十一號。」

「我現在只姓『馬錢德』了，還記得嗎？」香緹兒嬉鬧地一拍他的胸膛。我能想像她的指甲刮過他裸露的胸膛，傷口見血。

「抱歉，我忘了。」萊斯說。

「我老公離家出走後，我就放棄了他的姓氏托馬斯了。」香緹兒看著我。「我沒必要天天讓自己想起蘭斯那個廢物。」她開始從上到下打量我一番，好像在進行某種隨機測驗。我不確定我是合格還是不及格，但她終於勾起了一個甜美的微笑。「很高興見到妳，凱莉，可惜不是在最好的情況下。我知道令尊最近去世了，因為某種悲慘的事故。我聽說他是某種……勞工。」

「他是鈑金工人，這是一門需要技術的專業。」

「我相信是的，凱莉，」香緹兒一副居高臨下的態度。「說到需要技術的專業，看來妳已經讓咱們街坊的雜工開始忙碌了。我真希望妳不會占據他所有的時間。我們這些單身女性需要懂得分享。」她又打量我一番。「至少我猜妳是單身。」

「我是單身沒錯，而且妳不用擔心我，香緹兒。我才不敢因為我是單身而利用萊斯的善良天性。」我用我自己的甜美微笑來回敬她。「我向來覺得打無助牌的女人有點可憐，妳不覺得？那種很需要關懷的人實在讓人覺得可悲。」

香緹兒臉色漲紅成豬肝色，把手機當成生命線似地盯著螢幕，喃喃自語地說要去赴什麼重要約會。

「看來冰雪公主遇到對手了。」萊斯笑道，我們一同看著她昂首闊步地走過走道，消失在視線之外。

「我也許應該對她好一點，畢竟她就住在我家對面——而且她說她丈夫剛剛離開了她。這一定很讓人難受。」

「蘭斯是在一年前離開的。根據他告訴我的，他們在幾年前就已經有問題了。況且，是她故意激怒妳。妳知道，我知道，香緹兒也知道。」

「也許吧，但她顯然挺喜歡你的。」

萊斯爆出笑聲。「我和香緹兒？我承認她是令人賞心悅目啦，但我覺得跟鯊魚一起游泳還比較安全。此外，我不喜歡很花錢的那種女人，而根據蘭斯的說法，香緹兒絕對是很花錢的類型。更別提蘭斯是我的朋友。他雖然離開了香緹兒，但我不認為他會很想看到我跟她約會。」我能理解他的看法。

＊＊＊

剩下的購物過程既迅速又平靜，至少沒再遇到討厭的鄰居。我們訂製了櫥櫃和中島——配有爐灶、水槽和內置酒櫃——以及花崗岩流理臺。

我承認，當收銀員顯示我該付多少訂金，而我不得不交出信用卡時，我確實感到相當驚恐。即使有萊斯的承包商折扣，總金額還是刺痛了我的心。

我們把他的皮卡車塞滿了非訂製的物品——水槽和抽屜把手之類的東西——然後開車回到龍口花巷。我們正要駛入車道時，萊斯對我投出一記曲球。我其實早該料到，但我原本一直把它拋諸腦後。

「我爸媽邀請我們下週末去他們在馬斯科卡的住處。妳有興趣嗎？那裡空間很大，妳會有自己的房間之類的。我跟我媽說了那些照片的時候，她說她真的必須見見妳。我們可以在星期六早上開車過去，在星期日早上趁還沒塞車前回來。回憶往事，游泳，乘船遊覽那個地區。那裡有些房產奢華得會讓妳很難想像。名人、職業運動員和企業大老擁有的房產。其中一些避暑別墅，光是地價稅就會讓我破產。」

在那裡度週末聽起來很有趣，而且和萊斯共處確實吸引我。我是否為我在那裡可能得知的東西做好了心理準備？我不確定，但我知道我需要找出答案。

「應該不錯吧。我的意思是，聽起來很棒。」

萊斯俯身過來解開我的安全帶，接著把我一綹總是垂下來的頭髮撥到我耳後。「別擔心，凱莉。妳需要找出真相，不是嗎？或至少試著這麼做。」

就是在這一刻，我意識到萊斯和其他人一樣聽聞了同樣的謠言。他知道，或至少懷疑，我在這裡的真正原因。我想跟他問清楚，問他為什麼不早點坦承。我想知道他在玩什麼遊戲，如果他有在玩遊戲。

然後我看著他那雙溫暖的棕眼，那麼嚴肅，那麼真誠——我不禁在心裡咒罵。我身上的「不要愛上這傢伙」的盔甲迅速脫落。

我對此完全無能為力。

第十八章

我回到家發現一封來自利斯的電子郵件，說他已經找了快遞寄給我打開保險箱的授權書。東西在同一天晚上寄到了，讓我能整理好隔天早上需要的一切。我幾乎興奮得睡不著。我會在那個保險箱裡發現什麼？

但我還是睡著了，整晚夢見塔羅牌和甜美的鼠尾草樹枝。鬧鐘在早上七點響起時，我已經準備好起床、回歸現實。我瞥向窗外，看到外頭下著滂沱大雨，有個來自新罕布夏州朴次茅斯的老朋友說過這種雨勢叫做「加拿大洗車場」，這種稱號是因為它的強度，它不是西雅圖或舊金山那種濛濛細雨。我們加拿大在下雨的時候，就真的是在下雨。放蕩不羈的洪流。

我嘆氣。我如果想馴服我凌亂的棕色鬈髮，都會是白費力氣。即使把頭髮牢牢地固定成馬尾或辮子，也不能保證髮絲會聽話。我不在乎直髮人多常抱怨他們好不容易弄捲的頭髮多麼容易變直；他們根本不知道自己有多幸運。筆直扁平絕對勝過毛茸捲曲。我正要出門去銀行時，門鈴響起了歌唱般的曲調。我從新的窺視孔向外查看，看到香緹兒撐著一把黑白圓點的傘。我打開門，很想知道她是出於什麼衝動而來到這裡。

「香緹兒，真令人意外。妳在淹死前快進來吧。」

她鼓起勇氣走進走廊，小心翼翼地在進門前抖掉雨傘上的水珠。我注意到她把細高跟鞋換成了一雙運動鞋，緊身毛衣和牛仔褲換成了黑色瑜伽褲和配套的連帽衣。她扯下頭上的兜帽，抖出瀑布般的大片金髮，用手指梳理。我不得不承認，即使穿著瑜伽服，而且整張臉素顏，她還是很美。而且她是直髮。我試著別恨她。

「我來是為了在店裡表現得像個討厭鬼而道歉。」她露出懊悔的微笑，帶著歉意地聳個肩。「我得承認，我因為離婚不久而適應得不太好。這似乎引出了我婊子的一面。我也承認，我像個中二生一樣迷戀萊斯。雖然我很笨拙地試著引起他的注意，但他沒有對我表現出絲毫興趣。所以當我看到他和妳在一起，他的手放在妳肩上，看起來那麼親密的模樣，好吧，我的理智線就突然斷了。那不是我最優秀的時刻。」

我不得不佩服她的誠實，而且我真的滿想要一個比艾菈・科爾更接近我年齡的女性朋友。況且，她知道或不知道的事情搞不好會對我有幫助。也許香緹兒也是在這裡土生土長。

「那也不是我最優秀的時刻。我提議接受彼此的道歉，從頭來過。」

「好主意。」她伸來一手。「香緹兒・馬錢德，住妳對面的鄰居。」

我握住她的手，輕輕搖晃了一下。「凱莉・邦斯戴伯，新屋主。我正要去銀行，不過這件事不急。請進。我可以幫妳弄些熱的飲料。」我沒提議招待餅乾。從她的身材來看，香緹兒應該不吃餅乾。如果她其實有在吃餅乾但還能維持這種身材，我並不想知道。

「妳確定嗎？妳有沒有約好跟誰見面？因為我不介意領雨票。」她咯咯笑。「我不是故意說冷笑話。」（註3）

「我沒約好跟誰見面。我只是要去看看我爸的保險箱。」

香緹兒跟著我進入廚房，在我給電熱水壺插電的時候拉了張椅子坐下。

註3「雨票」（rain check）的意思是改天再約。

「保險箱。妳知道裡頭有什麼嗎？」她臉紅。「抱歉，我太多管閒事了。當我沒問。」

「別在意。回答妳的問題，答案是我毫無頭緒。我猜等我打開了就會知道。」

「妳現在一定很好奇。我知道我會很好奇。」

我發笑。「是啊，我是滿好奇的，不過我還是有時間跟一個鄰居一起喝茶或喝咖啡。」

「我喜歡喝茶。」

「伯爵茶、紅茶、綠茶，還是香草路易波士茶？」

「綠茶。」

我點頭，開始泡茶。

「看來妳打算做些裝潢。」我把茶水倒進特大號馬克杯的時候，香緹兒說道。

「我僱了萊斯的公司進行廚房裝潢。他要打掉這面牆，讓空間變得更寬敞。雖然到時候會很凌亂，但我如果決定在一年後賣掉這棟房子，現在的裝潢就能提高到時候的賣價。按照房子原本的模樣，不可能賣到好價錢。我已經想辦法剝掉了難看的地毯。」

香緹兒挑眉。「妳打算賣掉？」

「可能吧，我還不確定，這就是為什麼我會等一年再說。」這嚴格來說不是事實，但也不算謊話。「要做的事情真的很多。我打算去過銀行後去購買臥室要用的油漆。如果我把整個工程分成小塊，就不會那麼讓我不知所措。」

「妳需要幫忙嗎？」

「幫忙買油漆？」

「這方面當然也行，但我的意思是幫忙塗油漆。蘭斯搬出去之後，我發現自己成天閒得發慌。容我自賣自誇，我其實滿會塗油漆的。」她咧嘴笑。「我也很會花別人的錢，例如如果妳需要有人幫忙買家具什麼的。蘭斯能證明我的購物能力。」她的笑容轉變成皺眉。「說真的，我知道萊斯認為我太會花錢，但我不是那種人，其實不算是。我在一個有六個孩子的家庭中排行老五。我的衣服都是我哥哥和三個姊姊穿過的舊衣服，這對我妹妹來說是個好消息，因為在我不再穿得下那些衣服時，它們幾乎已經破舊不堪，所以不管是玩具還是背心，我妹都是拿到新貨。」

「我是獨生女，所以我無法想像住在一個有八個人的房子裡，更不用說穿著舊衣服。雖然我爸並不是緊追最新流行時尚的那種人啦，而且買衣服這種事在他的優先事項上排在很後面。他恐怕把這種缺乏熱忱的態度轉移到了我身上。不過，我能理解妳會多麼想要自己的東西。」

「沒錯，我從小的重要目標，就是擁有沒有人穿過的衣服，閱讀沒人讀過的書，睡在沒人睡過的床墊上。我不認為這讓我算是很花錢的人。此外，我在買東西方面非常精打細算。我必須這麼做，尤其在跟蘭斯離婚之後。我想繼續住在那棟屋子裡，意思就是買下他那一半的房產。」香緹兒發笑。「我居然在這裡跟妳說我的人生故事，而我只是想幫妳塗油漆而已。」

我不禁好奇，香緹兒有沒有在工作。我好奇她的提議是否暗藏陷阱，我也責備自己為什麼這麼小心眼。我為什麼不接受她的善意，而是假設她別有用心？我想起蘭蒂說過什麼。有時我們一開始不喜歡的人會成為我們最好的盟友。有時我們最好的盟友會變成敵人。也許香緹兒會成為盟友。

「我以前都只有租房子，油漆是房東處理的。我確實需要有人幫我指點指點。如果妳真的確定妳不介意，那我不打算拒絕妳。」

「妳在開玩笑嗎？妳這是幫了我大忙。我的家譜工作的時間很彈性，我們只需要配合我的健身房行程就行。」她顯然注意到我的眼神，因為她像個小學生一樣仰頭咯咯笑。「不是啦，我不是健身狂。我有在教課——瑜伽、皮拉提斯、舉重和飛輪——但時間是分散的，每天都不一樣。我通常有一些早上的課，一些下午的課，而如果有哪個老師需要我代課，我就偶爾會在週末輪班。」

難怪她身材這麼好。「我一直在考慮要不要加入健身房。我在多倫多有參加一家，也已經在想念它了。這也是認識新朋友的一種方式。」

「我可以幫妳弄到免費月票。如果妳決定正式加入，我也可以幫妳弄到一點折扣。此外，如果妳打算買什麼家具，我可以開車。做為分居協議的一部分，我得到了蘭斯的皮卡車。」香緹兒露出苦笑。「對他來說，放棄那輛該死的卡車，比放棄我們這個十年婚姻更讓他捨不得。」

＊＊＊

香緹兒離開後，我才意識到她說了一些關於家譜工作的事情。也許她能幫我找到我的祖輩。我到現在還沒聯繫任何情報仲介，也許我現在不用這麼做了。當然，這意味著我得信賴香緹兒，不過話說回來，我本來就必須信賴我僱用的任何人。我還發現我對自己交到一個女性朋友的可能性感到非常開心。我已經很久沒有和任何人親近了；我之前是有跟幾個同事一起去看電影之類的，但沒有一個會讓我想與之談心。在傾訴祕密這方面，幾乎都是人們來找我吐苦水。

我前往銀行，慶幸雨終於停了，也感謝我車裡的ＧＰＳ。我是那種在自家後院轉三圈就會迷路的人，而且到目前為止，我還沒完全瞭解馬克維爾這個環境。雖然這裡跟多倫多相比顯得很小，但至少多倫多南部與安大略湖接壤，這就能幫忙判定方位。還有同樣在多倫多南邊的加拿大國家電視塔，它的高度是一千八百一十五呎，在市區大部分的地方從相當遠的距離外就能看到它。雖然這個地標並不能保證我能找到路，但確實發揮了一點指南針的作用。雖然指南針也幫不了我多少忙就是了，因為我連南北也分不清楚。我比較聽得懂「在商場左轉，過橋看到便利商店右轉，然後左轉進入有一家中國菜外賣的小商場」這種指示。事實證明，這就是前往銀行的路。

雖然銀行的大廳外面就有四臺自動提款機，但裡頭大約有十人在排隊。我排在一個被雨淋溼的建築工人後面，他低頭盯著自己滿是泥巴的工作靴。我環顧四周，這家銀行跟一般城鎮或城市的任何銀行非常相似。一排出納員的籠子，一個詢問處，一些訪客椅，幾個提供經理、信貸主管之類的員工使用的玻璃牆辦公室。

一個穿著金色緊身褲和豹紋束腰外衣的胖女人，正在和手機另一端的人熱烈地大聲交談。即使出納員叫她過去，她也沒掛斷電話。

我不禁好奇那個女人知不知道自己多麼沒禮貌，但我意識到，她就算知道大概也不在乎。

她離開時還在手機上喋喋不休，話題關於後院燒烤和一個不體貼的嫂子。我對這個話題的諷刺性咧嘴一笑，隨即在出納員的提示下來到她剛剛站過的位置。

出納員是一個二十多歲的男子，一頭深色波浪形鬈髮，臉上有酒窩，戴著厚框眼鏡，他仔細檢查了我的文件，然後說他必須跟經理確認一下。我能感覺到排隊的人們投來的目光，他們在想這會浪費他們多少時間。我能理解。我有次在哪裡看過，我們一生中有三分之一的時間都在睡覺。我開始覺得我們一生中也有三分之一的時間都拿來排隊。我轉身向他們抱歉地笑了笑，這時我不敢相信我的眼睛——我在隊伍的盡頭看到米絲蒂・瑞弗斯。巧合？也許吧。但也可能是她跟蹤了我。但為什麼？我朝她的方位點個頭。她也點了頭，但不發一語。

我可能想太多了。

在看似漫長但可能只過了幾分鐘的時間後，出納員回來，並護送我進入鋼門後面的安全區域，我在裡頭面對著幾排保險箱。出納員用他的鑰匙打開保險箱，告訴我我的鑰匙可以打開裡頭的盒子。

「妳用完之後按鈴，我會來接妳。」他說。

我點點頭，用顫抖的手打開了盒子。

第十九章

如果我以為保險箱裡的東西能回答我所有的問題，我就大錯特錯了。裡頭有幾枚舊硬幣，可能有些價值，還有幾百美元的現金，混雜著五元、十元和二十元鈔票。

還有一個信封。我認出了父親用黑色墨水潦草地寫在信封正面的潦草筆跡。「在我死後由凱拉米媞・桃樂絲・邦斯戴伯開啟。」看到這句話，感覺就像挨了一記重拳，因為這意味著爸爸知道自己可能會死。我熟悉的那個人——也許該說我原本以為熟悉——在生前完全沒有對我表現出他擔心自身安危的跡象。

我想著把這封信帶回龍口花巷十六號，但我已經等太久了。我實在沒辦法再等三十分鐘。我扯開信封。

信上的日期是在父親去世前的一個月。我盯著熟悉的潦草字跡一分鐘，強忍即將掉下的眼淚。然後我開始閱讀。

親愛的凱拉米媞，

是的，我知道妳討厭我叫妳凱拉米媞，但我覺得如果我死了，妳應該會放我一馬。如果妳正在讀這封信，那我應該已經死了。我也希望妳能原諒我在遺囑中加入的馬克維爾附則。

當然，我知道妳有可能直接等到一年後，讓米絲蒂·瑞弗斯接手調查，也許這就是我應該堅持的，尤其如果我想保護妳免受任何可能的傷痛或傷害。問題是，這麼多年來我一直在努力保護妳，不讓妳知道真相。我錯了。妳有權利知道真相，也許不是在妳六歲的時候，但肯定在妳長大到能夠理解的時候。我卻任憑歲月流逝，從不談論妳的母親。這對她留下的回憶和對妳的記憶來說都不公平。

我所知道的是，妳的母親很愛妳。她也愛我，雖然我承認我們之間有起有落。哪個婚姻不是呢？尤其因為我和她把妳帶到這個世界上的時候，我們自己也不過是孩子。然而，我至今依然不相信，以前也從不相信，妳母親是自願離開我們的。是某件事，或某個人，迫使她離開。多年來，我一直以為她會回來。這就是為什麼我留著龍口花巷十六號。如果沒有那棟房子，她要怎樣找到我們？那是在社群媒體和網路出現之前的時代。

日子一年年過去，而過了一段時間後，連我也開始放棄希望。利斯・漢普頓，我親愛的老友，以自負態度和多次婚姻而聞名，幾年前懇求我放棄搜索，因為一個私家偵探收了我很多錢卻一無所獲。有很長一段時間，我聽從了他的建議。畢竟，那位私家偵探是一個老朋友極力推薦的，我非常信賴的人。

當米絲蒂・瑞弗斯租下房子時，情況發生了變化。她告訴我房子並不是鬧鬼，而是被妳母親的靈魂占據。我知道這聽起來很牽強，但另一個租客也暗示了同樣的狀況。

米絲蒂確信妳母親是被謀殺的，而且她想幫我查明真相。我承認，我一開始是抱持懷疑態度。我不相信靈魂或通靈術，但我一直無法接受妳母親的失蹤。所以我決定相信她。

我們才剛開始展開調查時，我在某天的午休差點喪命。當時的工程是一個新的公寓開發項目，有很多複雜的問題，而且施工進度遠遠落後。為了節省時間，每天會有一個工人負責記下每個人要點的餐，然後打電話給當地一家餐館，之後去取餐。那天剛好是我負責這麼做。我穿過央街，前往三明治餐廳的時候，我們建築公司的一輛廂型車闖了紅燈。要不是因為另一個行人，一個老人在最後一刻用拐杖把我拉了回來，我永遠不會有機會寫這封信。

大約一星期後，另一起事故發生了，這次是在我要離開工地的時候。我當時已經摘下了安全帽，就在大樓外面，這時一把鉚釘槍從三十層樓上掉下來，離我的頭不到一吋。如果那把鉚釘槍砸中我，我就會當場死亡。

我停止閱讀，閉上眼睛。他在工作時兩次差點死亡。之後發生了不幸的職場事故。這僅僅是巧合，證明施工現場的安全程序不合標準，還是有人故意的？

我正打算繼續閱讀時，出納員回來了，確認一切是否正常。我向他保證一切都很好，並告訴他我準備離開了。我闔起保險箱，把硬幣和現金留在裡頭，把信摺起來收進信封，塞進我的錢包。我該回家了。我所謂的家是指龍口花巷。

＊＊＊

我泡了一杯伯爵茶，然後坐在小圓桌旁，準備繼續閱讀。迅速瀏覽後，我找到了讀到一半的地方。

我真希望我有更多的訊息可以跟妳分享。我可以告訴妳的是，那兩起驚險事故，是在我決定搬回馬克維爾、調查妳母親的失蹤案之後發生的。米絲蒂提出舉行降靈會的計畫。一開始我不太願意，但她很有說服力。總之，我在一家劇院用品店買了一口紙棺材，並透過醫療用品目錄訂購了一具骷髏。

米絲蒂建議放幾張我們全家的照片，所以我拿出了四張，是在妳母親失蹤的前一年拍的，放在棺材的枕頭底下。現在把這件事寫下來，讓我意識到這聽起來多麼荒謬，但我當時真的願意嘗試任何方法。我甚至想像在降靈會期間邀請嫌疑人來屋子裡，看看他們的表情。當然，首先我得找到嫌疑人。

難怪閣樓裡有骷髏。不知道他原本打算什麼時候告訴我這件事。信上的下一句話回答了我的問題。

我原本打算搬家後告訴妳。我不太確定妳會有什麼反應，而且老實說，我也不知道如何告訴妳我為何這麼做。我只希望妳還沒進去閣樓。如果妳沒先看過這個解釋就發現了裡頭的棺材，我無法想像妳會作何感想。我只有讓少數幾個人知道我打算搬回馬克維爾。利斯當然知道，米絲蒂・瑞弗斯也知道。還有隔壁鄰居艾菈・科爾和萊斯・艾希福特。我無法想像他們當中有任何一個人試圖傷害我。

我確實抽空去了馬克維爾圖書館，看了妳母親失蹤那段日子的剪報。他們的紀錄十分零散，但他們確實介紹我去「區域參考圖書館」，那間圖書館顯然擁有更詳細的檔案。我在寫這封信的時候，還沒有去那裡。

如果妳決定去一趟，我要警告妳，妳會讀到一些關於我的事，是妳不會想知道的事。雖然我從未被拘留過，但鎮上的每個人，包括負責此案的警官，似乎都懷疑我有做出不當行為，認為是我殺了妳的母親、隱藏了屍體。我有跟警方合作，但我也決定帶妳搬去多倫多，重新開始。我不想讓妳在童年忍受謠言。

就我所知，我在他們眼裡依然有嫌疑。這個案子當然一直沒破案。但相信我，凱拉米媞，我沒有做出任何傷害妳母親的事。我只想知道她去了哪裡，還有為什麼。我相信，如果妳能查出是誰想要我死，妳也會查明我心愛的艾比蓋兒發生了什麼事。我知道這是一個風險，我懇求妳小心，但我也希望妳能查明真相。也許到時候，妳母親的靈魂就會得到解脫。

全心全意愛妳，

爸爸

我又把信重讀了兩遍。然後我給自己倒了一大杯白葡萄酒，打電話點了一份起司披薩配辣椒和增量番茄醬。是時候吃療癒系食物、制訂計畫了。

＊＊＊

我把一張小椅子拉到前廊，坐在那裡，嚼著披薩，喝著酒，這時香緹兒在從健身房下班回家的路上順道拜訪了我。我被爸爸的信搞得筋疲力盡，因此一直沒有去買油漆。我其實完全忘了這件事，也如實告訴她。坦承這件事，這讓我有點尷尬，畢竟她自願幫我塗油漆，我卻連用品都沒去買。

香緹兒對我的道歉揮手表示別在意，問我是不是發生了什麼事。看來我坐在屋外喝酒吃披薩算是某種信號。又或許是因為，我沾染醬汁的臉上露出驚愕的表情。

「沒發生什麼事。我只是收到一封信，內容有點令人沮喪。」我注意到自己失禮了。「要不要來一杯葡萄酒？我大概不應該在屋外獨自喝酒，這會給艾菈．科爾很多話題。」

「她如果忙著談論妳，就不會談論我們其他人，」香緹兒笑道：「不過，當然，如果妳願意，我很樂意來一杯葡萄酒和一片披薩。我剛上完三堂一小時的健身課，現在餓得能吃掉一隻熊的胳臂。妳的披薩上好像有辣椒？」

我點頭。「還有增量醬汁。吃起來很髒亂，但很美味。」

香緹兒跟著我進屋，搬出第二張小椅子，這時我倒了酒，把一片披薩放在盤子上。然後我們回到前廊。

「這個前廊是這棟房子最好的地方，」我開口，不確定還應該說什麼。「我應該在這裡放幾把藤椅之類的，讓它看起來更溫馨。」

「好主意。但等妳開始處理後，房子的其餘部分也會一樣好，甚至更好。」

「我再次為沒有準備好油漆道歉。我明天會試著去買。」然後我想到區域參考圖書館。「或許星期六吧。」

「如果妳能等到星期六，我可以跟妳一起去。那天我休假。我們可以一起選油漆，也許甚至買兩張藤椅。我跟妳說過，我喜歡購物，而且我的裝潢品味很好。妳的床罩是什麼顏色？」

「我其實用得著新的床罩。我現在用的那個很舊了。我也樂意接受妳協助我購物的提議。購物不是我的強項。」

「好極了。十一點怎麼樣？我們可以去買東西，而如果妳有時間，我們甚至可以一起提前吃晚餐。」

星期天不為我自己一個人做晚餐，聽起來很不錯。「就這麼說定了。」

我不知道香緹兒會不會問我關於那封信的事，但她沒問。我發現自己意外地感到失望；我真的需要一個知己。

我能相信她嗎？

「妳在龍口花巷住多久了？」

如果這個問題看起來很突然，香緹兒也似乎沒注意到。

「算到今年十月就是第十年了。我和蘭斯結婚時買的房子。」她露出苦笑。「那些年比較開心。」

「妳原本就是這附近的人嗎？」

「當然不是。蘭斯也不是。我們都來自渥太華，但蘭斯在多倫多找到了工作，而我們在那裡什麼都買不起。就連馬克維爾也幾乎不在我們的價格範圍內。我一開始很討厭這裡，但後來喜歡上了。我雖然還是想念渥太華，但這裡現在是我的家。」

「妳有見過我爸嗎？」

她搖頭。「我看見他來過幾次，但我沒跟他說過話。不過萊斯好像認識他。為什麼這麼問？而且問這麼多做什麼？」

「抱歉，我像個討厭鬼。」

「不，妳不是，只是我總覺得妳好像在盤問我什麼。」她眯眼打量我，然後點個頭。「是關於那封信吧？妳想把那封信的事告訴我，但妳不知道是否應該相信我。」

我沒想到我這麼好懂。又或許香緹兒只是非常敏銳。

「我是想找個人說說那封信的事，」我說：「我只是還沒準備好這麼做。」

「妳準備好談論它的時候，我會準備好傾聽。」

之後，我們靜靜地坐著，喝著酒，嚼著披薩。我想問問她的家譜工作，但現在似乎不是時候。經過十五分鐘的友好沉默後，香緹兒答應星期天來找我，然後她起身走向對街。

我聽到隔壁房子的窗戶關上了。

看來艾菈・科爾聽得很飽。

第二十章

我被頭頂上的腳步聲吵醒。我只花了一分鐘就想起萊斯安排了工人今天修屋頂，但我承認我在這一分鐘裡深受驚嚇。我的心跳不再急促後，我起床準備迎接新的一天。

吃過早餐，跟屋頂工人快速交談後，我做的第一件事是準備給利斯的每週報告。

收件人：利斯・漢普頓
寄件人：凱莉・邦斯戴伯
主旨：週五報告第二號

又遇見兩個鄰居，艾菈・科爾和香緹兒・馬錢德。艾菈和她已故的丈夫艾迪，跟我爸媽是朋友。艾菈提供了一些關於我母親失蹤的歷史，特別是我母親在一九八六年二月十四日早上送我去學校後就再也沒出現。艾菈認為警方懷疑我父親，但找不到證據。我相信艾菈可能有更多情報，我會嘗試跟她交朋友。香緹兒似乎跟過去那些事沒有任何關聯。如你所知，我發現了一把保險箱鑰匙，我也去了銀行。保險箱裡放著幾枚硬幣和一些美元現金。

最後，我找到了第二個房客，潔西卡・塔瑪倫。潔西卡現在成了蘭蒂，在太陽月亮星星當塔羅牌占卜師，馬克維爾一家新紀元風格的商店。我在星期四見到她。她記得我母親的失蹤案，因為她和家人當時剛搬進鎮上，那是個大新聞。但她當時才十幾歲，沒有任何情報能給我。

我在給利斯的報告上有遺漏一些事實，例如這次我沒提到我發現的塔羅牌和我父親的信，但我認為這兩者都是私人訊息。等我掌握了所有線索後，我會在適當的時候跟他分享這些事。確認這次報告能滿足附則條款後，我按下傳送鍵，然後登出電腦。我該去區域參考圖書館了。我只希望工人不會從屋頂掉進閣樓裡，否則我會很難解釋閣樓裡為什麼有棺材。

＊＊＊

圖書館在馬克維爾以南，是一座龐大的四層樓建築，為整個雪松郡提供服務。這裡號稱擁有該地區最大的圖書、雜誌、數位版本和檔案館藏。我在登記處辦了一張借書證，然後走到主樓的詢問處，盡量避免鞋跟在瓷磚地板上喀啦作響。「我在哪裡可以找到報紙檔案？」

「從哪一年開始？」櫃檯人員問道。

「一九八六。」

「那在三樓。妳得請雪莉幫妳。她是檔案館的負責人。我相當確定那些紀錄還在微縮膠片上。」

我根本不知道微縮膠片是什麼，但我還是點頭。我走上樓梯，穿過蜿蜒曲折的玻璃牆和鍛鐵欄杆。周圍有幾十排雜誌、擺滿書架的書本，還有一堆黑色金屬文件櫃。中央地帶有幾張長桌和椅子。有些桌子上放著電腦，許多顯示器是龐大而過時的那種。其中兩張桌子上，放著一個看起來像高架投影機的東西。有幾個人在看雜誌，還有兩個人在電腦前，但似乎沒有人對投影機感興趣。

負責這裡的圖書管理員，坐在靠近後側的櫃檯後面。我走近她時，她正忙著在鍵盤上敲打。她抬起頭，把臉上的黑框老花眼鏡挪到額頭上。我猜她就是雪莉，檔案館的負責人。

「我能幫妳什麼？」

「主樓層詢問處的女士告訴我，一個叫雪莉的人可以幫助我查看《馬克維爾郵報》的報紙檔案，從一九八六年算起。」我把借書證遞給她。她瞥了一眼，將它掃描到電腦中，然後還給我。

「我是雪莉，」她指向桌上一個名牌。「那些紀錄應該在微縮膠片上。」

「我不確定那是什麼。」

她露齒而笑。「的確，妳太年輕了，應該不記得微縮膠片當年是大發明。妳大概只是勉強記得傳真機，更別提電傳打字機。」

銀行偶爾還是會使用傳真機。可是電傳打字機？電傳打字機是啥？我臉上的困惑大概證實了她的猜測。

「別在意，」雪莉微笑道：「這跟妳的請求無關，我只是在洩漏自己的年齡而已。基本上，微縮膠片是一種在狹小空間裡存儲許多文件的方法。膠片是一張索引卡大小的卡片，插進微縮膠片閱讀器裡——那些看起來像高架投影機的機器。閱讀器會將圖像放大，顯示在螢幕上。這在現在當然是過時的技術，但在當時相當創新。」

「會很難用嗎？」那些機器看起來像是上個世紀的東西。當然，它們確實來自上個世紀。

「一點也不。如果妳想列印出來，我們甚至有一臺印表機，每張收費十分錢，文件夾要多加一塊錢。那麼，讓我們找到妳要找的年份，我會迅速教妳怎麼用。」

一九八〇年代的微縮膠片占據了黑色金屬文件櫃中的幾個抽屜。

「它們都是按出版日期和刊物名稱排序的，」雪莉指向索引標籤。「妳知道刊物的名字嗎？或是確切日期？」

我決定從一九八六年二月十三日的《馬克維爾郵報》開始找起，也就是母親「失蹤」的前一天。雖然那份報紙上應該不會有什麼情報，但由於該郵報只在星期四出版，所以試試也不會有什麼壞處。況且，也許就是那份報紙上的某些內容引發了發生在我母親身上的事。

雪莉抽出微縮膠片，它確實是按名稱和日期編入索引，她指示我不要把卡片重新塞回文件櫃裡，並指出：「如果它們的排序出了問題，下一個人就不可能找到要找的檔案了。」我答應了，雖然我覺得圖書館不相信我能按照刊物名稱和日期歸檔膠片這件事讓我莞爾。

說清楚規則後，雪莉向我展示如何使用閱讀器。方法其實相當簡單，雖然我對當年負責拍攝所有刊物的人員深感同情。我在銀行工作的時候，曾被要求掃描一系列關於詐騙的文章，並將其轉換為ＰＤＦ格式，以配合銀行的電子報，那真的是無聊到令人麻木的工作。

我迅速瀏覽了一下，並沒有立即獲得任何線索，但這份檔案確實讓我稍微窺見了當年比今天小得多的馬克維爾鎮。報紙上有招聘廣告和訃聞，甚至還有一些生日祝福和結婚公告，但大部分都是本地居民做本地事務的照片。孩子們穿著雪衣在雪橇上滑行，他們的父母掛著凍僵的笑臉旁觀。長滿粉刺的青少年在薩迪霍金斯日的學校舞會上跳舞，幾位老師做為陪護站在角落，有點徒勞地試著讓自己看起來不無聊。關於馬克維爾的曲棍球隊的兩頁跨頁報導，附有每一場近期比賽的報告。

我研究了每一張照片、每一個名字，都沒有任何印象。但這確實讓我意識到，報紙可能有報導我媽在一九八四年加拿大日植樹的事情。我該回溯更早的日期了。我把一九八六年二月十三日的膠卷放進館員提供的回收盒裡，然後繼續查看文件。我的選擇是六月二十八日或七月五日。我選了七月五日，因為植樹應該是在七月一日。

我沒感到失望。頭版上有一張我母親的照片，她金色的長髮在腦後紮成馬尾辮，微笑的臉上沾染黑土。她穿戴著園藝手套、牛仔短褲、紅色T恤——胸前的圖案是一把鏟子，裡頭有片白色楓葉——腳上是登山靴。標題寫著：本地居民艾比蓋兒・邦斯戴伯帶領馬克維爾的加拿大日植樹活動。

G・G・彼卓傑洛寫了一個簡短的故事來配合這張照片，還引述了我母親針對志工和社區的重要性的幾句發言。從報紙上來看，鎮上其他地方也有類似的植樹儀式，都是我母親組織的。這篇報導的結尾寫著「第八頁有更多相片」。

我啟動了印表機。正如那句結尾所承諾的，第八頁有著許多照片，提供者的名字也寫著G・G・彼卓傑洛。可惜這些照片都沒有註解。我記下了G・G・彼卓傑洛這個名字，雖然過了這麼多年未必還找得到這個人，我也不確定我要詢問或告訴對方什麼。然後我更仔細地研究了這些照片。圖像有顆粒感，投影的畫質也不是很好，但我還是能辨識出臉孔。在十名面帶微笑、都穿著相同的紅楓T恤的志工的合影中，我父親站在前排，緊挨著我母親。他看起來輕鬆愉快。他們倆都是。但還有另一張臉孔盯著我。一名男子的臉孔。他有著金色頭髮、嚴肅的棕色眼睛，以及輪廓分明、微微向上傾斜的下巴。是墜飾裡的那個男人——墜飾裡的刻字寫著瑞德——他站在後排，就在我母親的正後方。

我又一次感到一種熟悉感。我見過這個人嗎？如果見過，是在什麼時候？不管我有沒有見過他，很顯然地我父親也認識他。難道他們是朋友？

在一九八四年的加拿大日左右，我母親跟他有著婚外情？瑞德就是我父親在信上提到的「有起有落」的其中一個「落」？也許真的是，而我母親有試著結束這段關係。這就能解釋，她在一九八五年在她於前一年種下的楓樹前拍攝的照片。我爸媽在那天很開心，這點我很確定。

墜飾上的日期是一九八六年一月十四日。艾菈·科爾說過，我媽在一九八五年十二月的生日那天明顯心情不好。也許婚外情再次重燃，也可能是瑞德拒絕放手。我想到那些塔羅牌。蘭蒂相信它們是為了傳達一個字面上的訊息。它們是瑞德寄來的？如果不是他寄來的，又會是誰？

我按摩太陽穴。有那麼多的問題尚未得到解答，那麼多的可能性。我拿起列印影本，放進雪莉提供的文件夾，接著取出微縮膠片，放進盒子裡。我知道我應該瀏覽一九八四年剩下的報導，還有整個一九八五年，然後查看一九八六年。一想到我要獨自完成這件事，這令我望而生畏，更不用說多麼耗費時間。我嘆口氣，回到文件櫃前。

* * *

一九八四年剩餘的《馬克維爾郵報》沒讓我獲得任何成果。我靠向椅背，試著讓僵硬的脖子和背脊放鬆點。我幾乎一整個上午都在彎著腰盯著微縮膠片閱讀器，我感到僵硬、痠痛又飢餓。在開始瀏覽一九八五年的報導之前，我需要休息一下。我已經決定，等我從艾希福特的木屋回來後再來查看一九八六年的報導。閱讀父親身為命案嫌疑人的故事，需要全新的眼光和強壯的胃袋。我告訴雪莉我會在一小時後回來，我付了影印和文件夾的錢，然後走下蜿蜒的樓梯。

圖書館的一樓有一家小咖啡館，供應鬆餅、餅乾、貝果、一些現成的鮪魚和雞蛋沙拉三明治，還有各式各樣的茶和咖啡。我點了一大杯薄荷茶和一個烤芝麻貝果配淡奶油起司——我從不相信那些事先做好的三明治——然後在一張小圓桌旁坐下。我拿出可可脂護脣膏，這個儀式讓我感到安心。

我吃著貝果，喝著茶，同時研究影本上的報紙文章和照片。其他人看起來都不讓我感到熟悉。我考慮要不要問萊斯是否認得報導上的任何人，但他在一九八四年的時候應該才八歲。這麼做應該只是浪費時間，而且我將不得不向他承認我一直在挖掘昔日紀錄。「想更瞭解我母親」跟「想認真研究」是兩回事。我不想讓他認為我對這件事感到執著，而且我還沒準備好告訴他關於遺囑附則的事。

我也可以問問艾菈·科爾是否知道這些人是誰，不過如果這麼做，不知道她會在鎮上散布什麼樣的八卦……也許，我該把這件事當作一項更瞭解我的過去的任務，而不是試著解開一個謎團。我決定多加考慮。吃完貝果後，我回到三樓，準備應付一九八五年。

＊＊＊

有那麼一段時間，一九八五年的報導看起來並沒有比一九八四年下半年的報導更有希望。直到五月十五日的報導出現時，我才找到母親的另一張照片。她再次登上頭版，這一次被番茄罐頭包圍。這篇文章讚揚了她的志工工作，這次是因為她率先建立了本地第一家食物銀行。

「不是只有多倫多那種大城市才有人餓肚子。在馬克維爾也有許多家庭勉強餬口，」報導引述了她說過的話：「每個人都能幫忙，方法就是在七月一日為鎮上的加拿大日慶祝活動提供不易腐壞的食品。我們最需要的是花生醬、魚罐頭、豆類罐頭、蔬菜和湯、嬰兒奶粉、麥片，還有利樂包果汁。讓我們填滿食物銀行的貨架吧！」

我發現自己淚流滿面。我的母親也許有過外遇。說真的，她可能真的有過婚外情，但她是個好人。

她在乎別人。

我瀏覽了報紙的其餘部分。沒有什麼特別的東西。接下來的幾個星期沒有任何特別之處，直到七月四日那天的報紙。這次的頭版上，是一張加拿大日煙火的照片。標題寫著：

加拿大日慶祝活動以市政廳的煙火收尾。持續了一整天的活動包括兒童臉部彩繪、新馬克維爾食物銀行的食品募捐活動，以及農貿市場的工匠博覽會。第十五和十六頁有更多相片。

我翻過接下來的十四頁——沒有什麼發現——然後在第十五和十六頁，報紙的中心跨頁停下來。我的母親在其中一張照片上，周圍是成堆的非易腐性食品，我的父親在她身邊。瑞德不在任何一張相片上。但這不一定意味著他不在那裡。

我印出這一頁，取出微縮膠片，然後繼續查看文件。我讀到十二月十二日的報紙時，已經眼睛疲憊，脖子和背脊都在乞求解脫，但我獲得的獎勵是看到母親重返頭版，這次是宣傳節日送餐活動。也許是我的錯覺，但她在這張照片中看起來比以前瘦，笑容也顯得緊繃。我掃視文章：

「我知道每年這時候有很多慈善事業和公益事業希望我們拿出錢來，更不用說我們自己的家人了，但我們希望那些拿得出錢來的人，願意在消防大廳或食物銀行捐出不易腐壞的食物。」艾比蓋兒・邦斯戴伯表示：「我們即將入冬，人們這時候往往會躲在室內。讓我們試著準備好物資吧！」

雖然母親在相片的前景，但照片上還有另外四名志工。一個鬍鬚剃得很短的男子，左眉上方有一個新月形的小傷疤，還有兩個女人，一個是棕色膚色，身形優美，另一個是紅頭髮，身材瘦削。身形優美的那個女人有點讓我眼熟。然後我看到瑞德。絕對是瑞德。

我試著辨識婀娜女子的身分。她的姿態有點特別，但也不只如此。而是她那雙眼睛，烏黑而精明。

我恍然大悟。相片上的她比現在的她年輕了三十多歲，至少也比現在輕了三十多磅。相片上的她，灰褐色的頭髮是八〇年代的爆炸頭，而不是現在的蓬鬆白金金髮。但毫無疑問的是，這個女人就是米絲蒂・瑞弗斯。

意識到米絲蒂認識我母親卻沒讓我父親知道這一點，這帶來的疑問多過答案。米絲蒂・瑞弗斯究竟知道什麼？她為什麼要在龍口花巷租房子——利斯知道她過去跟我母親的關係嗎？她是希望查明真相？還是她想阻止真相重見天日？

蘭蒂有警告我要小心。我總覺得我在面對米絲蒂・瑞弗斯的時候，得加倍小心。

第二十一章

我決定在聯繫米絲蒂之前，先完成所有的微縮膠片研究。我有可能會發現一些額外的情報，讓我在跟米絲蒂見面前做好準備。這意味著我得查看從一九七九年三月——我父母是在那時候搬來鎮上——到一九八六年十二月的紀錄。父親是在九月份搬去多倫多，但多查看幾個月也沒什麼壞處。這項任務實在是繁瑣難耐。《馬克維爾郵報》每年出版五十二次，這意味著我有四百多期的報紙要看。

我正要回溯到一九七九年的時候——我承認這是一種拖延策略，因為我還沒有準備好閱讀我母親失蹤的消息——我想到食物銀行照片中，那個鬍鬚男可能也在一九八四年加拿大日植樹的照片上。我從文件夾中取出影本，掃視照片，尋找他。找到了，他站在後排。絕對是同一人，他臉上那道疤是再明確不過的特徵。但他究竟是誰，這依然是個謎。

我把微縮膠片放進盒子裡，起身伸個懶腰，知道我實在沒力氣再看下一張微縮膠片。明天再來吧。

＊＊＊

第二天，值班的依然是檔案館館長雪莉。看到我的時候，她面露微笑，對我揮揮手。我回以微笑，不確定要不要請她幫忙。我漫步上前。「雪莉，我不確定這是否違反規則，但我想知道妳能否協助我進行研究？我需要從一九七九年看到一九八六年年末的報導。我已經看完了從一九八四年到一九八五年的報導，但按照我的速度來看，我恐怕得搬進來住了。我需要幫手。」

雪莉抿起嘴脣，環顧圖書館。有幾個人在電腦前，但似乎都在忙自己的事。思考了一、兩分鐘後，她開口：「我十分鐘後休息。到時候去咖啡館見我，跟我說說妳在找什麼。然後我會決定。」

跟星期五相比，咖啡館今天比較忙碌，但我們還是順利找到兩個人的桌位。我給雪莉買了一杯放了兩份糖的無咖啡因咖啡，給自己買了一杯伯爵茶。我告訴她我正在尋找關於我母親艾比蓋兒或艾比・邦斯戴伯，或是我父親詹姆士或吉姆・邦斯戴伯的任何相關資料時，我嗓音裡的情緒讓我感到驚訝。

「妳為什麼在找他們？」

一個簡單的疑問，一個值得如實回答的問題，尤其是在我尋求幫助的時候。「我媽在我六歲的時候失蹤了，在一九八六年的情人節。我相信有些人對我父親提出了一些懷疑，儘管沒有任何證據，而且他堅稱自己是清白的。他在幾個月前因職場事故而去世。我繼承了他在馬克維爾的房子，上星期搬來這裡。也許我這麼做毫無意義，但我想找出原因，或至少更瞭解我母親。不僅僅是她的失蹤，而是其他我能找到的任何東西。我對她的印象恐怕很模糊了。」

「妳這可憐的孩子，」雪莉說：「我其實還記得一些關於這個案子的事情，雖然不太記得細節。這在當時是大新聞。」她靠向椅背，閉眼片刻。「我很確定我們當時樓下的牆上貼著尋人啟事的海報。我似乎記得有人提供獎金。那張尋人啟事可能早已不復存在，但誰知道呢？也許有人把它收在我們的地下室檔案館裡。裡頭收藏著很多比那更奇怪的東西。」

我不確定提供了獎金的尋人啟事海報能幫到我什麼，但我願意探索每一條路。「妳覺得我可以查看地下室檔案嗎？」

「嗯？噢，不行，那裡只有員工能進去，但我很樂意幫妳找。」雪莉低頭看著自己的淺灰色褲子和白色襯衫。「好吧，也許今天不行，因為我穿成這樣，但我保證下星期我會找一天這麼做。」

「謝謝妳。」我不想得寸進尺，不過……「妳覺得妳在我的研究上能幫我嗎？」

「這部分是個灰色地帶。嚴格來講，我按理來說只能引導妳使用檔案館。」

「我明白。」我盡量不讓自己聽來失望。

「我不是說我不會幫妳，凱拉米媞。我是說我按理來說不能幫妳。」雪莉微笑。「我在這裡工作了三十年，將在這個月底退休。他們到時候能怎麼辦？解僱我？」我沒告訴她我不喜歡被叫凱拉米媞。

「所以妳會幫我？」

「會的。」雪莉瞥手錶一眼。「我的休息時間快結束了，我最好回去了。」

一想到能獲得幫助，這振奮了我的精神。我謝過雪莉，快步衝上樓梯，一次跨過兩階。

＊＊＊

雪莉說到做到。她找來一名學生志工坐在辦公桌前，她自己坐在我旁邊的微縮膠片閱讀器前面。

「這些是我想更瞭解的對象，」我向她展示了我的影本，指著年輕的米絲蒂・瑞弗斯、我的母親、父親、瑞德，還有臉上有鬍鬚和傷疤的陌生人。「如果妳在任何其他照片中看到他們，請讓我知道。」

雪莉同意處理更早的年份——一九七九年到一九八三年——我將從一九八六年開始，這之後的報導應該有更多跟我母親失蹤有關的內容。

我們並肩工作，都專注於手頭的任務。我不時瞥她一眼，但只看到她搖頭。她正在查看一九七九年的資料，還沒有任何發現。因為我母親在一九七九年應該肚子裡懷著我，所以沒有任何發現也很正常。他們當時搬到一個新的地方，新婚不久，等待一個孩子的到來。志工服務應該不是他們的優先事項。

問題是，我在一九八六年的報紙上也沒有什麼收穫。一月份的報紙甚至完全沒提到我母親的名字，二月一開始幾星期的報紙也是。直到二月二十日星期四，我才在郵報上看到第一個報導。

這倒也合理，因為情人節應該是前一個星期五，而這個報紙每星期只出刊一次。這個報導登上了第一頁，不過細節十分粗略。媽媽的加拿大日植樹照片被裁剪和放大，好讓她的臉龐更清楚，但我看得出來這是同一張照片。內容寫著：

受歡迎的馬克維爾志工失蹤

艾比蓋兒・邦斯戴伯因食物銀行和其他志工活動而在馬克維爾廣為人知，她最後一次露面是在二月十四日星期五。她的丈夫，詹姆士（吉姆）・邦斯戴伯懸賞任何可能找到她下落的線索。

艾比蓋兒和吉姆育有一個孩子，六歲的女兒凱莉。

「艾比蓋兒絕不會自願丟下我們的女兒，」吉姆・邦斯戴伯表示：「我擔心她也許成了暴行的受害者，很可能是綁架。」據馬克維爾警方稱，目前尚未收到贖金通知。如果有人有任何線索，請通知羅格·拉姆齊警探，電話 555-853-5763 分機 241。

我印出這一頁，標出拉姆齊警探的姓名和電話號碼。然後我把影本遞給雪莉，指著他的名字。她迅速掃視一下，全神貫注，皺起眉心，然後搖搖頭，輕輕說聲「抱歉」。

我並沒有灰心。圖書館員確實沒理由認識警察。他現在可能已經退休了，但這仍然是一個線索。我打算打電話給阿布圖斯警員，問她是否認識他。

隔週的星期四報紙，刊出了標題為「馬克維爾母親依然下落不明」的更多報導。這次報紙上刊登了另一張照片，很可能是我父親提供的。她的金髮披散在臉上，鬆散的波浪狀拂過肩膀，嘴角勾起淡淡的笑意。我感到驚訝，因為她真的很像塔羅牌上的女皇。

除了我父親之外，報紙也採訪了拉姆齊警探、艾菈·科爾、她的丈夫艾迪，還有瑪姬·洛納根，艾菈指責說這個愛管閒事的女人加劇了人們對我父親的懷疑。我列印了這份報導，重讀了一遍，邊看邊畫重點並做筆記。

在情人節失蹤的兩週後，廣受歡迎的馬克維爾食物銀行組織者和志工艾比蓋兒・邦斯戴伯依然下落不明。儘管由羅格・拉姆齊警探領導的馬克維爾警方集中努力，但依然沒有線索，也沒有證據表示這是一起刑事案件。然而，艾比蓋兒的丈夫詹姆士（吉姆）・邦斯戴伯堅持認為他與妻子的婚姻很牢固，他的妻子永遠不會自願丟下他們的女兒。

「艾比蓋兒和我婚姻美滿，」邦斯戴伯說：「當然，我們之間有起有落，哪對夫妻沒有呢？可是我們愛著彼此，也愛著我們的女兒。艾比蓋兒絕對不會一走了之，丟下我們兩人，連一張紙條都沒留下。我懇請所有有任何線索的人聯繫警方，無論看似多麼微不足道。求求你們。我懸賞三千元的獎金。我願意拿出更多，但只拿得出這麼多。」

我不禁好奇一九八六年的三千塊錢能買多少東西，也提醒自己查查這方面。我還注意到，父親用的動詞時態是現在式。「我們愛著彼此」，而不是「我們愛過彼此」。我繼續讀下去。

艾比蓋兒・邦斯戴伯最後一次被目擊，是送她六歲女兒凱莉上學的時候。凱莉的老師和校長都證實了凱莉當天有去上學校，但她的媽媽並沒有像往常一樣去接她。

「他們不得不打電話給她的緊急聯絡人，一位鄰居。」學校發言人表示。學校以家長與老師之間的保密關係為由，拒絕了進一步評論。《馬克維爾郵報》後來得知，那位鄰居是艾菈・科爾。在接受郵報獨家採訪時，科爾太太說艾比蓋兒和她女兒那天早上早些時候來過她家，送給她凱莉手工製作的情人節禮物。那是她最後一次看到艾比蓋兒・邦斯戴伯。

「當然，我一接到學校的電話，就立刻出門了，」科爾表示：「我馬上去把那可憐的孩子接回來。然後我一直陪著她，直到吉米（詹姆士・邦斯戴伯）下班回家。他擔心得發狂。我們都搜查了房子和院子，然後吉米開車在附近轉了一圈。也許他以為她在散步時迷了路什麼的。但他一直沒有找到她。艾比蓋兒・邦斯戴伯彷彿人間蒸發。」

瑪姬・洛納根不同意科爾太太的觀點，而是認為邦斯戴伯的婚姻並不總是美滿。被要求詳細說明時，洛納根說她已將所知的都告訴了警方，並相信他們會查明真相。「我不想被當成愛聊是非的那種人。」洛納根表示。

當然不想，我心想。傷害都已經造成了，還不想被貼上「愛聊是非」的標籤。我不禁好奇，食物銀行那張照片上那個身分不明的女子是不是瑪姬．洛納根。那人有可能是她，而如果是，我就又確認了一個人的身分，但我還是需要找到瑪姬，跟她談談。我繼續閱讀報導。拉姆齊警探指出，艾比蓋兒所有的個人物品似乎都完好無缺。「我們沒辦法百分之百確認，」拉姆齊說：「但邦斯戴伯先生告訴我們，他已經詳細檢查過了。就他所知，沒有任何東西遺失。」

出現了。第一個懷疑的跡象。**我們沒辦法百分之百確認。邦斯戴伯先生告訴我們**。

接下來的篇幅總結了更多類似的內容，包括我母親過去在志工方面的一些努力。我把影本放進文件夾，靠在椅子上，試圖緩解背部和頸部的緊繃感。我看著雪莉提供的回收盒裡越來越多的微縮膠片。注意到我的目光，她搖搖頭。她沒有任何發現。

我起身去拿三月份的《馬克維爾郵報》微縮膠片。這個月份的報導算是之前那些報導的翻版，故事被排到第三頁，後來被排到第六頁，最後完全消失，直到八月中旬才出現「馬克維爾失蹤婦女的丈夫離開本鎮」這個頭條新聞，撰寫人是G・G・彼卓傑洛。這一次沒有相片。標題充滿八卦意味，但內容本身很平淡：

詹姆士・邦斯戴伯和他六歲的女兒凱莉將離開馬克維爾，開始新的生活。邦斯戴伯的妻子，艾比蓋兒，一個受歡迎的食物銀行志工，在去年二月失蹤。

警方表示調查仍在進行中。目前沒有線索。

「艾比蓋兒失蹤後，這裡就變得不一樣了，我不想讓凱莉成為她學校裡憐憫或八卦的對象，」情緒激動的邦斯戴伯在專訪中告訴本郵報。「雖然我們非常喜歡這個小鎮，但現在該搬去一個沒人認識我們的地方了。」

我列印這篇報導時，雪莉輕推我一下。「我差不多看完了，」她輕聲道：「我只有找到這個。」

她遞給我日期為一九八三年十二月十五日的微縮膠片。馬克維爾志工們在頒獎晚宴上獲得表彰。撰寫人和照片提供者又是G・G・彼卓傑洛。照片上有幾個不同年齡的男女，整齊地排成四排。我母親在第二排。我現在認得是瑞德的那個人在後排。我沒看到米絲蒂・瑞弗斯或鬍鬚男，不過我確實看到我懷疑是瑪姬・洛納根的女子。標題寫著：**泰倫斯・薩契爾接待本地志工**。相片沒有名字註解，因此我不知道照片中哪個男人是泰倫斯・薩契爾。

這篇報導很簡短，基本上是對鎮上各種志工活動的回顧，從圖書館之友到食物銀行，再到清理附近的公園。報導的最後，感謝了本地餐廳薩契爾之屋及其老闆泰倫斯「泰瑞」薩契爾慷慨地主持了頒獎晚宴。

「做為一家本地商家，我感謝所有志工為了讓這個小鎮變得更好而所做的一切。」薩契爾表示。

我記得艾菈・科爾跟我說過這家餐廳的事，它因為連鎖店的湧入而已經歇業了，但泰倫斯「泰瑞」薩契爾這個人可能還在世。我列印了這篇報導，把它塞進了文件夾。這疊文件從今早開始變得有點厚了，但我實在沒辦法說我獲得的情報量有增加多少。話雖如此，有總比沒有好。

我從椅子上鬆弛僵硬的背部和脖子，感謝雪莉付出的時間和幫助。她跟著我走到走廊，並答應一有機會就去地下室檔案館尋找那張懸賞海報。

「我也會查看一下《太陽報》和《星報》，」她說：「至少查查一九八六年的二月和三月。它們能提供的東西應該不會比《馬克維爾郵報》更多，但誰知道呢。」

「我對妳真的感激不盡。」

「別這麼說。這是我多年來第一次真的覺得自己在做對得起薪水的事。」

第二十二章

在微縮膠片閱讀器上彎腰看了一天之後，我非常願意暫時放下研究和調查。長期以來，我在星期天早上的儀式包括享用放著荷包蛋的黑麥吐司，以及詳細閱讀《多倫多太陽報》，尤其是娛樂版。我特別喜歡莉茲·布朗那種半開玩笑、歇斯底里又刻薄的方式看待名流的生活。

我穿上一雙毛茸茸的粉紅色拖鞋，走到車道盡頭，拿起報紙。我在多倫多的公寓前面有小報亭，但在馬克維爾，唯一的選擇是長途跋涉去當地的便利商店購買，或等報紙送上門，這意味著有人開著小貨車，把用塑膠袋包裹的報紙往外扔，無論報紙會碰巧降落在哪裡。

我彎腰拿起報紙，眼角餘光注意到艾菈·科爾。從她那份報紙的分量來看，她是《多倫多星報》的訂戶。我總是選擇《週六星報》，裡頭有一頁是《紐約時報》書評。我也很喜歡彼得・豪厄爾富有見解的電影評論，以及傑克・巴頓對近期懸疑小說的評論。

我對艾菈點點頭，看到她身上蓬鬆的黃色浴袍和同色的人字拖。她把我的點頭當作談話邀請。

「新屋頂看起來很不錯喔，凱莉。」

我抬頭看了一眼，點頭同意。這是一項重大改進，而且值得慶幸的是，當我從圖書館回到家時，新屋頂幾乎已經完工，而且沒有人掉進閣樓。到了付帳的時候，我不禁用力嚥了口水。屋頂真的很貴。「我覺得他們做得很好。」

「既然是萊斯推薦的，就一定可靠。他真是個優秀的年輕人，我晚上散步遇到他時他總是彬彬有禮。妳今天除了看報紙之外，還有什麼計畫嗎？」

說得好像她那天晚上沒偷聽一樣。「我要跟住對面的香緹兒去購物。」

「那麼，親愛的，祝妳玩得開心。妳準備好處理那個花園的時候，別忘了跟我說一聲。」

我許下承諾後走回屋裡，這時萊斯從他的屋裡出來拿報紙。看起來他同時訂了《太陽報》和《星報》。

「我承認，我對報紙上了癮，」他咧嘴笑。「我也訂了《環球郵報》，還有線上版的《紐約時報》。從不同角度講述的同一個故事，聽起來就完全不一樣，這真是不可思議。」

從不同角度講述的同一個故事。我怎麼沒想到？

＊＊＊

值得慶幸的是，和香緹兒一起購物既有教育意義又愉快。很有教育意義，因為事實證明她買東西非常精打細算，而且不怕討價還價。很愉快，因為她看起來真的很開心，而且她的熱情深具感染力。

話雖如此，在香緹兒身邊會讓我感到有點自卑。我雖然不是選美皇后，不過我一直認為自己具有鄰家女孩的魅力。但和香緹兒在一起時，我成了透明人。男人似乎就是被她吸引，雖然我也不怪他們。我真搞不懂，為什麼萊斯沒有成為她這種強烈魅力的犧牲品。有什麼是他知道而我不知道的？

我們後來去了十幾家店，我的信用卡在我購買主臥室要用的大號床墊和彈簧床架時遭遇了強力的考驗——在我提議買比較便宜的雙人床墊時，香緹兒對我說「考慮長遠的未來，而且正面思考」——我也買下了帶有床頭櫃的床頭板，香緹兒說「這非常適合較小的空間」。她甚至說服我花錢買了新床單、綠松石色和奶油色的被子，連同幾個裝飾性抱枕和相配的檯燈。

「我真不敢相信，妳竟然打算在還不知道配色方案的情況下挑選油漆，」香緹兒在我們終於喝咖啡休息時說道，對我露出狡黠的笑臉。「況且，妳永遠不知道妳什麼時候需要讓過夜的客人留下深刻印象。」

我咒罵自己立刻想到萊斯，也為此臉紅。或許現在也該升級我的內衣了。我的內衣褲是舒適的棉質——非常實用，但談不上性感。我也傾向於穿著超大號棉質T恤睡覺，其中大多都是參加路跑活動時拿到的。

＊＊＊

如果我以為我可以在簡短的午餐後停止花錢——當然是我請客——我就大錯特錯了。儘管如此，當香緹兒堅稱比較小的那間臥室可以當作完美的辦公室時，我不得不承認這有道理。我拖著疲憊的屁股走出餐廳，準備去一家出售新家具和二手家具的折扣辦公用品店看看。

我們找到一張狀況很好的二手櫻桃木層壓板書桌，配有書架櫃和兩個文件抽屜，非常適合我的需求，而且價格合理。我愛上了一把全新的、舒適的、靠背可調的黑色真皮轉椅，但對它的價格望而卻步，它的價格是桌子的三倍。但香緹兒設法說服了銷售經理——一個看起來好像患有貧血的三十多歲男子——如果我們買下樣品椅，價格就可以降低三成。我不禁心想，如果沒有香緹兒，我是否也能談成同樣的價錢，但我總覺得不太可能。她就是散發一種特質，會讓人想按照她的要求去做。至少在她表現得迷人的時候。我回想起我們在商店的初次相遇。她那個魅力四射的外表下，肯定隱藏著更黑暗的一面。

＊＊＊

黑暗面比我希望得更早出現了。我們把所有商品塞進香緹兒的皮卡車，在龍口花巷十六號卸貨後，決定在度過「充實」的一天後——一直在花錢的一天後——用晚餐犒賞自己。香緹兒提議去「班維努托」，一家當地的義大利餐廳，以烤箱烤製的披薩、新鮮的花園沙拉和道地的自助餐而聞名。「他們的甘藍菜苗與朝鮮薊披薩美味極了，」她興奮地說：「而且我知道妳喜歡披薩。」

我確實喜歡，而且甘藍菜苗與朝鮮薊的組合聽起來很好。雖然有點不尋常，但值得試試。

麻煩是在我們等候服務時開始的，排在我們前面的一對情侶選走了最後兩片甘藍菜苗與朝鮮薊披薩。班維努托並不是沒有其他選擇，至少還有其他十種披薩，上面有各種配料，其中一個看起來比較像是塞滿了甘藍菜苗和莫札瑞拉起司的餡餅。

我認為香緹兒原本可以放下這件事。問題是，這對情侶的其中一人是個絕美的年輕女人——陶瓷般的肌膚，齊腰的黑髮，碧綠的眼睛，長到耳朵的大長腿。她看起來只有二十出頭，不過這年頭的女孩子似乎都很早熟，所以她可能其實更年輕。從她撫摸男子，以及在他的臉和脖子上不停親吻來看，她顯然很喜歡這個同樣有魅力，但比她年長得多的男伴。

「你在當保母，蘭斯？」香緹兒的嗓音呈現出我在第一次遇到她時，注意到的那種楓糖漿般的音質。

看來這位就是蘭斯．托馬斯，香緹兒的前夫。

蘭斯轉過身，彷彿這才注意到她，不過從他手上的甘藍菜苗與朝鮮薊披薩來看——香緹兒說過這是她最喜歡的口味——他可能早些時候就已經看到她了。無論是真是假，從他臉上惱怒的表情來看，他對這次偶遇一點都不高興。

「香緹兒。我沒想到妳還會來這兒。」

「有些事情不是離婚就能影響我的，例如我選擇在哪裡用餐。」

「看來妳找到了一個新的木偶來操弄。」蘭斯看著我，彷彿我是一隻被貓拖進來的天真老鼠。「容我警告妳，女士。木偶一旦沒了利用價值，就常常會被香緹兒切斷操控線。」

我們周圍的人們開始移開視線，拖著腳。一名女子拿出手機，可能是想把我們這場互動拍攝下來、傳到網路上。我有點想鑽進地洞裡，但也有點想知道我可能在滿足香緹兒的什麼目的。不過最令我不爽的，是我被稱作木偶。我也很討厭被叫「女士」。

「我叫凱莉，不是女士，而且我認為我已經大到能照顧自己了。」

「不像那個在你身上摸來摸去的青春期少女。」香緹兒附和。

蘭斯對她投以惡毒眼神。「妳不知道妳在和誰來往，凱莉。香緹兒做任何事都是以某種方式對她有利，而且我要強調『任何事』。妳和我們這些凡人又會有哪裡不一樣？我花了將近十年的時間，才看穿香緹兒的把戲。相信我，妳的時候會來的。每個人都一樣。」說完，他伸手摟住約會對象的腰，帶她走出了餐廳。

「看來他們不想要沙拉和披薩了。」收銀員聳肩道，指向放在取餐櫃檯上的兩盤食物。「妳們兩位有興趣嗎？本店請客。」

「免費披薩和沙拉，」香緹兒說：「總好過吃烏鴉。」

「好極了，我會把東西放進烤箱加熱一下。只要一分鐘。」

「我不用加熱了，」香緹兒說：「『復仇』這道菜越冷越美味。」

我們吃了不冷不熱的披薩和沙拉，稍微試著談論今天早些時候的有趣事件，但沒辦法像之前那麼熱絡。我們的互動在尷尬的氣氛下結束了，我們倆都含糊地承諾很快會聚在一起。我任何向她傾訴心事或詢問關於家譜工作的想法，都被擱置了。

後來，我躺在床上，腦海裡一遍又一遍地回放餐廳的場景。難道蘭斯說的是事實，香緹兒只是在操弄我？如果是，是為了什麼目的？

第二十三章

我星期一早上的計畫是再進閣樓裡看看，希望能找到一些東西來幫助我進行調查，像是日記，或是信件和照片。

可能還有別的發現——除了墜飾盒和《災星簡》電影海報——可以帶給阿雅貝菈．卡本特看看。

我為閣樓裡的幽閉氣氛做好準備，然後推開壁櫥的入口。我把頭探進去時，首先看到的是那口棺材。即使知道是爸爸把它放在那裡，也絲毫沒有減少它的驚悚度。想到這裡曾舉辦降靈會，我在這個溫暖空間裡還是打了冷顫。我打量了大型海上行李箱，和一個較小的黃銅飾邊的藍色箱子。我很想把這兩個東西都搬去客廳，但我知道我的力氣不夠，而且我不想為這件事尋求幫助。至少現在還不想。

我決定先從大型的海上行李箱開始。它看起來像是用皮革和某種硬木條製成。我從龐大的黃銅環鑰匙圈上找到了正確的鑰匙，打開行李箱，發現奶油色緞子襯裡和一大堆衣服。很顯然的，爸爸把媽媽衣櫥裡所有的東西都拿走了，存放在這裡，以為她可能會回來。

我輕輕地翻了裡頭的東西，一個個拉出來。這些衣服不是很多，但該有的都有。牛仔褲。T恤。背心裙、短褲和裙子。幾件襯衫和西裝外套。一件樸素的黑色平紋針織連衣裙，適合去餐廳用餐或去劇院的那種。沒有任何東西勾起我的印象，不過一件約翰・麥倫坎普在一九八五年的《稻草人》巡演的運動衫讓我露出微笑。爸爸一輩子都是麥倫坎普的超級粉絲。

看到兩件分別是粉紅色和黑色斜條紋的緊身衣，我才感覺到眼眶泛淚。其中一件看起來大約是女性的八號碼，另一件顯然是為年幼的孩子製作的。一雙黑色針織護腿套，一個女人的和一個孩子的，用別針固定在每件緊身衣上，黑色緊身連衣褲也是如此。

看到它們，勾起了我甚至原本不知道自己擁有的回憶。我和媽媽當年曾嘗試按照珍・芳達的健身影片做一系列有氧運動，結果摔倒在地板上，歇斯底里地發出女孩般的咯咯笑聲。

我不禁好奇，一個和自己六歲女兒一起練健美操的女人——兩人都穿著相配的緊身衣——會不會一言不發地拋棄孩子。她每天都會走路送這個女兒上下學。我把衣服放在一邊，查看箱子裡剩下的東西。沒有什麼特別突出的，沒有任何東西喚起其他回憶。我把一切都放回原處，強忍眼淚。

接下來，我打開藍色行李箱。裡面是一件高腰的米白色婚紗、鑲有小水鑽的白色繫帶涼鞋、一個鑲有珠飾的白色錢包、一條藍色吊襪帶，還有一個小巧的藍金琺瑯盒。藍色絲絨內襯的盒子裡，有一條珍珠項鍊和一對相配的珍珠耳釘。錢包裡空空如也，只有一枚一九七九年的銀幣，我爸媽結婚的那年。

看來這些是媽媽的結婚用品。我拿出一個薄薄的白色紙箱，掀開蓋子，裡頭是一本相冊。我暫時把它放在一邊，繼續尋找。

沒有多少別的東西。一個圓形的藍金琺瑯首飾盒，比存放結婚珍珠項鍊的那個盒子大一些。我打開首飾盒，看到一條帶有射手座星座吊飾的銀鍊、一雙銀圈耳環，還有五個細銀手鐲，上面有各種銀絲圖案。沒有戒指。

媽媽當時擁有的珠寶就是這些？還是她帶走了一些她最喜歡的東西？看

起來並不多，雖然爸爸說什麼東西都沒有丟失。如果她當時戴著結婚戒指，這也合理。

接下來我打開相冊，快速瀏覽了一下，然後又回到第一頁。裡頭的珍貴照片不多，但每一張下面都整齊地貼上了標籤。我不禁注意到四個空白，原本應該是放著四季全家福。

相冊的前三頁放著爸媽的結婚相片。父親看起來非常年輕也非常幸福，可惜他棕色的波浪鬈髮梳成了鯔魚頭。他身穿鋼藍色的拉絨燈芯絨西裝、白襯衫和淺藍白條紋領帶。這種時尚令我不寒而慄。

母親穿著我在行李箱裡發現的灰白色高腰連衣裙，連同一雙鑲著小水鑽的白色繫帶涼鞋。她的金髮盤成一個精緻的髮髻，突顯了她修長的脖子、珍珠項鍊和相配的珍珠耳釘。相片上沒看到鑲有珠飾的錢包。她在肚子前捧著一束用蕾絲包裹的石頭花和薰衣草，大概是為了遮掩她的孕肚。

如果父親當時看起來年輕，母親看起來就像個高中生，但她的笑容燦爛奪目。總共大約有十幾張照片，而根據背景來判斷，是在攝影棚拍攝的。沒有一張和其他人的合影。我從保護套裡取出一張照片，發現背面印有金色印章，寫著《閃耀時刻攝影工作室》。沒有攝影師的名字。我是可以 Google 這家公司，但他們還在營業的可能性微乎其微。數位時代毀了許多人的職涯。

看完婚紗照，接下來的照片是嬰兒時期的我，擺著各種姿勢。我只穿著尿布，在嬰兒圍欄裡；在烏龜形狀的綠色塑膠淺水池中玩水；擁抱著一隻有著明亮黑色鈕釦眼睛的巨大絨毛貓熊。我感到腹部深處一陣刺痛。我記得我當時去哪都拖著那隻貓熊。我一定已經擁有它很多年，雖然它在何時離開、去了哪裡，至今還是個謎。我猜我是在某個時候對它失去了興趣，父親把它捐給了慈善機構或扔進了垃圾桶。這兩種可能性都讓我有點難過。

有一張照片是我和媽媽在黃棕相間的廚房裡烘餅乾，嚴格來說是她在把餅乾切成星形，而我正在舔木勺，左臉頰上沾了一點麵粉。我穿著紅白相間的圍裙，那條圍裙有心形小口袋。

下一頁還有幾張我的照片，這次是父親在海灘上建造一座沙堡，另一張是他站在我旁邊，我騎著三輪車。我真希望我還記得那些事件。相冊裡的照片沒有按時間順序排列，其中有幾頁全是我的生日照片，每一張都展示了我穿著褶邊連衣裙，我瘋狂捲曲的頭髮被絲帶或某種東西固定，我試圖吹熄塗有巧克力糖霜的蛋糕上的粉色和白色數字蠟燭。這些生日照片停在我六歲的時候。父親向來不喜歡拍照，但即使他有拍，這本相冊也已經在這個閣樓裡存放多年了。

還有一些相片是我和百貨公司的聖誕老人合影。在第一年的相片上，我當時快八個月大，媽媽緊緊抱著我，站在聖誕老人旁邊。在第二年和第三年的相片上，我坐在聖誕老人的膝上，臉上帶著驚恐的表情，看起來好像拚命忍著不哭。接下來三年的相片上，我看起來明顯更開心了，笑容燦爛，自信地抬起下巴。也許我當時已經明白拜訪聖誕老人意味著能拿到禮物。

我注意到一件事。儘管相冊裡的相片小心擺放，各個區段都經過精心排列，但沒有一張我們一家三口的合影。這就是為什麼媽媽請艾菈幫忙拍四季照？她擔心我回顧這些照片時會覺得我們不幸福？我們不像一個家？我闔起相冊，知道這只是另一個我無法回答的問題。

我最後發現的，是一個蓋了紅色郵戳的白色信封，上面用英文和法文寫著「結婚證書」。我打開它，攤開裡頭的紙。左上角用英文寫著「安大略省」。中間是安大略省的官方徽印。右上角用法文寫著「安大略省」。我跳過其餘的法文部分，因為只有英文的那一面有填寫資料。

我在此授權並授予此許可，以授權馬克維爾龍口花巷十六號的詹姆士・大衛・邦斯戴伯與湖濱鎮摩爾蓋特莊園一二七號的艾比蓋兒・艾莉森・奧斯古德之間的婚姻。

這張證書由馬克維爾的結婚證書頒發機構，於一九七八年十二月一日簽署並註明日期。結婚證書上簽了字，並註明日期為一九七八年十二月八日，儀式是在馬克維爾市政廳舉行。有兩個見證人簽名。第一個是來自多倫多的德韋恩・舒特。第二個是主持了那場儀式的地方治安法官的人員。

德韋恩・舒特。

我不記得爸爸有提過他，但他對我爸媽來說一定是個重要人物，才會在他們的公證結婚儀式上擔任見證人。也許他是媽媽的朋友。

我會盡我所能找到他，看看他記得什麼。

結婚證書還透露了其他情報。

如果我沒記錯，媽媽嫁給爸爸時已經懷孕四個月左右，而他當時已經是龍口花巷這棟房子的主人。

我闔起行李箱，拿起相冊和結婚證書。

我現在得知了德韋恩．舒特這條線索。

我也知道母親的娘家姓氏是奧斯古德，而且她原本住在湖濱鎮的摩爾蓋特莊園一二七號。

這是我第一次感到一絲微弱的樂觀情緒。也許只要多花點時間和精力，我就能解開這個謎團。

第二十四章

我在Google上快速搜尋了一下，找到了德韋恩·舒特的領英帳戶。我嚇下從喉嚨裡湧上來的膽汁。不僅僅是因為德韋恩的職業被列為「南安大略省建築公司」的工地主任，我父親去世時就是在這家公司工作。不僅僅是因為他似乎住過不同城市，先是向西然後向東搬遷，直到一年前才最終回到多倫多。甚至不是因為他的第一個雇主是在湖濱鎮的奧斯古德建築公司。奧斯古德，母親的娘家姓氏。湖濱鎮，她長大的地方。

不，這都不是讓我想嘔吐的原因。

而是因為他的照片。他臉上沒了鬍鬚，也顯得比以前老，多了幾條皺紋，頭髮也少了很多，白了很多。但不可否認的是，他就是食物銀行照片中那個身分不明的人。左眼有傷疤的男人。跟我母親還有瑞德站在一起的人。這究竟意味著什麼？

＊＊＊

我的第一通電話是打給利斯．漢普頓。接待員告訴我他在法院，但她會要他在回到辦公室後打電話給我。我接下來打給南安大略省建築公司，希望能找到德韋恩．舒特。聽過了一系列冗長繁瑣的語音提示後，我終於可以選擇留下訊息。我照做了，說出我的名字和電話號碼，但沒說明我為何打來。然後我打去雪松郡警察局，想找羅格．拉姆齊警探。對方告訴我那裡沒有叫這個名字的現役警官。我決心找出他現在可能在哪裡，於是撥通了阿布圖斯警員名片上的電話號碼。聽到她的語音信箱問候語時，我掛斷了電話。

我在心灰意冷之下開始來回踱步。

喝了一杯茶，吃下兩塊巧克力餅乾之後，我想起萊斯說過他為什麼訂四份報紙。他覺得從不同角度閱讀同一個故事很有趣。我現在就是必須這麼做。介於這一切往事之間的其中某處，可能就是事實。我該整理情報了，首先該列出報紙上提到或拍攝的每個人。我抓起紙筆，開始寫字。

- 羅格．拉姆齊警探
- 瑪姬．洛納根
- 艾菈．科爾
- 米絲蒂．瑞弗斯
- 德韋恩．舒特
- 瑞德，姓氏不明
- 我的小學校長和老師，都沒被寫出名字
- G．G．彼卓傑洛，撰稿人和攝影師，性別不明
- 泰瑞．薩契爾，薩契爾之屋的老闆

我看了看名單。雖然不多，但總好過什麼都沒有。我開始對自己的業餘偵探能力更有了一點信心，也許這才是我該做的行業。我再次查看我的清單。

艾菈．科爾就住隔壁，而且她喜歡說話。就從她開始。

＊＊＊

我把手機留在家裡；如果我想和艾菈說話，就不需要手機造成的分心，而且她給我的印象是那種不喜歡談話被打擾的人。我拿起在圖書館列印的文件，然後前往隔壁。我按下門鈴後，艾菈不到一分鐘就應了門。

「哎呀，凱莉，真是個驚喜。」艾菈低頭看了一眼我手裡的文件夾。「妳帶來一些東西給我看？」我點頭。

「進來吧。」

我跟著她走進一個一塵不染的現代廚房，廚房的開口通往一個同樣一塵不染的起居區域。搭配烏木珠飾的白色櫥櫃。帶有金色斑點的黑色花崗岩流理臺。裝有閃亮白色飾邊的麥色牆壁。不鏽鋼家電。我意識到，她的廚房比她本人更現代。

艾菈指向一個腎形的中島，請我坐下。

我跳上一張由鍍鉻和黑色皮革組成的吧檯凳，試著讓自己舒服一點。

「要不要喝點什麼？茶？咖啡？我剛做了一個漂亮的杏仁奶油細末蛋糕。」

「麻煩給我茶。不放糖和奶。」

「不吃蛋糕？」

我不太喜歡奶油細末蛋糕，我總覺得這種蛋糕乾巴巴的，但艾菈看起來很失望，所以我答應吃一小塊。她忙著準備時，我向她說明我去區域參考圖書館的行程。我沒提到雪莉，我不想害她惹上任何麻煩。

「也許我這麼做很瘋狂，」我說：「但自從妳跟我說了妳所知道的事，我就一直蠢蠢欲動。我需要知道更多。」

艾菈把茶和蛋糕放在桌上，然後在我對面坐下。「妳有找到更多嗎？」

「不算有，至少從『發生了什麼事』的角度來看沒有。妳跟我說的事件相關情報，可能跟新聞報導一樣多，也許更多。但我有把它們印出來，不知道妳是否願意跟我一起看看。」

「我知道我在星期天晚上回答了妳的問題，凱莉，但我必須告訴妳，我開始覺得我是不是多嘴了。艾迪常說我話太多，他恐怕是對的。挖掘過去並不總是個好主意。」艾菈俯身過來，用一隻手蓋住我的手。「如果妳發現了一些妳不想知道的事情怎麼辦？如果妳挑起一些最好繼續被埋葬的昔日麻煩事？」

我從她的手中抽手。「妳是在暗示我可能會發現我父親有罪。我不相信他有罪，但我願意冒這個險。」

「不僅如此，凱莉。艾迪以前常說，去戳馬蜂窩的人，通常會被螫。」

「我很感謝妳的關心，艾菈，但我不能放下這件事。我必須查明我母親發生了什麼，或至少這麼嘗試。」這是事實，而且目前已經不只是為了滿足遺囑附則。

艾菈點頭。「好吧，如果妳確定，那我會盡我所能幫助妳。但答應我妳會小心。」

「我答應。」我打開文件夾，拿出加拿大日植樹的志工合影。

「這張照片裡有十個人。我能認出我的母親和父親，但我不認識其他人。」這句話稍微偏離事實，因為我認得瑞德就是墜飾盒裡的人。但這嚴格來說不是謊話，因為我確實不認識他。「妳能說出其中哪個人的名字嗎？」

艾菈把眼鏡從鼻梁上拉下來，凝視相片。她用手指一一撫摸每一張臉，先是頂排，然後是底排。她指著一個看起來五十出頭的男子。他又高又瘦，五官稜角分明，鼻子寬大，留著《夏威夷之虎》的湯姆·謝立克那種濃密的棕色八字鬍。他戴著多倫多藍鳥隊的棒球帽，身上是紅白相間的加拿大日植樹T恤、卡其色短褲和工作靴。

「妳父親旁邊這個人是艾迪。他和妳父親在植樹活動當志工，為了支持妳母親。那天下午是我照顧妳。」

我記下筆記：最後一排的第三個人是艾迪．科爾。「其他人看起來眼熟嗎？」

艾菈又看了一會兒照片，最後搖搖頭。「不，抱歉。」

我很失望。我原本希望她能認出我知道是瑞德的男子，但即使她認得，也沒有說出來。「妳認得負責報導的人的名字嗎？G．G．彼卓傑洛。」

艾菈低頭看了名字一眼，又搖搖頭。「我記得曾接受過郵報一位年輕女士的採訪，但我不記得她的名字。她的名字可能是琪琪吧。抱歉，我幫不上更多忙。」

「沒關係，我也只是想試試。」我把影本放回文件夾中，拿出聖誕節食物募捐活動那張。照片上是我母親、年輕的米絲蒂．瑞弗斯、我知道叫瑞德的男子、我現在知道叫德韋恩．舒特的男子，還有我懷疑是瑪姬．洛納根的女子。

「這張照片呢？是在十二月拍的，在一次假日食物募捐活動上。」

艾菈再次研究照片，而這次出現了更好的成果。她抬起頭，臉上露出困惑的表情。「看在老天的份上，這個鬈髮女人就是米絲蒂・瑞弗斯。我差點不認得她。」

「我原本也懷疑是她，但現在能確認就更好了。不過這確實令我好奇，她為什麼不告訴我她認識我母親。這也讓我想知道她為什麼租過那棟房子。」

「我必須承認，我也想過這個問題。她住在那裡的時候聲稱房子鬧鬼，說一個曾住在裡頭的女人是死於非正常因素。當時我以為她是個通靈者，但現在看來，她似乎很清楚來龍去脈。我真希望我能為妳提供更多幫助，但我從沒真正瞭解過她，除了她給我的說詞以外，而這現在似乎很可疑，不是嗎？」

「的確，但這可能有一個完全合理的解釋。」我其實一點不相信有一個合理的解釋，但我不想讓艾菈有八卦話題。「我覺得妳最好不要向任何人提及這件事，以防萬一。」

「當然，我會守口如瓶。」

我只能希望她說到做到。「妳還認得照片上的其他人嗎？」

「這個紅髮女人就是我跟妳說過的長舌婦，瑪姬・洛納根。」

「原來這就是瑪姬・洛納根。妳知不知道她是否還住在馬克維爾？」

艾菈搖頭。「她搬去了北邊，走得好。她現在在馬斯科卡的某處，好像是格雷文赫斯特或巴拉，但我可能弄錯了。那至少是二十五年前的事了。我在那以後再也沒見過她，也沒聽過她的消息。我也沒理由聽說她的消息。我不喜歡她，我確定她也不喜歡我。」

這雖然不是什麼重大線索，但我已經比來這裡之前知道了更多。「那個金髮的男人怎麼樣？我在加拿大日的照片上注意到他。」我抽出照片給艾菈看。艾菈隔著眼鏡瞇起眼睛，點點頭。「沒錯，絕對是同一個人，但我不知道他是誰。艾迪可能認識他，因為他有參加加拿大日的植樹活動，但他即使認識，也未曾向我提過。」

「沒關係，妳已經幫了大忙。留鬍鬚的那個人呢？」我指向我知道是德韋恩·舒特的男子。

「抱歉，不認得。我如果以前見過他，會記得他的傷疤。妳跟米絲蒂談話的時候，可以問問她，因為她有跟他合影。」

「我確實打算這麼做。我還有一張合照。泰倫斯·薩契爾在薩契爾之屋舉辦的感謝志工之夜。我記得妳跟我說過，那家餐廳的菜餚很美味。妳能不能告訴我，這些人當中哪一個是泰倫斯·薩契爾？」

艾菈看了一眼照片，指向一個矮胖的男人。他頂著一頭地中海禿的髮型，當時的男性還不流行在禿頭後乾脆剃光頭。「這就是泰瑞。他在餐館關門大約一年後去世，在湖濱鎮的划船事故中溺水身亡。有很多跡象指出他可能是自殺。薩契爾之屋的失敗困擾著他，但沒有什麼事獲得證實，他也沒有真正的家人。」

意思就是，泰倫斯・泰瑞・薩契爾這條線索真的是「死路一條」。「照片中還有妳認識的其他人嗎？除了我母親和瑪姬・洛納根之外？」

「我真希望有，凱莉，可惜沒有。我對其他人都沒印象。」

「好，謝謝。照片就這些。」我闔起文件夾。「我能不能問妳另一件事？」

「當然。」

「報紙上提到，我母親在情人節那天沒去接我，學校打了電話給緊急聯絡人。報紙上沒提到任何名字，但我從妳跟我說過的內容裡知道那個人就是妳。妳知道校長或我老師的名字嗎？他們沒被提及名字，但我覺得也許——」

「也許他們掌握了一些未曾公開的情報？」艾菈搖頭。「我自己沒有孩子，所以我從沒問過那些學校人員的名字。如果妳能繞過他們現在那些隱私規則，教育局也許能幫到妳。」

「我猜那個老師和校長可能都早已退休了，但這依然是個好建議。」

我起身，感謝艾菈提供的杏仁奶油細末蛋糕——比預期的還要乾巴巴——茶水，還有她的時間。然後我回到龍口花巷十六號，希望利斯或南安大略省建築公司有回電話給我。

第二十五章

我的手機上有三條訊息。一條來自利斯，一條來自南安大略省建築公司，一條來自阿布圖斯警員，她說她注意到我打給她但掛斷了、希望我一切安好。「回電話給我，凱莉，否則我會覺得我有必要去看看妳是否平安。」

雖然我很高興知道阿布圖斯在乎我的安危，但我還是詛咒自己當初幹麼打給她。我該如何向她解釋我的調查？

我先打給她，並為掛斷電話向她道歉。「沒發生任何事，警官。我只是在處理一件事，覺得妳也許可以幫我找人。我不該打擾妳。」

「既然妳已經打擾我了，就乾脆告訴我是怎麼回事。」

「沒什麼大不了。我主要是希望妳能告訴我羅格・拉姆齊警探現在可能在哪裡。我知道他已經不在警隊了。」

「羅格・拉姆齊?我對這個名字沒印象,不過我是五年前才加入警隊。妳找他做什麼?這跟妳閣樓裡的骷髏和棺材有關係嗎?」

「不,沒有。其實,我在那之後發現了我父親的一封信。原來是他把骷髏和棺材放在閣樓裡。」我停頓幾秒。「他有一個舞臺劇的想法,偵探小說作家阿嘉莎・克莉絲蒂那種風格。」

這不完全是事實,但是個合理的解釋。

阿布圖斯輕聲發笑。「阿嘉莎・克莉絲蒂很經典。警察如果能讓一幫嫌犯聚在一起、讓真凶招供就好了。不過我們繼續討論羅格・拉姆齊吧。妳為什麼要找他?」

我嘆口氣,知道這場審訊是我自找的。「說來話長。」

「也許我應該去妳那裡一趟。」

「說真的,沒這個必要。我只是想找拉姆齊警探。是私事。我一開始就不該打擾妳。」

她沉默許久,然後終於開口:「好吧,凱莉。就算不去找新案件,我也已經夠忙了。妳如果改變心意,打給我。」

「我會的。謝謝妳。」

我掛了電話，覺得既感激又覺得自己愚蠢。接下來，我打給南安大略省建築公司。

在聽過了同樣一系列煩人的語音提示後，我終於接通了接待處的現場人員。

一個感到無聊的女性嗓音問能如何幫助我，我幾乎能想像她正在磨指甲。

「我叫凱莉・邦斯戴伯。稍早前有打電話過去。」

「是的，是我回了電話給妳。」

她好像打了呵欠？「我希望能得知德韋恩・舒特的專線號碼。我知道他是貴公司的工地主管。」

「抱歉，我們不提供這種資料。本公司有非常嚴格的隱私政策。我可以轉達妳的名字和電話號碼。德韋恩會決定要不要打給妳。我可以告訴他這是怎麼回事嗎？」

「我相信我父親詹姆士・大衛・邦斯戴伯曾為德韋恩工作。或至少德韋恩認識我父親。我父親——」

「當然，我應該認出妳的姓氏。吉米是個好人。他沒有太多理由需要來辦公室，但每次來都會帶一盒天趣球（註4）。」接待員咯咯笑。「他以前常說甜甜圈的洞裡沒有卡路里。」我微笑，想起這件往事。他以前也常跟我說同樣的話。

「其實，」接待員說下去：「我們接到嚴格的命令，不得與任何人談論吉米，尤其是媒體。我可能甚至不該和妳說話。我不能丟掉工作。」

「我不是媒體，我是吉米的女兒。此外，我只是希望妳把我的名字和電話號碼轉告給德韋恩・舒特。」

「這應該沒關係。他通常在星期五早上會來辦公室一趟、核對工資單。我到時候告訴他。」

我只能希望她真的會做到。我的最後一通電話是打給利斯・漢普頓。這一次，我立刻被接通。

「凱莉，有什麼事嗎？」

「你為什麼不告訴我米絲蒂・瑞弗斯認識我媽？」

註4「天趣球」（Timbits）是加拿大連鎖店「蒂姆・霍頓斯」的油炸球形甜品，用甜甜圈中間挖空所取得的麵團油炸而成。

他沉默許久後開口：「我向妳保證，我這麼做是出於充分理由。不幸的是，我這時候不得不引用律師與客戶間的保密特權。我相信妳能明白。」

「未必吧。我父親死了。那個保密特權一定因此結束了。」利斯保持沉默。

我能感覺到我的血壓飆高，我強迫自己深吸一口氣。「那我直接去跟米絲蒂談談，看看她有什麼要說的。」

「妳當然可以這麼做。」

這雖然令我惱火，但我看得出來我正在打一場必敗之仗。「叫德韋恩・舒特的人呢？他是我父親工作的工地的主管。」

「德韋恩・舒特？」我聽到一些翻動紙張的聲音。「找到了。他的名字做為工地主管出現在官方事故報告上，不過他發表的聲明表示他在事故發生時不在現場。妳找他做什麼？他肯定不會知道關於妳母親失蹤的任何事情。」

我要怎樣告訴利斯我想跟德韋恩・舒特談談的原因，而避免讓他知道結婚證書的事？還有我父親在信上描述的那兩起可疑事故？我飛快思索，想出了一個我希望合理的解釋。

「我只是覺得，既然舒特是工地主管，那他可能跟我父親很友好。」

利斯清清喉嚨。「凱莉，我能理解妳對這整件事的投入，但現在我該明確地告訴妳，妳父親當時來找我時，我是怎樣評論他的荒謬附則。」

「你說了什麼？」

「有時候人們就是會一走了之，不想被找到。他們和別人開始新的生活，在別的地方。我知道這不是妳——或他——想聽的，但這完全有可能就是發生在妳母親身上。」

「你是說她是自願離開的？」

「妳沒抓到重點。」

「重點是什麼？」

「重點是在這麼多年後找出真相，可能會讓妳心痛多過幸福。」

「如果查出真相對我來說很重要呢？不管這樣會有多痛？」

利斯吐出戲劇性的嘆息。「我在試著告訴妳，凱莉，妳將要深入挖掘的過去最後很可能只會給妳帶來心痛，無論結果是什麼。不要這樣對待自己。一年後，條件就會解除，妳將得到所有遺產，房子任妳處置。」

我的「聽你在放屁」偵測器拚命作響，這是我在銀行客服中心的詐騙部門工作時磨練出來的技能。利斯知道什麼但向我隱瞞？他究竟想保護誰？

第二十六章

我回到電腦前，打開地圖程式。根據指示，湖濱鎮摩爾蓋特莊園一二七號位於我當前位置的東北方，距離有五十分鐘車程。我印出路線。

我思索有什麼辦法去拜訪我母親的父母——如果他們還住在摩爾蓋特莊園一二七號。我試圖尋找在湖濱鎮的奧斯古德家的電話號碼，但徒勞無功，雖然這麼做本來就沒有多大意義，因為有錢人幾乎都是使用不公開的電話號碼，此外，很多人已經放棄了市內電話而改用手機。我還在考慮該怎麼辦的時候，門鈴響起。我來到門口，從窺視孔往外看。

是香緹兒，兩手各提著一加侖油漆。我打開門。

「香緹兒，妳不需要幫我買油漆。請進。」

她進來把油漆放在門廳裡。「這只是底漆。五金店在清倉大拍賣，一罐只要五塊錢，所以我決定幫妳搶幾桶。有些人不使用底漆，但我一向認為底漆有幫助。」

「謝謝妳。我欠妳多少錢？」

「一頓千層麵晚餐如何？我遇到萊斯。他跟我說妳的食譜有多美味。看來他曾在某個晚上來過這裡。」

萊斯到底說了什麼，而且為什麼？香緹兒這句話是出自真心、嫉妒，還是只是好奇？我不夠瞭解她，無法做出準確的評估。

「我向來樂意做千層麵，因為做一次表示我能吃一星期，所以就這麼辦。我這個週末會不在家，但下星期的某天晚上如何？」我知道我應該告訴她我要跟萊斯一起外出，去拜訪他的爸媽，但我沒說出來。我想看看她是否已經知道這件事。

香緹兒就算知道也沒說出來，而是同意下星期找一天晚上來共進晚餐，然後轉身要走。我不知道自己為何攔住她。

「香緹兒，也許妳可以再幫我一個忙？」我朝客廳的方向揮個手，示意茶几上的文件。「如果妳有點時間。」看她容光煥發，我有點良心不安。「不過我有件事要先告訴妳。」

「什麼事？」

「我這個週末要和萊斯一起去艾希福特家的木屋，去見他的爸媽。」我感到臉龐的熱度上升。「我這樣說聽起來怪怪的，只是他的爸媽可能認識我的母親。總之，我不希望妳後來發現這件事，以為我刻意隱瞞妳。」

「例如妳隱瞞千層麵晚餐那件事？」看我渾身不自在，香緹兒露齒而笑。「放輕鬆點，凱莉，我只是在逗妳。萊斯是蘭斯那個廢物的朋友。就算我跟他都對彼此有意思——當然並沒有——萊斯也太老實，不會跨越那條看不見的界線。我其實很尊重他這點。當然，這不會阻止我挑逗他就是了。」她聳個肩，彷彿表示沒啥大不了。「那麼，妳希望我幫妳什麼？」

「妳說過妳專精家譜方面的工作。」

「不只是家譜。我也在試著發展情報仲介的相關業務。這兩者似乎彼此有關。」她微笑。「教瑜伽和飛輪很有趣，而且蘭斯以前在支援我的時候那些收入還算夠，但我現在需要找到更賺錢的生意。況且，我喜歡幫助人們找到自己的過去。」

情報仲介。利斯有建議我找一個情報仲介。

「妳現在有收客戶嗎？」

「正式來說還沒有，至少得等我先開發出網站，而且跟我的會計師聚在一起討論。這些都在我的待辦事項清單上。不過我確實需要練習，更別說認識新客戶。為什麼這麼問？妳在找人？」

現在該決定信任她、接受她的友誼，或是完全將她拒之門外。也許經過了比我意識到更久的時間，又或許香緹兒再一次透過某種第六感看穿了我的思緒，我只知道她伸手給了我一個簡短的擁抱，她的草本洗髮精的香味像神奇的萬靈藥一樣讓我感到平靜。

「妳可以相信我。」她放開我。她的嗓音帶有一種懇求的意味。我第一次意識到，儘管香緹兒善於調情，看似自信，但她其實是個非常孤獨的女士。她自告奮勇幫我塗油漆、帶我去購物、提議給我健身房折扣，都是為了填補蘭斯留下的空虛，而根據她在那家義大利餐廳的反應，她還是非常愛他，而且想念他。

我能說什麼？悲情故事就是很容易影響我。

「那妳最好進來，香緹兒。這可能會花上一點時間。」

第二十七章

我在茶几上放了一個托盤，上面放著自製的鷹嘴豆泥、甜椒和印度烤餅，然後給香緹兒倒了一杯紅葡萄酒，給我自己倒了一杯白葡萄酒。啜飲一口酒而獲得勇氣後，我開始說出我的故事。

「我爸媽兩邊的父母我都不認識，我甚至從沒見過他們。懷了我之後，我爸媽結婚了，而這方面似乎並不順利。」我指向相冊。「裡面有一些結婚照。妳自己看吧。」

香緹兒拿起相冊翻了翻，偶爾停下來仔細研究某一張照片。

「我明白妳的意思了，」她把相冊放回茶几上。「婚禮當天，除了妳爸媽之外，沒有其他人的照片。這確實不尋常，也表明妳的祖輩可能真的不贊成這椿婚事，否則至少會有一張強制性的合照，妳不覺得？」

「妳還注意到什麼？」

「即使在妳出生之後，裡面也沒有妳和妳爸媽以外的其他人的合影，除非妳把跟聖誕老人的合照算進去。」她抬頭看著我，困惑地揚起眉毛。「而且照片只有拍到妳六歲的時候。」

「我媽是在那一年離開。一九八六年二月十四日。」

「情人節。」

我點頭。「至於她去了哪、為什麼離開，還沒有定論。警方懷疑這是刑事案件。我最近一直在做一些研究，在參考圖書館看了舊報紙的報導。」我咧嘴笑。「而且我有跟艾菈・科爾談話。」

香緹兒發笑。「艾菈大概比任何圖書館都厲害。那妳爸呢？他相信什麼？」

「在我成長的過程中，他從未提過她。我媽失蹤幾個月後，我們搬去了多倫多，雖然我不記得搬家的過程。我爸把這本相冊和她的一些私人物品放在閣樓上，上了鎖，然後把房子出租了。我是在他死後才知道這個地方的存在。」

「連它存在的相關跡象都不知道？」

我搖頭。「此外，我不知道他為什麼一直沒賣掉這裡，為什麼一直將它出租。除非——」

「除非他認為她會回到這裡，但不想讓妳抱有太大的希望。如果告訴妳關於這棟房子的事，可能會引發太多其他疑問。」香緹兒咬住下唇。「意思是，妳父親相信她可能還活著。」

「我認為他可能一直抱持這個希望，儘管沒有任何證據支持這個希望。我不認為他在嚥氣的那一刻還相信她依然活著。」

「妳提到的那封信，保險箱裡的那封。」

「是的，還有一些其他東西。」我還沒準備好詳細討論遺囑或那封信，至少現在還沒有。我考慮過給她看我在圖書館列印的那些文件，但決定暫緩。一步一步來。

幸好香緹兒在這方面沒追問。

「那麼，妳的祖輩呢？妳父親的父母？」

「我只知道他們名叫彼得和珊卓・邦斯戴伯，以前住在多倫多，幾十年前搬走了，地址不明。老實說，我在尋找他們的這件事上並沒有付出多少努力。我一直在忙其他事情。」

「讓我看看我能查到什麼。妳母親的父母呢?」

「這方面我至少有個昔日的地址,至少我認為應該是他們的地址。」我從信封裡取出結婚證書,遞給香緹兒。

她掃視這個文件。「妳母親來自湖濱鎮。想找到他們應該很容易。」她抓起我的筆記型電腦,在我來得及眨眼之前,她的指尖已經在鍵盤上飛舞。我把一片紅椒浸入鷹嘴豆泥中,輕咬一口,撫摸酒杯的杯柄,保持沉默。不到五分鐘後,她抬起頭,臉上洋溢著勝利的笑容。

「他們確實還住在那裡。科爾賓和伊薇特・奧斯古德。看起來他們有點像是上流社會的夫妻,這就能解釋這個地址為何在高級區。」香緹兒把螢幕轉向我,螢幕上是《多倫多星報》的新聞相片,某種慈善晚會上的一對尊貴夫婦,男子穿著晚禮服,女子穿著一件金色長袍,緊身胸衣周圍鑲有水鑽。

我感覺喉嚨緊縮。我一直以為我從爸媽那裡繼承了多種特徵,黑眼眶榛色瞳孔和凌亂的頭髮來自父親,稍寬的鼻子和心形臉來自母親。但除了眼睛顏色之外——她的像是融化的巧克力棕色——照片中的貴氣女子可能就是四十年後的我的模樣。我不禁好奇,伊薇特是不是也像我一樣很難馴服自己的頭髮，她的頭髮現在是又短又捲的鐵灰色。

儘管外貌相似，但不管過了多少歲月，他們大概還是不會張開雙臂歡迎我。我也這樣告訴香緹兒。

「也許他們會歡迎妳，也許不會，但沒有法律禁止妳在他們的街坊散步。很多人都這麼做。我建議我們把車停在蜒湖大道的公共沙灘上，然後從那裡出發。」

香緹兒說得對。不會有人覺得兩個女人一起走路很奇怪。那個地區同樣吸引了跑者、步行者和單車騎士。我在某年夏天和一個男人約會過，他是一個身材超棒的鐵人三項運動員，但除此之外沒什麼其他優點。他為公開水域游泳進行練習時，我們在那個沙灘待了好幾天，我在一旁欣賞他的英姿。不幸的是，我發現他只對訓練忠誠。「妳願意和我一起去？」

「當然，有何不可？我喜歡冒險。」她再次拿起相冊。「我們或許也該帶上幾張結婚照，以防萬一。」

「以防萬一？」

「說不定我們會遇到記得他們的人，或甚至跟妳的外公外婆說上話。」這算不上是很好的計畫，但好歹是個計畫。

「妳想什麼時候去？」

「明天早上怎麼樣？一大清早，例如九點鐘？明天下午我才要在健身房教課。只要我在下午三點之前回來就沒問題。」

除了試著再次聯繫德韋恩·舒特，還有聯絡參考圖書館的雪莉之外，我沒有為星期三安排任何特定計畫。我點頭同意，喝完酒，又倒了一杯。

不管我有沒有準備好，都該面對過去了。

第二十八章

星期三上午九點，香緹兒準時出現在我的車道上。我穿著我希望看起來還像樣的步行服裝——短褲、「為乳癌而跑」的T恤，還有跑鞋。我爬上她的皮卡車，手裡拿著一件帶拉鍊的連帽T，以防湖邊很冷。看到艾菈家前窗的窗簾在晃動，我抑制住揮手的衝動。就讓她以為我不知道她在偷窺吧。

前往湖濱鎮的車程很愉快。香緹兒走的是偏僻道路，她稱之為「風景路線」，而不是車速更快的通勤路線，這種路線往往流量更大，不過這個時候的車流是朝城市的方向前進，而不是遠離城市。我們什麼話題都聊，只有手頭的任務例外。我很感激香緹兒試著讓我把注意力從任務上移開。

蜒湖沙灘的停車場，藏在一家白色隔板便利商店後面。停車場裡只有幾輛車，一個手寫的告示牌指示我們在「班恩便利商店」支付每天五塊錢的停車費。我在跟那個愛劈腿的鐵人三項運動員交往時就知道，停車費到了七月會漲價一倍，而且允許停車的時間會減少一半。

我們來到商店前面，停下來眺望米亞科達湖。現在還不算是旺季，波濤洶湧的水中只有少數穿著潛水衣和鮮豔泳帽的強悍泳者。一陣涼風吹到岸邊。我光是看著他們就打了個冷顫，我知道五月下旬的水溫不會超過攝氏十五度。

我們進入店裡，班恩便利商店提供汽水、洋芋片和巧克力棒之類的常見選擇，也提供了種類繁多的能量棒和運動飲料，顯然是為了經常光顧蜒湖大道的狂熱自行車手。店裡有一個堆滿袋裝冰塊的箱子，還有一座裝有各種冰淇淋棒的冰箱。老闆站在櫃檯後面，櫃檯裡堆滿刮刮樂彩票，安全地存放在塑膠玻璃後面。我記得十年前見過他，他留著濃密的白髮，膚色總是被曬黑，眉頭總是皺起。到了夏天，他會在門前烤熱狗、香腸和漢堡——有牛肉也有素的——價格可能上漲也可能下跌，取決於氣溫以及遊客和鐵人三項運動員的人數。我把錢遞給他，付了停車費和兩瓶價格過高的水。

「妳們兩位女士要出去散步嗎？」他遞給我零錢。

「是啊，」香緹兒露出燦爛笑容。「你想必就是班恩。」

「妳看了那塊招牌。」他依然眉頭緊蹙。

我真想掐死他。香緹兒沒放棄。

「你在這裡開店很久了，班恩？」

「快四十年了。」

「很久的時間。」

「一輩子。妳們打算去哪散步？」

「我們打算去摩爾蓋特莊園，」她說：「去看看另一半的人口過著什麼樣的生活。」

「妳是說那百分之一的人口吧。」班恩說道，但眉頭稍微放鬆。我發誓，就連北極的冰屋也能被香緹兒解凍。

「是啊，我覺得你說得沒錯。」香緹兒停頓一會兒，好像在心裡和自己爭論什麼。片刻後，她傾身靠在櫃檯上，用那雙深邃的炭灰色眸子盯著老闆。她在對他拋媚眼之前阻止了自己，可能意識到這麼做會有點過火。

「聽著，你別說出去，不過我這邊這位朋友認為她在摩爾蓋特莊園好像有個親戚。她記得小時候來拜訪過這裡。」

「所以她現在希望能挖到一桶金子？」他講話的口氣好像我不在店裡。

「不是那樣。她只是在找親戚。」

不知道是不是我的錯覺，不過老闆那身古銅色皮膚底下好像泛起紅潮？

「我不是有意冒犯——」

香緹兒對他的道歉揮個手，接著從腰包裡拿出一張結婚照。「也許你認得這女人？」

班恩只稍微瞥了照片一眼。「應該不認得。」

「我們走吧，香緹兒。」我一點也不想待下去。我瞥男子一眼。「抱歉打擾你了。」

令我驚訝的是，他臉上那根深柢固的怒容又緩和了一些。「我能告訴妳們的是，摩爾蓋特莊園的居民很少光顧鎮上的窮人區。他們甚至有自己的私人海灘，完全封閉，監視器之類的設備應有盡有。他們不需要來這兒跟平民百姓攪和。」

「這個嘛，還是值得問問。」香緹兒說，又給班恩一個燦爛的笑容。

我們正要走出商店時，他在我們身後喊道。

「妳何不把照片留下，回來的時候再來這兒一趟？也許我到時候會想起什麼。」

＊＊＊

「妳覺得他知道什麼嗎？」我們沿著蜒湖大道向東北方行走時，我問香緹兒。我穿著連帽T，慶幸我有先見之明帶上了它。太陽還沒有從雲層中探出頭來，風勢也越來越大。我真不想知道我的頭髮現在是什麼樣子。

香緹兒聳肩。「很難說。他只稍微看了照片一眼。如果他花點時間仔細看，或許就會想起什麼。」

我們默默走過剩下的路，偶爾停下來眺望湖面或一棟特別漂亮的房子。米亞科達湖畔沒有那種像是複製出來的房子，而是每一棟都不一樣，從五〇年代的原始小型隔板小屋，到逐漸取代它們的大窗豪宅。

我們越往東走，房子就越漂亮，直到大約三哩後，我們終於到達一座石拱門和精心繪製的標誌前面，表明我們即將進入摩爾蓋特社區。雖然這裡沒有上鎖的大門，但感覺好像應該有。你會覺得這裡不歡迎你，除非你屬於這裡，而且最好從一出生就屬於這裡。雖然我猜這裡的人也歡迎暴發戶，儘管會帶著歧視的眼光。

主幹道就叫做摩爾蓋特莊園，它蜿蜒穿過迷宮般的諸多房屋，這些豪宅讓蜒湖大道上的任何建築都相形見絀。不管香緹兒怎麼跟便利商店老闆說的，我其實從沒來過這裡，現在沒有，小時候也沒有，甚至在我跟那個愛劈腿的鐵人三項運動員交往時也沒有。

摩爾蓋特莊園北側的住宅，享有米亞科達湖和遠處一系列島嶼的壯麗景色。有六條小街從它旁邊分叉，住在那裡的屋主必須走一段路才能看到美景，但那些房子同樣令人印象深刻，它們擁有完美無瑕的花園，雪松木瓦的圓形屋頂上豎著銅製風向標。

我們先沿著每條小街蜿蜒前行，彷彿默默約好最後才去看看我外公外婆的房子。這天狂風大作，足以鼓勵人們待在室內，雖然他們可能也正在努力工作，賺取數以百萬計的收入。不管是什麼原因，我們唯一看到的是幾個在院子裡幹活的年輕人，還有兩個電纜修理工在一個綠色小盒子前面修理電線。

大約十五分鐘後，我們來到了摩爾蓋特莊園一二七號。它位於一條死胡同的盡頭，是這個街區最大的一棟，擁有修剪整齊的寬闊草坪，大量盛開的春花，以及一條磚砌車道。這棟房子本身讓我想起中世紀的童話城堡，有著粗石立面、砲塔和兩層樓的塔樓，只缺護城河。

原來我的母親是在這裡長大。這種打了類固醇等級的奢華程度，跟她和我父親還有我在馬克維爾共住的那棟簡陋的兩臥室平房相去甚遠。

她受夠了當年那種苦日子？鈑金學徒的貧瘠薪水，自己親手烤餅乾而不是叫傭人烤餅乾，為了一圓想擁有房子的夢想而屈就於在一個沉悶的通勤小鎮購屋？那個我只知道名叫瑞德的男人是她的白馬王子，準備好給她一個更幸福的結局？

屋子前側的凸窗有一隻波斯貓在休息，用翡翠色的眼珠注視我們的一舉一動。一隻白色玩具貴賓犬趴在貓旁邊，戴著鑲嵌著彩色珠寶的粉紅色項圈。我不禁好奇那些珠寶是不是真的寶石，覺得這很有可能。狗起身跳開，為來到窗前的一位老婦人騰出空間。她瞪了我們很久，然後關上百葉窗。

我的外婆。

「這真是個蠢主意。」我對香緹兒說。我轉身跑回便利商店，淚流滿面，心跳急促，呼吸急促。我到達那裡時，我已經不再流淚，而且滿腔怒火。我在公園的長椅上坐下，望向東北方的摩爾蓋特社區。「該死的伊薇特・奧斯古德。妳遲早會見到我，不管妳願不願意。」

第二十九章

幾分鐘後，香緹兒追上我。她一屁股坐在長椅上，把一條胳臂搭在我肩上。「如果這樣說會讓妳好受點，凱莉，我不認為她有認出妳。她大概只是想表達立場，他們不歡迎不速之客。」

如果我相信這番話就會好受點，但我並不相信。從外婆的表情來看，她有認出我。她認得我，也流露了其他情緒。憤怒？惱火？恐懼？我無法確定，但我知道我必須找出答案。我擠出笑容，點點頭。「妳也許是對的。聽著，我要進店裡，跟店老闆談談，看他的記憶有沒有稍微改善。如果妳不介意，我想獨自跟他談話。」

「如果妳需要我，我就在這兒。」她輕輕從我肩上抽手。

店裡有幾個單車騎士，正在補充運動飲料和能量棒。他們選東西時，鞋底的防滑釘在油氈地板上發出咔噠聲。我等他們付錢離開。

班恩在櫃檯上把照片滑向我的方位。「我確實記得他們，」他說：「那是很久以前的事。但我無法想像這個回憶會對任何人有什麼好處，尤其對妳。」

「已經三十五年了，」我說：「至於有沒有任何好處，何不讓我來決定？」

他似乎思索片刻，然後點頭。

「確實應該是三十五年前，雖然感覺並沒有那麼久遠。我當時應該二十出頭，比這兩個人大幾歲。照片中的男子以前每晚都會來這兒，雖然除了偶爾買包口香糖之外從沒買過任何東西。他當時只不過是個孩子。他只是在外面的長椅上等著，直到那個女孩出現。他們會擁抱、親吻，然後上他的車離開。那是一輛很破舊的車，車身有很多鏽跡。從她的穿著打扮和姿態來看，我看得出來她來自摩爾蓋特莊園。那些人走的路跟我們其他人不一樣。我一直猜想他們是安排在這兒偷偷見面。」

「你的記憶力很好，班恩。」

「不算是。我原本不太可能記得他們其中任何一人，而我之所以記得他們，是在某天晚上，有個中年男子開著一輛白色賓士過來。那個女孩當時還沒到。那人勃然大怒，開始對那男孩大喊大叫，揪著他的衣領搖晃他，大聲罵髒話。他叫那孩子離他女兒遠一點，而且他會一勞永逸地解決這件事。那孩子回嘴說他們彼此相愛，沒有人能攔阻他們。這讓那個男子失去了原本可能維持的自制力。他把雙手放在那孩子的喉嚨上，開始掐對方的脖子。」

想起這件往事，班恩搖搖頭。「我就是在那時候報了警。那是我這輩子第一次報警，雖然肯定不會是最後一次。我當時真的以為開賓士的那個人會殺了那個孩子。我到現在還是認為，他當時如果有機會，真的會下殺手。」

「警察趕到的時候，發生了什麼？」

「他們似乎認識那個男子，對待他的方式很尊敬。我猜他是摩爾蓋特莊園居民，他向警方捐贈了大量資金。總之，過了一會兒，他們成功讓他冷靜了下來。」

「那孩子呢？」

「其中一名警察把他帶到一邊。那個警察想必有說服他不要提出控訴會對他最有利，因為幾分鐘後，那孩子回到他那輛破車裡，駕車離去。我再也沒看到那個開賓士的男子，也沒見過那孩子和女孩。從這張相片來看，他們結婚了。」

「他們是結婚了。他們在大約五個月後有了我。」

「那妳的外公外婆呢？開賓士的那個男人？」

「從未有幸見到他們。」

「我並不驚訝。真可悲，勢利和頑固會讓一個人付出哪些代價。」我對此什麼也沒說。我能說什麼？

「他們現在在哪裡？妳的父母？」

「我父親死了。」

「妳母親呢？」

「尚無定論。」

＊＊＊

我和香緹兒在回馬克維爾的路上沒有說話。我沒準備好，而她似乎明白這一點。我再一次欣賞她的成熟穩重。她把車開進她家的車道後，我跳下卡車。

「謝謝妳陪我一起去。抱歉，我在回程的路上很寡言。」

「別客氣。」她停頓片刻，彷彿在心裡爭論什麼，然後接著開口：「我大概要等妳從艾希福特家的木屋回來才會再見到妳。幫我一個忙，好嗎？提防萊斯。」

「什麼？妳怎麼會突然說這個？」

香緹兒臉紅。「只是蘭斯總是說……不，算了。祝妳玩得開心。」

「蘭斯總是說什麼？」

她嘆口氣，還是說了出來。「他總是說萊斯是個玩咖，但也許他這麼說只是為了避免我對萊斯感興趣。曾經有一段時間，他們倆都對我表現出興趣。我選了蘭斯，但他對萊斯還有他家的財富總是有點嫉妒。」

所以萊斯是個家裡有錢的玩咖。我沒辦法把這個形象跟那個幫我拖出成捆地毯、我邀請來我家吃晚飯的人聯繫起來，雖然我猜什麼事都有可能。香緹兒也可能真的喜歡萊斯，就像我一開始懷疑的那樣。

但我的腦子裡塞滿了其他東西，沒辦法處理這件事。「我會提防。」說完，我走向對面的自家。

＊＊＊

我的市內電話閃爍著紅燈，表示收到了一條留言。我累得筋疲力盡，只想喝杯白葡萄酒，泡個有薰衣草香味的泡泡浴，但好奇心戰勝了我。也許德韋恩・舒特終於決定回我電話了。

留言來自圖書館員雪莉。

「凱莉，我是雪莉。我終於有機會翻閱了在妳母親失蹤後一個月左右的《多倫多太陽報》和《多倫多星報》的過期報刊。我找到了幾篇妳可能會感興趣的文章。如果可以的話，明天請來一趟，我給妳看看。」

留言到此結束。我迫不及待想知道她發現了什麼，但我現在對此無能為力，等明天再去也不會要我的命，而且我現在餓極了。

我用黑麥麵包配鮪魚沙拉填飽了肚皮。我決定提前準備好要寄給利斯的電子郵件，以騰出明天早上的時間。我越早去圖書館見雪莉越好。

收件人：利斯・漢普頓

寄件人：凱莉・邦斯戴伯
主旨：週五報告第三號

去了閣樓，發現了一個箱子，裡頭裝著我母親的一些衣服和珠寶——沒什麼值錢的——包括她的結婚禮服。還有一本相冊，裡面有幾張結婚照。是在攝影棚裡拍的，沒有客人的照片。還有一些我在嬰兒時期和小時候的照片。沒有什麼喚起任何記憶，或提供任何線索。

我停下來，思索該告訴利斯什麼。我決定不讓他知道我找到結婚證書。當然，如果不告訴他這件事，這就意味著我也不能讓他知道我找到外公外婆的住所、我知道德韋恩・舒特曾經不僅僅是我父親的工地主管，或他跟我父親的交情好到在我父母的婚禮上擔任見證人。

我記得我在告訴他米絲蒂認識我母親時，我感到的猶豫，我在電話上提到德韋恩時微微倒吸一口氣。我不確定我能多信任他。我當然沒準備好讓利斯知道，我已經和香緹兒一起去勘察了奧斯古德家。我也絕對不想提起班恩告訴我們的故事。

決定不提起這些細節後，我繼續打字。

我還去了區域參考圖書館，查閱了《馬克維爾郵報》在我母親失蹤後的報導。我影印了任何有提到我母親或父親的報導，以便在家裡更詳細地查看，但到目前為止，似乎沒有多少線索。

我在這裡也有所隱瞞，因為我查閱的報刊不只是我母親失蹤的時間點，而且我有請雪莉查閱《太陽報》和《星報》。但我確實有影印一些東西。如果沒有其他新聞可以報告，我就收集一些瑣事以備分享，就像松鼠在冬天藏起堅果。

我查看我打好的報告。確認我滿足了附則條件而且不會引起任何懷疑後，我把這封電子郵件儲存為草稿，準備第二天早上寄出。

搞定這件事後，我再次查看影本，但實在沒精神上網尋找G．G．彼卓傑洛。於是我又看了一遍相冊，希望能回想起更多東西。

但徒勞無功。

快七點了，我餓得想給自己做一頓清淡的晚餐，正在考慮炒蛋配吐司時，門鈴響起。我思索各種可能性。萊斯？艾菈？香緹兒？或許米絲蒂・瑞弗斯決定再次拜訪我。我嘆氣。雖然我需要和她談談，但在經過了這麼一天後，我只想獨處。

我起身從窺視孔往外看，看見門廊上站著一個七十出頭的儒雅女子。

伊薇特・奧斯古德太太。

我的外婆。

第三十章

我打開門，注意到停在車道上的一輛黑色凱迪拉克。一個戴帽子的男子坐在駕駛座上，我猜那是她的司機。「妳好？」

「晚安，凱拉米媞。我是伊薇特・奧斯古德，雖然我猜妳已經知道這點。我想進去跟妳談談。」她用舌尖迅速舔舔嘴脣。「科爾賓……我的丈夫……妳的外公，他不知道我來這裡。」

「那他呢？」我指向凱迪拉克裡的男子。這一定會引起艾菈的好奇心。

她搖頭。「他不會說出去，而且他習慣等我。」

我相信他習慣等她。我站在門口，招手讓她進客廳。「請坐，要不要喝點什麼？茶、咖啡、水，還是更烈的東西？我有紅葡萄酒和白葡萄酒，還有一些相當不錯的融合麥芽蘇格蘭威士忌。我還有一些巧克力餅乾和一些奶油酥餅，都是店裡現成的，但味道挺好的。」意識到自己在喋喋不休，我急忙閉嘴。

「我很想來一杯威士忌加冰塊。謝謝妳。」

我進廚房把幾塊餅乾——現在成了我的晚餐——放在骨瓷盤子上，把兩指高的蘇格蘭威士忌倒進裝滿冰塊的玻璃杯裡，然後給自己倒了一大杯夏多內葡萄酒。我把所有東西都放在一個托盤上，包括讓客人專用的一些漂亮餐巾紙，端到客廳，放在茶几上。

伊薇特筆直地坐在椅子上。相冊和放著報紙影本的文件夾還在原處。就算她對其中哪樣東西感到好奇，也禮貌地避免窺探。我拿起相冊和文件夾，放在沙發旁邊的小桌上，然後坐下。

「請自便。」我拿起一塊奶油酥餅啃了起來。「請見諒，我原本正準備做些輕食當晚餐。」

「抱歉，我來之前應該先打電話。也許我應該改天再來。」

「別在意。妳讓我有藉口吃餅乾當晚餐。」聽到這句話，她露出微笑，我在她的笑臉上看到我自己的笑臉。

「我也不介意來一塊餅乾。」她說，然後拿了一塊巧克力餅乾。我們坐在還算友善的沉默中，咀嚼啜飲。吃下三塊餅乾，喝下半杯蘇格蘭威士忌後，伊薇特再次開口。

「我今早有看到妳，在我摩爾蓋特莊園那棟房子外面。妳當時和妳朋友在一起。」

我沒必要否認。「是的。」

「妳為什麼現在出現？經過了這麼多年？」

這似乎是個怪異的問題，畢竟是我的外公外婆拒絕了我的父母，也進而拒絕了我，但我選擇說實話，或某種版本的實話。「我父親最近去世了，把這棟房子留了給我。我從六歲起就沒見過我媽。我是獨生女。我猜我只是覺得有必要找出我是否還有其他家人。」

這個解釋似乎讓她滿意，因為她點點頭。

「妳怎麼認出是我？」我問。

這句話似乎真的令她莞爾。「我覺得我們之間有很強韌的家族相似性，不是嗎？我不得不承認，看到自己年輕四十歲的模樣，讓我有點震驚。當然，妳遺傳妳父親的眼睛，或至少他眼睛的顏色。除此之外，我們之間的相似處真的不可思議。」她又舔舔嘴唇。「我跟科爾賓說過，艾比蓋兒永遠不會原諒我們在她告知我們她懷孕時把她拒之門外。我告訴他，她永遠不會同意讓別人收養她的孩子，更不可能同意墮胎。但他當時……他**現在**還是很頑固，很驕傲，太在意門面問題，在意鄰居可能怎麼想。」

她發出刺耳的笑聲。「彷彿家裡的年輕女兒懷了孕，比逃稅、內線交易或挪用公款更糟糕，這些都是我們一些正直的鄰居這些年來犯下的罪行。我並不是說住在那個街坊的每個人都是罪犯。有很多勤勞的人是透過自己的努力進入莊園，還有更多人是靠繼承財產。我相信就連那些家庭的衣櫃裡也藏了不少骷髏。我有試過跟科爾賓講道理，但他就是不聽。也許是因為在妳父親進入艾比蓋兒的人生之前，她原本一直是她爸爸的乖女兒。但她突然瘋狂愛上他的一個建築工人。更糟的是，她懷了那個男人的孩子。」

我想起湖濱鎮那家便利商店的老闆班恩說過什麼：「**真可悲，勢利和頑固會讓一個人付出哪些代價。**」

「我一直相信，只要假以時日，科爾賓會回心轉意，」伊薇特說下去：「然後有一天，警察來找我們。我在那時候就知道我們永遠失去了艾比蓋兒。」伊薇特——我不太能把她當成我的外婆——靠在椅背上，彷彿在說出結尾後感到筋疲力盡。她臉色蒼白，額頭上有少許汗珠。她把手伸進粉紅色的柏金手提包，拿出一小罐護脣膏。看到她這個舉動，要不是她跟我說的一切把我給嚇壞了，否則我可能會爆出笑聲。「警察是什麼時候去找你們？」

「艾比蓋兒失蹤的幾天後。當然，我們有在報紙上讀到這件事，所有報紙都有報導。」伊薇特又啜飲一口蘇格蘭威士忌，然後繼續說道：「科爾賓確信她終於醒悟過來、離開了妳父親。我不知道該怎麼想。警察似乎認為她可能會回來找我們。負責辦案的那位警官暗指婚姻可能出現了問題。」她又啜飲一口威士忌。「我無從得知那是不是事實。」

我知道我必須問，儘管我不確定我是否想知道答案。

「那她有回去找你們嗎？」

伊薇特搖頭。「沒有，我真希望她有。警察訪談了我們幾次，比較像是盤問。科爾賓……我這麼說吧，科爾賓在跟妳父親有關的事情上會大發雷霆，而且有次發生了一件事，在湖邊的便利商店。他傾向於過度保護。艾比蓋兒是我們唯一的孩子。」

科爾賓就是班恩所說的「開賓士的男人」。科爾賓·奧斯古德雖然沒有因那次爭吵而受到懲罰，但在六年後，他的女兒消失得無影無蹤的時候，警方想必找出了昔日的報告。

「我能不能問妳另一個問題，伊薇特？」

「當然。」

「妳為什麼沒試著聯繫我，尤其在我媽媽失蹤後？我是個無辜的孩子，妳的骨肉。」我聽到自己嗓音裡的哽咽，也為此咒罵自己。

伊薇特驚訝得挑眉。「我有試，凱拉米媞。在那時候，想找到人、取得聯繫，沒現在這麼簡單。當時沒有網路，沒有電子郵件，沒有簡訊。我聘請了一名私家偵探查明妳的出生日期，以及妳在離開馬克維爾後搬去哪裡。當然，那都是在科爾賓不知情的情況下。我有寄信，寄生日賀卡和聖誕賀卡，還有在妳父親的答錄機上留言。在妳大約十三歲的時候，我終於放棄了。假裝我未曾有過一個孫女，這會更容易。」

這些年來，我一直以為我的外公外婆不想要我，而現在伊薇特說這不是事實。

「妳是在告訴我，我父親沒有對妳的電話、卡片或信件做出回覆？」

「我就是這個意思，凱拉米媞。」她露出苦澀的笑容，喝光了剩下的威士忌。「我也不能怪他，尤其因為那些信件和電話都只有來自我。我和科爾賓都對妳母親懷孕的消息做出很糟糕的反應。我認為妳媽媽可能有隨著歲月經過而原諒我們，但妳爸爸是個非常固執的人。」這倒是事實。

伊薇特說下去。「也許如果我有設法讓科爾賓回心轉意，事情就可能會有所不同。我責備自己沒有更加把勁。但妳我現在找到了彼此。也許我們可以從頭來過。也許科爾賓會隨著時間而改變心意。」

我筋疲力盡，而且真的很餓，葡萄酒和餅乾造成的頭痛幾乎要讓我的太陽穴裂開。我向前傾身，用我的黑眼眶榛色瞳孔瞪著她，這是我父親在大發雷霆時會給我的銳利眼神。

「也許妳我不要再見面比較好。我不希望妳因為我而跟科爾賓發生爭執。畢竟，我在沒有你們的情況下撐了三十六年，我相信我能再撐個三十六年。」

我不知道我期待著什麼。也許伊薇特會乞求我再給一次機會，或至少要我重新考慮一下，但她只是站了起來，撫平了她熨平的打褶褲子上一條看不見的皺痕，感謝我招待威士忌和餅乾，然後走出前門，沒有回頭看一眼。

我從窗前看著凱迪拉克駛出車道。然後我坐回原位，雙手抱頭，哭了起來，會讓人滿臉汙漬，睫毛膏暈開，喘不過氣的那種用力抽泣。

門鈴響起的時候，我還在哭。我望向窗外，看到那輛凱迪拉克回來了。

我走到門前，開了門。伊薇特站在那裡，臉色蒼白。

「什麼事？」我問。

「我會跟科爾賓好好談談，」伊薇特說：「強迫他聆聽。」她給我一個疲倦的微笑。「他非聽不可，不是嗎？除非他想失去妳也失去我。」說完，她離開了。

第三十一章

在經歷了一個幾乎無眠的夜晚後，我在星期五早上起床時感到頭暈目眩，心情不佳。我不常喝咖啡，但我現在需要咖啡因。我煮了一壺特別濃烈的咖啡，喝完第二杯後才覺得自己稍微像個人。我甚至勉強用花生醬嚥下了一片吐司。

我在電腦上打開寫給利斯的報告，短暫地考慮要不要讓他知道我外婆來訪的消息。最後，我決定草稿上的訊息已經足以滿足他一個星期。我按鈕寄出，關閉了電腦。是時候去圖書館了。

＊＊＊

雪莉說到做到，她確實查閱了《多倫多太陽報》和《多倫多星報》從一九八六年二月十四日到三月底的微縮膠片。她遞給我一個塞了一些影本的文件夾，拍拍我的手臂，讓我自己看。

第一次提到我母親失蹤的報導，是二月十六日的《太陽報》，以及二月十七日的《星報》。兩者都明顯抄襲了《馬克維爾郵報》，沒有添加任何新內容。之後，兩份報紙都偶爾以「婦女仍然失蹤」的標題追蹤報導這件事，但這不禁讓人覺得這個新聞並沒有被當一回事，至少在多倫多這種大城市。

直到三月二日的《週日太陽報》，事情才變得有意思。標題寫著「失蹤婦女的父母參加政治募款活動」。有一張科爾賓和伊薇特・奧斯古德的照片，兩人都對鏡頭露出燦爛笑容，科爾賓打著黑色領帶，身著黑色燕尾服，伊薇特穿著一件鑲有大量珠飾的午夜藍色禮服。就算沒有標題，我也會被這張相片吸引住。雖然眼睛的顏色不同，但看著伊薇特・奧斯古德感覺就像看著我自己的照片——好吧，如果我花時間穿上漂亮的衣服，把髮型精心設計一下。

我仔細一看，發現伊薇特下巴緊繃，科爾賓的手臂環在她的腰上，指節發白，似乎抓得太緊。

這篇報導寫道，科爾賓・奧斯古德，奧斯古德建築公司的董事長，及其妻子伊薇特的獨生女艾比蓋兒・邦斯戴伯，從情人節失蹤至今。文章裡重複使用了一些來自之前報導的細節。科爾賓要求社會大眾在「這個困難時期」尊重他們的隱私。

當她懷上我時，他們已經與她斷絕關係，拒絕嘗試任何和解，卻非常願意在他們所謂的「困難時期」去參加一個一盤菜要價三百元的政黨募款活動，還讓記者給他們拍照。我真想把這張相片丟到房間的另一頭。我鄙視偽君子。

但話說回來，也許他們在她失蹤後就感到後悔了。我想到伊薇特，想到警察提議艾比蓋兒可能會回家找他們。也許他們厭倦了回答警察和愛管閒事的鄰居的問題。從這張照片來看，他們倆之間的關係明顯很緊張。我翻開這一頁，查看最後一張列印紙。

這篇文章發表在三月十四日的《多倫多太陽報》上，正好是我母親失蹤一個月後。篇幅只用了不到八分之一的頁數，排在版面的末尾，顯然是在一個沒什麼新聞的日子拿來充版面。相片上的年輕女子拿著一張懸賞海報，左邊的文字簡要地回顧我母親失蹤的相關說明。

我不禁好奇，雪莉是先認出什麼——米絲蒂·瑞弗斯的照片？還是獎勵海報？雖然這並不重要。

因為讓我覺得內臟彷彿被猛擊一拳的，不是米絲蒂和海報。而是站在她旁邊的男子。

照片上的他比現在年輕三十歲，沒有大肚子，但那雙眼睛和現在一樣是電藍色。

我父親的律師。

利斯·漢普頓。

第三十二章

利斯曾引用「律師與客戶間保密特權」來解釋他為何沒讓我知道米絲蒂認識我母親。在當時，我以為他這麼做是為了表示不想背叛我父親的信任。但現在看來，他要保護的委託人其實是米絲蒂・瑞弗斯。我不禁好奇，他同時擔任我父親和米絲蒂的代表人，這是否可以被視為利益衝突。

這也讓我好奇他跟德韋恩・舒特的關係。我閉上眼睛，想起在電話上聽到利斯翻過幾頁文件。「德韋恩・舒特？」他當時說的是：「他的名字做為工地主管出現在官方事故報告上，不過他發表的聲明表示他在事故發生時不在現場。」

他說的不是「不，我不認識他」或「是的，我認識他」，而是「他的名字出現在官方事故報告上」，而且他後來加一句「妳為什麼這麼問？」。我開始對利斯・漢普頓有一種很糟的感覺。

「這就是我跟妳說過的懸賞海報，」雪莉的嗓音打斷我的思緒。「我也認得照片裡的女人。絕對就是她來過圖書館，問能不能在我們這裡張貼海報。但我想不起她的名字，我也從沒見過相片上的男人。如果見過，我會記得那雙眼睛。」

「這個女子出現在幾張《郵報》的照片上，」我說：「我後來確認她是米絲蒂・瑞弗斯。她還住在馬克維爾。她曾經和我媽媽一起在食物銀行當志工。她們想必曾經是朋友。我不認為相片上的男人是本地人。」我為沒有告訴雪莉所有真相而感到難過，但事情實在太複雜。幸運的是，她似乎對我的解釋感到滿意。至少她沒追問。總之我很慶幸。

我感謝雪莉的辛勞，答應隨時向她通報任何進展，然後拿著影本回家，決心不讓我對利斯的擔憂毀掉我即將在馬斯科卡度過的週末。沒錯，我即將要去艾希福特家的木屋跟艾希福特夫婦談談，希望能更瞭解我的母親，但我也亟需休息和放鬆。附帶的獎勵是，我能有機會更瞭解萊斯。

＊　＊　＊

我和萊斯週六早上十點左右出發前往羅索湖，打算中午左右抵達。我們在路上討論了我們最喜歡的作家，也爭論了哪個系列是更精采的作品──麥可・康納利的《哈瑞・鮑許》系列，還是約翰・桑德福德以路卡斯・戴文波特為主角的《獵物》系列。

儘管通往木屋區域的北上道路有不少車流，我們還是順利地沿四百號公路進入六十九號高速公路，前往馬斯科卡。行駛了三十分鐘，換過幾個交流道後，我們來到一條蜿蜒的柏油路，這條路通往一條泥濘的單線道，在淤泥季節或冬天肯定無法通行。如果碰巧遇到一輛迎面而來的車輛，只偶爾會有一個狹窄的路肩，勉強讓另一輛車通過。幸運的是，路上看起來沒有什麼車流問題需要擔心。到目前為止，我們唯一看到的生命跡象，是一群不急著讓路給我們的野火雞。我正懷疑GPS可能無法讀取這裡的位置時，萊斯似乎看穿了我的想法。

「GPS只看得見有鋪柏油的道路。我們進入艾希福特路之後，大概就會徹底失去GPS訊號。這是優點也是缺點。是優點，因為這在日益缺乏隱私的世界中提供了隱私。除非獲得我們的邀請，否則沒人找得到這個地方。」萊斯咯咯笑。「話雖如此，如果想叫披薩外賣，那就麻煩了。」

我們到達木屋時，看到一名身材勻稱、梳著馬尾、年齡與我相仿的女子，坐在一棟大型木屋外面的斜背馬斯科卡椅子上等候。她起身迎接我們，撥開臉上一綹散亂的草莓金色頭髮。她的五官跟萊斯有不少相似之處，我猜她是萊斯的妹妹。

「你可終於願意大駕光臨啦，萊斯。自從我昨晚來到這兒，媽媽就一直找我問個不停。早知如此，我會等到今天晚些時候才來。」

「我跟媽媽說了我大概中午到。」萊斯說。

「是啦是啦。」她轉向我，深邃的眸子閃爍著光芒，伸來沒戴戒指的左手。「既然萊斯似乎忘了禮儀，請允許我自我介紹。保時捷・艾希福特，他傑出的小妹妹。」

我有點笨拙地握了她的手，因為我習慣用右手握手。「很高興見到妳，波蒂亞。」

「我不叫波蒂亞，妳大概想到了那個叫波蒂亞・德・羅西的演員。我叫保時捷，跟豪華車同名。」

原來如此。萊斯則是取自勞斯萊斯。我以前從沒想到這種關聯。我還沒來得及說什麼，保時捷就抓住我的胳臂，領著我朝木屋的方向走去。

「萊斯會負責把妳帶來的所有行李搬進去，」保時捷說：「來吧，讓我向妳介紹我們的媽媽和瑪格絲阿姨。」

「爸爸在哪？」萊斯問：「我以為媽媽跟我說過他這星期不會出差。」

保時捷翻白眼。「原本是這樣，但他顯然在最後一刻有了出差的計畫，跟平常一樣。他昨晚很晚才回來。他做的第一件事就是去打高爾夫球。媽媽真的不太高興，但他保證會在雞尾酒時間準時回來。好了，你磨蹭夠了，快去搬行李吧。我會帶凱莉四處看看，介紹她給家人認識。」

我跟著保時捷進屋，差點倒吸一口涼氣。木屋的內部應該用「富裕鄉村風」來形容。屋裡擺滿了皮椅、沙發和雙人沙發，色調有土色、南瓜色、紫褐色、棕色和赭色，還有配套的抱枕，似乎是用布條編織的，隨意地扔在四處。實心橡木茶几和邊桌散落各處。這種裝潢方式原本不應該成功，原本應該看起來雜亂無章，但看起來卻很舒適、很鄉村而且很溫馨。空氣中瀰漫著淡淡的松樹味，散發自新鮮採摘的常青樹葉與雛菊和向日葵的巧妙組合。

除了一座從地板延伸至天花板的巨大石砌燃木壁爐之外，牆壁上幾乎都被野生動物藝術品覆蓋。我在大學學過兩個學期的藝術課，在意識到憑我的本領永遠沒辦法靠這一行吃飯時換了主修，但我還是能認出羅伯特·貝特曼的一幅經常被複製的潛鳥家族的油畫，還有卡爾·布倫德斯的諸多畫作，包括松鼠和稗鳥，看起來都是原始油畫。這裡還有其他畫作，出自我無法立即辨認的藝術家之手，以及幾幅手工編織的掛毯。整體效果非常驚人。

但這都比不上價值百萬元的美景。一整排裝有玻璃花園門的窗戶俯瞰著羅索湖，連同環繞它的森林和石岸。兩個女人躺在一座巨大的木製碼頭的躺椅上，這個碼頭占據了大部分的岸邊。我估計它大約有三百呎長，可能更大。這個房產的地稅可能差不多是我一整年的收入。這一區還有幾間老木屋，但這類房子逐漸被收買，改造成這樣的地方。馬斯科卡是標準的富裕區，尤其是羅索湖、約瑟夫湖，以及馬斯科卡湖的居民。這裡是職業運動員、名人和企業總裁逃離一切煩惱的世外桃源。

「真美。」我說。

「爹地以前是股票經紀人，曾經賺了不少，」保時捷說：「幸好他在大崩盤之前退出了這一行。」她露出淘氣的咧嘴笑容。「不幸的是，我和萊斯都沒繼承他的金融天賦，也沒繼承他對殘酷的槓桿交易的熱愛，這讓爹地深感失望。不過呢，好歹萊斯有自己的承包生意。我是這個家族裡的挨餓藝術家。」

「我爸向來不認為我的工作對得起艾希福特家族的名聲，」萊斯走進，兩手各提著一個小手提箱。「保時捷太謙虛了。這個房間裡所有的枕頭和掛毯都是她編織的，而且她在約克維爾和馬斯科卡都有非常成功的商店。」

多倫多有時被電影業稱作「北方好萊塢」。電影明星在多倫多拍戲時，就是在約克維爾購物。既然保時捷能用她的掛毯賺到店租，這表示她的商品確實賣得很好，而且價格很高。我走到一張掛毯前，欣賞她的作品的精巧複雜。「妳很有才華。」我言之由衷。

保時捷發笑。「妳可以留下。」然後她對萊斯說：「你何不帶凱莉去她的房間，好讓她能整理行李。我會試著把媽媽和瑪格絲阿姨從碼頭叫回來。」

制訂了這個計畫後，萊斯帶我來到一間寬敞的臥室，裡頭有一張雙人床、松木梳妝臺，以及一間設備齊全的浴室。在一排五顏六色的手工編織枕頭襯托下，白色孔眼蕾絲床罩和窗簾更顯明亮。我猜這些也都是保時捷的手工藝品。

我把帶來的幾件衣服放進衣櫃，梳洗一下，然後坐在床上，試圖平息在我胃裡霸住的蝴蝶。除了那些「四季」照片之外，我還帶來了放著圖書館影本的文件夾。我不確定是否該給他們看。我還在評估利弊時，門外傳來輕柔的敲門聲。我打開，發現門外是萊斯。

「準備好了嗎？」他問。

我點頭，試著表現出我在心裡並沒有感覺到的自信。他牽起我的手，輕輕領著我回到客廳。我沒帶著文件夾。

一名女子——模樣就像年紀較大的保時捷——舒適地躺在一張真皮躺椅上。她有著同樣精緻的五官，同樣杏仁狀的棕色眼睛。她的草莓金色頭髮經過巧妙的挑染，以隱藏任何灰髮。這位應該就是艾希福特夫人。我沒看到保時捷稱之為「瑪格絲阿姨」的女子。

「凱莉，」萊斯說：「我想讓妳見見我媽。」

「很高興見到妳，艾希福特夫人。謝謝妳邀請我來。」

「叫我梅蘭妮。艾希福特夫人是我的岳母。」她揮舞一隻留著法式美甲的手。「妳來作客是我們的榮幸。我妹妹瑪姬回去她在湖灣對面的自家木屋小睡片刻，但她晚點會和我們共進晚餐。保時捷去了她在城裡的商店。當然，她有僱店員，但藝術家本人在場總是比較好，客人喜歡這點。而且我覺得妳可能會希望在她們不在場的情況下討論過去的事，至少在一開始。」

「妳很體貼。」

「沒這回事。」她又揮個手。「萊斯告訴我，妳想更瞭解妳的母親。我會把我知道的都告訴妳，雖然不多就是了。」

「其實，梅蘭妮，不只是這樣而已。事實上，最後一次有人看到我的母親，是她在一九八六年的情人節那天送我去上學的時候。我希望能查出她發生了什麼事、她是生是死。」我沒想到自己會坦承這點。看到他迅速挑眉，我知道我也讓萊斯感到驚訝。

梅蘭妮卻一點也不顯得驚訝，只是點點頭。「在成長過程中不知道她為何離開或發生了什麼事，這對妳來說一定很不容易。」

「原本應該不容易吧，但其實並沒有，至少不算有。我父親是個很好的家長。他確保我吃飽穿暖，還強迫我上滑冰和游泳課。我們從沒談過我媽媽。過了一段日子，我就不再想她了。她離開的時候，我六歲，快七歲，年紀大到至少可以記住一些事情，但是……」我瞥向萊斯。「也許我為了保護自己而壓抑了記憶，但我不知道我是為了保護自己免受什麼傷害。」

「所以妳什麼都不記得了？」

我不想告訴她，昔日回憶開始一點一點地回來，就像支離破碎的電影場景。至少得等到我能把夠多的場景拼湊在一起，形成一個故事再說。「不算記得。」

「妳小時候沒有她的照片嗎？」

我搖頭。「一張也沒有。我不確定這是因為我爸不願想起她，還是怕觸景傷情。總之，我第一次看到我媽媽的照片，是我在屋子裡發現那些照片的時候。萊斯來我家吃晚飯，我把它們拿給他看過。他認為他認出她就是來過你們家幾次的餅乾女士。我就是因此而來這裡給妳添麻煩。」

梅蘭妮微笑。「妳沒有添麻煩。萊斯很少來看我們，我們也隨時歡迎他的朋友。至於回想起『餅乾女士』嘛，萊斯確實向來喜歡甜食。」

「保時捷呢？」

「她應該不會記得。保時捷當時應該才三歲。不過，沒錯，萊斯認為可能是妳媽媽的那個女人確實來過幾次，為學校圖書館籌款活動送來烘焙食品。我們當時試著為圖書館購買全套的《南希・德魯神祕故事》和《哈迪兄弟》的書籍。學校董事會的那些老古板只對購買教科書和百科全書感興趣，他們不明白讓孩子喜歡閱讀是最重要的事情。誰在乎孩子閱讀的是神祕故事還是曲棍球卡背面的文字？」

我對她的坦率露出微笑。梅蘭妮・艾希福特雖然有錢，但並不勢利。「我帶來那些相片。我能不能給妳看看？」

「我很樂意看看。」

我回到臥室，從文件夾裡拿出四季照片。我沒拿出影本。慢慢來。

梅蘭妮仔細研究了這些照片，先是一張一張，然後把它們排成一排。「有意思的是，她為四個季節的四張照片選擇了同一個拍攝地點。萊斯告訴我，他認為這些相片是在小學拍的。我相信他是對的，雖然我自己不會想到是小學。不知道她這麼做的動機是什麼？」

「我也在想同一個問題。更重要的是，這就是妳印象中的艾比嗎？」

「我幾乎能肯定。」梅蘭妮抬頭。「我希望我能幫妳更多，但我其實跟她並不熟。」

我沒獲得更多線索。我收拾了照片，將它們放回信封裡，勉強露出微笑，試圖掩飾我的失望，畢竟外面的天氣很好，而且我在羅索湖還有一個週末的時間。

但是梅蘭妮似乎察覺到我的失望。「也許我的丈夫或妹妹會更記得妳的媽媽。馬克維爾雖然現在還是個小鎮，但在一九八六年的時候小得都快到近親繁衍的程度了。」

「與此同時，凱莉，」萊斯第一次開口：「我們可以去湖邊看看。船已經準備好了。我相信我媽不會介意在這裡看書。」

「我不只不會介意，也堅持要你們去湖邊看看。」梅蘭妮說。

我不得不承認，環湖之旅聽起來很有趣，尤其跟萊斯一起。儘管我克制自己，但我發現自己每過一分鐘就越是愛上他一分。我只希望我的魯蛇雷達不會又害我被一個魯蛇吸引。

「我從不和我的東道主爭論。」我跟著萊斯前往碼頭。

第三十三章

我已經好幾年沒拜訪過馬斯科卡地區，但感覺過去這些年的歲月彷彿停滯了。萊斯很懂得操作船隻，輕鬆地穿梭於諸多水灣和島嶼，我看到松樹點綴的崎嶇花崗岩懸崖、從小木屋到宏偉的避暑別墅，其碼頭停靠著獨木舟、小艇、摩托艇、遊艇，以及各種大小和顏色的船隻。甚至手機基地臺也被偽裝成樹木的樣子。我能想像自己在這裡度過一整個夏季，而且我意外地發現自己對能夠在這裡度過夏季的人感到嫉妒。

我們大約在下午四點回到木屋，這給了我們足夠的時間為萊斯所說的「歡樂時光」做準備。

「這是歷史悠久的艾希福特家族傳統，」他說：「我們大夥在五點鐘在日光室見面喝酒，只穿休閒服裝，短褲和T恤或牛仔褲和運動衫，取決於氣溫。現在這時候每個人都在小睡，不然就是醒來後正在梳洗。」

「我覺得梳洗一番聽起來不錯。」我知道我的頭髮已經被風吹得亂七八糟，這在理論上聽起來很性感，但現實上看起來就像個鳥巢。「歡樂時光聽起來也不錯。」

我特別打理了自己的外表，確保我的頭髮梳成整齊的法式辮子，我還在睫毛上塗了一點睫毛膏。我穿上白色七分褲，搭配一件由粉紅色、紫紅色和紫色色調組成的多色T恤，還戴上紫水晶耳釘。我剛穿上一雙白色涼鞋時，萊斯敲門。

「妳梳洗得很好。」他的眼睛從上到下掃視我，然後再從下到上。

我感覺臉頰漲紅。已經很久沒有人這樣看著我了，更別說稱讚我。

「謝謝你。我承認，我對見到你父親和瑪姬阿姨感到有點緊張。我想留下好印象。」

他用一隻胳臂摟著我的腰，領著我走進走廊，朝日光室走去。「他們倆都會很喜歡妳，尤其是我爸，不過我得警告妳，他一碰到美女就會拚命獻殷勤。我媽總是假裝沒看到。有時我覺得她好像隱約覺得這很有趣，好像這是他們兩個一起玩的遊戲，有點像貓捉老鼠，只不過換成人類。」

「我就當作收到你的警告了。我只希望他們其中一人記得一些關於我母親的事情。雖然今天過得很愉快，但這畢竟還是我來這裡的主要原因。」

「主要原因，凱莉？我好心碎啊。」萊斯誇張地皺眉，然後溫和地笑了笑。「不開玩笑了，我相信他們會記得跟妳母親有關的事。我媽是怎麼說的？馬克維爾是個小鎮？」

「她說馬克維爾當時不只是小，而是小得都快到近親繁衍的程度。」

「那妳很幸運。說到近親繁衍，瑪格絲阿姨算是專家。」

＊＊＊

日光室實際上是一個封閉的門廊，占據了木屋的整個西側。從這裡看出去的景色堪稱壯麗，包括森林、花崗岩岩層和一大片羅索湖。在這裡看日落一定會很壯觀。

白色柳條家具占據了整個空間，不過這裡五顏六色的枕頭和毯子顯然也是保時捷的手工作品。我不禁好奇，她的商業成功在多大程度上跟她父母和朋友的購買有關。我猜就算她確實有天賦，應該很有關係。

保時捷和梅蘭妮・艾希福特蜷縮在配套的柳條搖椅上，手裡都拿著一杯馬丁尼酒。梅蘭妮指向配備了內置冰箱的不鏽鋼吧檯。「歡迎來到歡樂時光，凱莉。我妹妹和我丈夫應該很快就到。與此同時，我們已經準備好了一瓶伏特加馬丁尼。還有各種烈酒、軟性飲料、氣泡水、葡萄酒和啤酒。萊斯，幫這位女士倒杯酒。」

我選了一杯澳洲夏多內葡萄酒，然後坐在一張看起來很舒服的長沙發上，而萊斯坐在我旁邊時，我感到異常開心。我剛啜飲一口酒時，一個五十多歲、戴著大量珠寶的女人走了進來。她比以前胖了幾磅，一頭紅髮也不再完全是本來的顏色，但我清楚知道她是誰。瑪格絲阿姨就是瑪姬・洛納根。艾菈・科爾口中的長舌婦。

這個女人指控我父親謀殺了我母親。

「瑪格絲阿姨，我想讓妳見見我的朋友和鄰居，凱莉・邦斯戴伯，」萊斯親吻她的臉頰，說道：「凱莉，這位是瑪姬・洛納根，我媽的妹妹，我們都叫她瑪格絲阿姨。」

「萊斯，親愛的，你知道我多麼討厭被叫瑪格絲，」女子開口，語氣中卻帶著縱容。她轉頭對我說：「請叫我瑪姬。很高興見到妳，凱莉。我們歡迎萊斯的任何朋友。」

我努力保持禮貌。畢竟我只是客人，而且我只聽過艾菈．科爾對瑪姬的單方面批評。「我也很高興見到妳，瑪姬。梅蘭妮說妳可能認識我母親，艾比蓋兒．邦斯戴伯。」

瑪吉給自己倒了一杯馬丁尼，加了六顆橄欖，一次一顆，然後滑進一張躺椅。她有點讓我聯想到爬進陽光下的蜥蜴。

「我以前都叫她艾比。我們曾一起在食物銀行當志工，或許我該說我是志工，妳媽媽負責管理，凡事照她的規矩之類的。」瑪姬面露微笑，但我察覺到一絲惱怒，彷彿雖然過了這麼多年，但還有某些事情困擾著她。我幾乎能感覺到她在努力擺脫那些往事。

她用牙籤戳起一顆橄欖，把鑲在裡頭的多香果挑到餐巾紙上，把橄欖塞進嘴裡，慢慢咀嚼，然後又冷冷一笑。「抱歉，這種說法聽起來好像不太友善。如果沒有妳母親，馬克維爾就根本不會有食物銀行，至少當時不會有。她努力不懈地讓它成真。只不過，那種有幹勁或遠見的人，有時候會忘了別人是有感覺的。」

我媽真的是那種人？不在乎其他人的感受？艾菈．科爾沒有這麼說過，但她可能是為了向我隱瞞令我難受的真相。不過話說回來，瑪姬給我的印象是那種需要成為舞臺中心的人。她加入這個歡樂時光的方式，姍姍來遲，身上掛滿珠寶，彷彿隆重登場。也許我媽媽沒有對她磕頭。我在考慮該如何回應時，梅蘭妮插話。

「我忘了妳在食物銀行當過志工。」梅蘭妮回憶往事，咯咯笑。

「我不知道妳覺得哪裡好笑。」瑪姬輕蔑地哼一聲。「食物銀行是一個非常有價值的理念。」

「唉，看在老天的份上，瑪姬，那已經是三十年前的事了。為什麼不承認妳當年充其量只是一個心不甘情不願的志工？」梅蘭妮交叉雙臂，怒視著妹妹。我感覺她們倆之間有不少手足之爭。

瑪姬戲劇性地翻個白眼，從馬丁尼裡又撈出一顆橄欖，重複剛剛去除多香果的儀式。「我不認為我當時心不甘情不願，梅莉。沒錯，我去那裡當志工是因為我被分配了一百小時的社區服務，但我確實選擇了那個慈善組織。」

「瑪格絲阿姨。社區服務。我現在才知道。」萊斯咧嘴笑。「妳是做了什麼才被判社區服務啊？」

「就是啊，拜託妳告訴我們嘛，瑪格絲阿姨。」保時捷傾身向前。

「應該說我們的父親做了什麼吧，」梅蘭妮說：「要不是他參與輔警的工作，加上洛納根這個名字，你們的瑪格絲阿姨得到的恐怕不只是一百小時的社區服務。」

「你們的老媽在誇大其詞，這是她的習慣。那只是一起輕微的入店行竊事件，從珠寶店偷走了幾件小玩意兒。」瑪姬揮舞一隻戴滿戒指的手。「我能說什麼呢，我向來喜歡閃閃發亮的東西。」

「妳真的有被逮捕？」從他的語氣來判斷，自己的阿姨曾被逮捕的這件事讓萊斯比較感到好笑而不是震驚。我猜瑪格絲阿姨是家族裡的害群之馬，而她努力試著維護自己的聲譽。

「當然沒有。那家店報了警，他們拘留了我，但你們的外公成功地讓大家相信整件事只是一個不幸的誤會。我退回了珠寶，並同意做社區服務。自願的。」

「妳在食物銀行做滿了一百個小時？」我希望能把話題引回我母親身上。

瑪姬點頭。「三個月，每星期大約八小時。開箱，將人們捐贈的物品分類，上架。艾比怎麼說，志工們就怎麼辦。」

「妳跟她很熟嗎？」

這一次，瑪姬搖頭。「不算有。她傾向於把自己的私生活保密，至少看在我眼裡是這樣，不過我的印象是她在家裡並不是非常開心。」她抿起嘴唇。「抱歉，我這種說法不夠體貼。」

「如果妳當時真的就是這麼認為，就沒有不夠體貼這回事。我在尋找真相，而不是用糖衣包裹的過去。在那裡工作的其他人，有沒有和妳一樣的感覺？」

「我沒辦法代表其他人發言。」

我知道米絲蒂・瑞弗斯、德韋恩・舒特和那個我只知道叫瑞德的人也曾在食物銀行工作，但我不想透露這件事。可能還有更多的志工沒有出現在照片上。

「在這時候，我只是想找出還有誰可能在那裡工作過。妳還記得其他任何人的名字嗎？」

「嗯……我得想想。就像梅莉急於指出的那樣，那是三十年前的事了，我的記憶力也已不復當年。但有個人應該一定記得妳的母親。」她朝梅蘭妮露出惡毒的咧嘴笑容。「在我的印象中，他當時和艾比非常友好。」

「誰？」

「當然就是梅蘭妮的丈夫，我的姊夫，萊斯和保時捷的父親。他應該隨時會出現，剛剛結束在高爾夫球場上辛苦的一天。妳何不親自問他？」

彷彿經過彩排一樣，紗門就在這時候打開，一個六十出頭、看起來很健壯的男子大搖大擺地走進日光室。他俯下身子，在梅蘭妮的臉頰上親了一下，在她耳邊低聲說了些什麼。她微微臉紅，嬉鬧地拍了拍他的肩膀。

如果我原本已經感到緊張，這種緊張跟我現在的感受相比根本不算什麼。他那頭金髮雖然變成了銀灰色，原本稜角分明的下巴可能隨著時間推移而變得柔和了一些，但那雙棕色眼睛沒變——深邃、嚴肅、熾烈。

他就是墜飾盒裡的那個男人。

瑞德。

第三十四章

我突然想到，我一直覺得瑞德看起來很眼熟的原因是因為萊斯。倒不是說萊斯是年輕版的瑞德——例如保時捷就像年輕版的梅蘭妮——而是整體五官的普遍相似性。然而，他們倆此刻站在同一個房間裡，這種相似性就變得再明顯不過，我也無法想像我之前怎麼會沒看出來。我竭盡全力不露出震驚的表情，想必我有成功，因為沒有人用奇怪的眼光看我。

事實上，沒有一個人看著我。所有眼睛都在瑞德身上。他有一種居高臨下的氣勢，那種伴隨著權力和財富而來的氣場。我能想像他比現在年輕三十歲，英俊，魅力非凡，傲氣十足，即將在市場上賺到第一桶金，但還是有辦法抽出時間在各個地方做些志工工作。

我也能想像身為家庭主婦的母親，一個公認的領導者和行動派，試圖透過負責志工活動來尋找人生中的新意義，同時靠我父親做為鈑金學徒的收入勉強餬口。父親當時的收入其實不算很糟，而且前景看好，但也有旺季和淡季。我知道。我在成長過程中經歷了很多旺季和淡季，不是豐收就是饑荒。他在完工日前瘋狂加班，然後什麼工作也沒得做，不然就是一些工時很短的零工。

瑞德給自己倒了一大杯加冰塊的蘇格蘭威士忌，然後走到我坐的地方。「妳想必就是凱莉·邦斯戴伯。萊斯經常跟我提到妳。看來妳令我兒子印象深刻。」他露出一個超白牙的笑容，朝萊斯的大致方向眨了眨眼。

保時捷咧嘴一笑，把膝蓋抱在胸前，好像在等著看好戲。梅蘭妮瞪著自己手上的馬丁尼。萊斯看起來有點尷尬，雖然我能理解為什麼。

「正是在下，」我擠出笑容。「謝謝你們邀請我來。」

「這是我們的榮幸。梅蘭妮告訴我，妳希望能更瞭解妳的母親。」

「是的，艾比蓋兒·邦斯戴伯。」我在他臉上尋找任何不自在的跡象，但什麼也沒找到。

「艾比蓋兒·邦斯戴伯，沒錯，不過我都叫她艾比。我有在幾個活動上跟她一起當志工。我第一次見到她，是在本地政府贊助的加拿大日植樹活動上。她想開一家食物銀行的時候，打了電話給我，問我能不能幫忙。」

「所以你們在植樹後還保持了聯繫？」

「不算有。我猜她給她的志工名單上的每個人都打了電話。瑪姬也有在食物銀行當志工，不過我記得她可能不是完全出於自願。」他啜飲一口威士忌，眨個眼。

我再次擠出微笑。「瑪姬剛剛分享過她參與志工服務的原因。那你呢？一個成功的股票經紀人肯定不會被要求提供社區服務。你和我媽是朋友？」

「朋友？」瑞德瞇起眼睛，把頭歪向一邊，好像陷入沉思，等了一會兒後：「不，我不會說我跟她是朋友。」

比較像是情人，我心想，想到那些塔羅牌和墜飾。但我不能說出來，不能在他的木屋日光室裡，在他的妻子、兒子、女兒和小姨子都在場的時候。此外，他也不太可能承認。「所以，如果你們不是朋友——」

「我這麼說吧，妳的母親很有說服力，而且食物銀行對她來說意義重大。」他又露出超白牙的笑容。「艾比是個非常熱情的女人。」

我不確定瑞德這句話是不是話中有話，但我忍不住注意到梅蘭妮臉上失去血色，而瑪姬看起來沾沾自喜。萊斯似乎沒注意到他們的反應。我決定問下去。

「我恐怕對她沒有多少瞭解。我媽在我六歲時離開了，而在我成長的過程中，我爸很少提起她。」

「我能理解。妳母親失蹤後，出現了很多流言蜚語，其中大部分是針對他的。那對他來說一定非常困難。我猜對你們倆都很困難。當然，我完全不認識妳父親。我只有跟艾比往來，而且那是很久以前的事了。」瑞德斜眼看妻子一眼。「我人生中的那一章早已成為過去。」

「我真希望我們能告訴妳更多，凱莉，」梅蘭妮臉頰泛起淡淡的紅暈。「但事實是，我們都不太瞭解她。很抱歉，我們幫不上更多忙。」

這是梅蘭妮的真心話？因為我確信婚外情曾經發生，而瑞德的含沙射影和肢體語言都表明他的妻子知道這一切。瑪姬先前隨意說出口的評論也證實了我的懷疑。

我想著那個墜飾。如果我母親那天離開家裡、去見瑞德或和他在一起，她肯定會戴上墜飾，而不是把它藏在地毯下的信封裡。但如果她是去見他的妻子，而且可能擔心在會面期間會發生什麼事……在這一刻之前，我原本一直懷疑那些塔羅牌是來自瑞德。但現在，我開始懷疑梅蘭妮才是幕後黑手。

我喝了一大口我的夏多內葡萄酒，考慮下一步。瑞德聲稱他不認識我父親，但事實是兩人都曾參加加拿大日植樹活動，而且我媽一定會介紹他們倆認識。這表示他有說謊。如果給瑞德看那張植樹照片，會讓我顯得狡猾，也會迫使他採取防衛心態，而這是我不想要的。但如果我只展示食物銀行的照片，也許就能找出更多關於德韋恩．舒特和米絲蒂．瑞弗斯的情報。

「地球呼叫凱莉，凱莉請回答。」萊斯的嗓音在我耳邊嗡嗡作響。我對他露出一個不好意思的笑容。我知道自己剛剛陷入沉思，但沒想到我表現得這麼明顯。

「抱歉，我只是在想著我帶來的列印文件。在我房間裡。」

「列印文件？什麼樣的列印文件？」萊斯和梅蘭妮異口同聲。瑪姬瞇起眼睛。瑞德的表情深不可測。

「我有在區域參考圖書館做一些研究。我發現了一張我母親的照片，是她為食物銀行募集物資。照片刊登在《馬克維爾郵報》上。我現在才意識到這一點，但我確定瑪姬和瑞德都在照片上。我能不能給你們看看？照片上還有另外幾個人。也許你們能告訴我他們是誰。」

「凱莉，我不確定辨識三十年前的人有什麼意義，但我們都很樂意看一看。」梅蘭妮來回看著瑞德和瑪姬。「不是嗎？」

「當然。」瑪姬從一顆橄欖裡挑出多香果。

「我們會盡力幫忙。」瑞德雖然這麼說，但從他下巴突然抽動的樣子來看，我不確定這是他的真心話。

第三十五章

我手裡拿著列印文件，漫步回到日光室時，所有的談話聲很快安靜了下來。瑪姬起身站在瑞德身後，我也因此決定該先給誰看。

「你們可以看到我媽媽在前景，」我指著她。「照片上有另外四名志工。你在這裡，瑞德，而引人注目的紅髮女子就是妳，瑪姬。我不確定另外兩人是誰。留著鬍鬚，左眉上方有一道新月形小疤痕的男人，以及眼睛深邃、棕髮捲曲的女人。」

「我當年確實引人注目，不是嗎？」瑪姬的口氣沒有一絲謙卑。「你也是，瑞德。我忘了你當年有多帥。」

「當年？妳是說我已經帥氣不再，瑪格絲？因為這聽起來有點五十步笑百步。」瑞德用一個微笑緩和了這句話，但看到瑪姬迅速退縮一下、緊緊抓住瑞德的椅背，我看得出來這句話刺痛了她。

「歲月對你們兩位都很寬容，」我開口，決定維持和平。「否則我怎麼可能從三十年前的照片上認出你們？」

這句話似乎安撫了瑪姬，她的手指放鬆，臉上不再看到痛苦的表情。瑞德嘴角閃過一絲微笑，難以察覺地向我點了點頭。我覺得我好像通過了某種測驗。

「所以另外兩個人是誰？」我再次問道。

「那個頭髮燙得很難看的女人是米絲蒂・瑞弗斯，」瑪姬說：「她自稱是通靈者，曾經為我們這些食物銀行志工做塔羅牌占卜。我覺得她基本上都在胡說八道啦，但我記得妳媽以前常問她關於塔羅牌的問題。」

「什麼樣的問題？」

瑪姬聳肩。「這麼多年過去了，我怎麼可能還記得？大概是某張牌是什麼意思之類的吧。」

「米絲蒂・瑞弗斯呢？妳跟她有保持聯絡嗎？」

「妳在開玩笑吧？我跟她之間的共同點不到零。」

「所以答案是沒有。」

「妳反應還真快，」瑪姬又挑掉一塊多香果。「我已經好多年沒見過或聽過米絲蒂．瑞弗斯的消息。瑞德，你記得她嗎？」

瑞德搖頭。「恐怕不記得，但話說回來，我當時的貢獻是試著鼓勵一些公司企業捐贈食物或現金。我和艾比的互動大多發生在食物銀行的營業時間之外，其他人都離開之後。她只讓必要的人員知道食物銀行的財務狀況。況且，我那時候是在多倫多的灣街工作。我甚至不記得有拍這張相片。」

我不確定我是否相信他不記得有拍這張照片，但他承認了他有在食物銀行的營業時間之外跟我母親見面、討論財務問題，這無疑提供了婚外情的機會。

「這個男人是誰？你認得他嗎？」

瑞德又粗略地看了一眼照片。「抱歉，他看起來不眼熟。」

「瑪姬？」

「我在那裡的時候，他只去過幾次，我不記得他的名字了。」瑪姬全神貫注，皺起眉心。「可能叫威廉、華倫、韋德……總之名字是W開頭。也許梅莉能認出他。她很擅長記住名字和臉孔，而且她當年總是在參與慈善活動。她可能有遇到他。」

「我當然樂意看一看。」梅蘭妮說。

我走到梅蘭妮的藤椅旁，才剛把照片遞給她，瑪姬就再次開口。

「韋恩，我想起來了。他叫韋恩。我想不起來他姓什麼。」

梅蘭妮從照片中抬起頭，晒成古銅色的臉龐顯得蒼白。「不是韋恩，」她說：「是德韋恩。他的名字是德韋恩．舒特。」

重點不是她說了什麼，而是她的口氣。我就是在這時候意識到，在一九八五年搞過外遇的艾希福特成員，不只是瑞德而已。「德韋恩．舒特。」我開口，彷彿我從沒聽說過這個名字。

保時捷湊過來看。「他看起來很帥耶，而且眼睛上那條疤給人一種神祕感。妳是怎麼認識他的啊，媽咪？」

「就是啊，快告訴我們，梅莉。」瑪姬戳戳放在餐巾紙上的多香果。我注意到她的手微微顫抖，意識到她其實從頭到尾都知道德韋恩．舒特是誰。她是在試著保護梅蘭妮，還是故意讓她難堪？我瞥向瑞德，但他的臉孔就像一副牢固的面具。這個男人很習慣隱藏情緒。

梅蘭妮把列印紙還給我，臉上重現血色。她在這段時間恢復了冷靜。「這恐怕是個相當乏味的故事。我在為學校圖書館籌款活動做準備時，遇到了他。當時地下室裡有一堆桌子和折疊椅，他正在下面處理管道系統。」想起往事，她露出微笑。「我沒想到下面會有人，更沒想到是個穿著工作服、戴著安全帽的人。他把我嚇了一大跳。總之，他好心地幫我把桌椅搬上樓。」

「他可能是領時薪的，」瑞德說道，起身又倒了一杯威士忌。「他那麼做可能根本無關於好心。他是為了拖延工時，讓學校和納稅人付更多錢給他。我知道他那種人。」

梅蘭妮臉紅，我看得出來她正試著做出回應，這時萊斯開口。

「爸，你說的是哪種人？承包商那種？」萊斯口氣雖輕，但明顯流露怒火。他之前說過什麼？他說他父親從不認為萊斯的工作對得起艾希福特的名聲。我當時以為他是誇大其辭，但現在意識到他說的是事實。

「不是每件事都跟你有關，兒子，」瑞德說：「我只是發表意見。這些建築工人大多都收太多錢、做太少事。我相信這個叫德韋恩的傢伙也不例外。」

我知道我不該多嘴，畢竟我是來瑞德的家裡作客，而且我想更瞭解關於德韋恩・舒特的事情，但我就是忍不住。「我父親也是建築工人，艾希福特先生，而據我所知，他和他大多數的同事都很老實。但你以前的職業就不同了，正如歷史不只一次告訴我們的，最近那次經濟危機就是一個顯著的例子。」

令我驚訝的是，瑞德居然拍手。「你撿到的這隻很潑辣喔，萊斯。我喜歡勇於表達想法的女人。」

「我不是撿到凱莉，爸。她不是流浪狗也不是流浪貓。她是我隔壁鄰居，而且我們正在成為朋友。我把她帶來這裡，好讓她能更瞭解她的母親，進而瞭解一些可能認識她的人。就這一次，我希望我們能避免扮演功能失調的家庭。」

「說真的，老哥，你幹麼讓爸這樣激你生氣？你明知道他只是在刺激你。」保時捷起身又倒了一杯馬丁尼，喝了一大口，然後又倒滿了她的酒杯。「凱莉，我代表整個艾希福特家族，為我們的不良行為道歉。」

「沒這個必要，保時捷，但還是謝謝妳。」我大概也該說些道歉的話，但那將是言不由衷的話語，而且我不適合發表言不由衷的話語。我真正想要的，是更瞭解梅蘭妮所知的德韋恩．舒特，儘管我知道現在不是適當的時候或地點。無論梅蘭妮知道什麼或不知道什麼，她都不會在丈夫、孩子或妹妹面前說出來。我想著該怎樣跟她獨處時，萊斯前來營救。

「媽，凱莉也喜歡跑步。妳覺得她明天早上能和妳一起參加週日跑步嗎？」

梅蘭妮對萊斯感激地笑了笑，緊繃感從她的脖子和肩膀上消失了。「我會很高興難得有人陪我一起跑。妳有帶慢跑的裝備嗎，凱莉？」

「有，我原本不確定有沒有機會跑步，但還是帶來了，以防萬一。不過我的速度不算快。」

「梅蘭妮也不算快。」瑞德說。

梅蘭妮怒瞪他。「你哪知道我快不快？你只有在進出高爾夫球車的時候才有動到身子。」

「我只是根據妳回來屋裡需要多長時間來判斷，親愛的。」

梅蘭妮這次假裝沒聽見他話裡的刺。「我有一條很棒的五哩路線，凱莉，風景優美。大部分是沿著高爾夫球場後面的小徑，速度有時候會放慢到龜爬。妳得小心岩石和樹根，而且斜坡就跟梯子一樣陡。我通常會吃一碗燕麥，然後在八點出門。跑完後，我會在當地的咖啡館喝咖啡。」

「很漫長的咖啡。」瑞德說。

「跑步、之後喝咖啡，聽起來很不錯。」我試著結束他們之間的鬥嘴。「我很想加入妳。」

「我會很高興能有個說話的對象。」她意有所指地看著瑞德，她公然的敵意讓整個房間變得冰冷。

「媽咪，我們不是應該準備吃晚飯了嗎？妳知道碧安卡多麼討厭我們遲到。」保時捷試著維護和平。

「妳說得對，保時捷，而且我們這樣對客人太失禮了。」梅蘭妮擠出笑容。「碧安卡是我們的廚師，她非常討厭等我們。晚餐在七點準時開動。」

梅蘭妮起身走出日光室。瑞德、瑪姬和保時捷緊隨在後。沒人開口。

「我有試著警告妳，」他們離去後，萊斯開口：「貓捉老鼠。妳明天應該能得知更多關於德韋恩·舒特的事情。根據我爸的行為來看——他這次比平時更糟——我相當肯定那個故事不只是學校地下室的一些桌椅這麼簡單。」

看來他和我的感覺是一樣的。我不禁好奇，他還知道或懷疑什麼。我總覺得他不僅僅是對一位善良的餅乾女士有著模糊記憶。

至於他還知道什麼，我即將找出答案。

第三十六章

我們跑了大約三哩，地形確實像梅蘭妮承諾的那樣崎嶇而優美，這時她放慢步伐，輕鬆地小跑。我沒發現這條路線有什麼危險之處，但我樂意跟隨她的腳步，畢竟我不知道前方有什麼。

「聽著，凱莉，」梅蘭妮把腳步放得更慢。「妳來這裡是為了尋找真相。我認為妳在沒有母親的情況下生活了三十年，也確實應該得到真相。」她試著擠出微笑，但效果很差。「瑞德不同意我的看法。自從萊斯打電話來問他能不能帶妳來這裡，我跟瑞德就發生了一些爭吵。」

「我很抱歉。我完全無意給妳造成任何不愉快。」我們現在是用走的，步伐一點也不輕快。

她揮手要我別在意。「就算我們不為妳而爭吵，也會為別的事情吵架。我跟他就是這種夫妻，或至少成了這種夫妻。」

我不知道該說什麼，所以我什麼也沒說。

「妳父親似乎把妳教育得很成功。」

我沒想到她會這麼說，但我在客服中心受過的訓練再次發揮了效果：讓人們用自己的方式說故事。

「他是個好人。有時候在跟女孩子有關的事情上，他會有點不知道該怎麼辦，但他盡力了。我還是不敢相信他死了。」

「妳一定很想他。」

「是的，這就是我想弄清楚，我母親在一九八六年到底發生了什麼事的原因之一。我父親確信她遇到了很糟糕的下場、她不是自願離開的。」

梅蘭妮徹底停下腳步，轉身面對我，棕色眸子十分嚴肅。「我能信任妳嗎，凱莉？」

「我想這取決於妳想告訴我什麼，還有為什麼。」

梅蘭妮沒說話。相反的，她開始再次慢跑，步伐越來越快，也越來越不謹慎。我再一次跟著她。我們跑了大約一哩後，她再次突然停步。要是我沒注意，就會摔得人仰馬翻，但我沒抱怨。我只是等待她要說什麼。我沒有等很久。

「妳是個聰明的女孩，凱莉，所以妳大概知道德韋恩・舒特不僅僅是我在圖書館遇到的某個人。」

「我來這裡的時候不知道。」

「但現在？」

「我算是有這麼懷疑。」

梅蘭妮點頭，再次開始走路。我跟上。

「我跟他有了外遇。我當時很寂寞。瑞德一天到晚都在工作。萊斯是個好動的孩子，所以我們盡量讓他參加一大堆活動，游泳、童子軍、足球、棒球、曲棍球……什麼都有。保時捷當時雖然還在上幼稚園，但我們已經讓她學游泳、踢踏舞和芭蕾舞。我很想組織這一切活動，但瑞德堅持要我們僱一個保母。他最注重的就是門面，現在也是。住家保母符合他想塑造的形象。」

就像在夏日木屋裡也要有個廚師，我心想。一般人去夏日木屋，會在營火上烤漢堡和香腸。相較之下，我們昨晚享用了上等肋排、約克郡布丁、青豆配烤杏仁、蘆筍佐荷蘭醬，甜點是野生藍莓餡餅配自製香草波旁冰淇淋。

餐前喝了開胃酒，餐後喝了葡萄酒、干邑白蘭地和義式濃縮咖啡。

「我相信妳在想著我這個『可憐的小富婆』，我也不怪妳，」梅蘭妮說：「也許我當時應該在德韋恩懇求我的時候向瑞德提出離婚、離開他。我告訴自己我是為了孩子們才留下的，但是……但是偷情真的有種令人愉快的骯髒感，而且說真的，我已經習慣了奢侈的生活方式，這是德韋恩永遠無法提供的。長話短說，我拒絕了離開瑞德，而德韋恩不滿足於當情夫。他在妳母親離開妳的同一天離開了我。」

「同一天？」

「同一天。一九八六年的情人節。很巧吧？」

第三十七章

我不相信巧合，正如我不相信通靈。可是那究竟意味著什麼？我被一根樹根絆到，在我摔趴在泥土地上之前急忙站穩。

「可是德韋恩．舒特，他還活著——」我來不及阻止自己，衝口而出。我這個笨蛋。

「所以妳在給我們看那張照片之前，就已經知道德韋恩．舒特是誰了。」梅蘭妮的語氣冰冷得近乎零度。「我想也是，雖然我承認妳演得很好。我想就連瑪姬也被說服了。她雖然是個傻瓜，但沒那麼容易被愚弄。」

「是的，我知道他是誰，但我第一次在《馬克維爾郵報》上看到那張照片時，我並不知道他是誰。」

「我相信妳。妳是怎麼知道他是誰的？報導中沒有提到任何名字。」
我告訴她，我找到我爸媽的結婚證書。證人的名字上出現德韋恩・舒特。我在領英上找到了他和一張他最近的照片。那道新月形疤痕就是他的特徵。最後我告訴她，他曾是我父親去世的那個工地的主管。
「跟德韋恩・舒特有關的間接關聯還真多。」梅蘭妮說。
「我也這麼想。」
「我猜妳現在相信，德韋恩應該為妳母親的失蹤和妳父親的事故負責？」
「我不想倉促下任何定論，但我傾向於妳說的方向，尤其因為我現在知道他和她在同一天離開了馬克維爾。」
「我承認這讓他看起來有嫌疑，但我認識的德韋恩・舒特不可能傷害任何人。沒錯，他是傷了我的心，但那是我活該。」
「那他為什麼在那天離開了？」
「在他離開的幾天前，我們大吵了一架。德韋恩想跟我一起慶祝情人節。那是不可能的。瑞德總是把情人節當成大事，他會訂最好的餐廳、二十幾朵長莖紅玫瑰，還有昂貴的珠寶，越閃亮越好。他就是這麼注重門面。」
「所以妳認為德韋恩選擇在情人節離開，是為了表達終極的告別？」

「我這三十年來都是這麼相信。」梅蘭妮語帶哽咽。「我根本不知道他其實離我有多近。多倫多。我曾聽說他去了西部，但我不記得那個謠言是怎麼開始的。」

「我不相信。」我甚至不確定我是否相信她的說詞，雖然我不打算這樣告訴她。「同一天離開的兩個人，一定有某種關聯。也許他們倆甚至是一起走的，但如果是這樣，我不相信我媽是帶著一去不回的意圖離開的。我爸也不相信。他發生事故前的那段期間，正在調查她的失蹤案。也許他發現了一些對德韋恩不利的證據。」

「我不相信德韋恩跟妳母親的失蹤或妳父親的死亡有關。況且，妳忽略了一些事實。」

「噢？」

「艾比——妳的母親——曾經跟瑞德有過婚外情。瑞德把那一切都跟我說了，甚至表現得沾沾自喜。他喜歡這麼做，這讓他覺得自己像個男人。這也是我對自己跟德韋恩的關係並不感到內疚的另一個原因。有一天，妳的母親甩了他。她顯然想跟妳父親重修舊好。」梅蘭妮發出笑聲，一種刺耳的喉音，跟穿著名牌跑步裝備的優雅女人格格不入。「如果離開瑞德，就別指望能平安脫身。不然妳以為我為什麼還跟他在一起？」

我想到墜飾和塔羅牌。「妳是在暗指，是瑞德而不是德韋恩殺了我媽？」

梅蘭妮停下腳步，轉身面對我。「我認為有這個可能。」

我們快走到小徑的盡頭，我不認為我或她會想坐在咖啡館裡喝卡布奇諾。「我很感激妳的推測，我只是不確定該拿妳的推測怎麼辦。妳是要我證明瑞德殺了我媽？」

梅蘭妮又發出刺耳的笑聲，不耐煩地用手擦去幾滴眼淚。「妳以為這就是我告訴妳這一切的原因，凱莉？這就是為什麼萊斯跟我說了妳失散多年的母親的悲慘故事後，我邀請妳來我們的避暑別墅？為了很久以前的輕率行為報復瑞德？」

外遇或許會被認為是輕率行為，但謀殺呢？「如果不是這樣，那是為什麼？」

「很簡單，凱莉。我要妳停止調查。」梅蘭妮盯著我，指甲修剪整齊的雙手扠在腰上，那雙棕眼冷酷無情，淚痕早已消失。「我要妳把這些祕密深深地埋起來，深到沒人會再來尋找它們。離開馬克維爾，回去多倫多，徹底忘了過去，徹底忘了我兒子。如果妳需要錢，我們也可以安排。妳只要說個價格就行。」我後退一步，彷彿臉上挨了一記耳光。

「如果我做不到？離開這裡，忘掉一切。如果我沒有價格？」

「那我建議妳想個辦法、找個價格，而且盡快找到。噢，凱莉？」

「嗯？」

「等我們回到木屋的時候，妳和萊斯最好離開。編些理由，說妳突然想起有事、妳偏頭痛之類的。」

梅蘭妮再次開始跑步，像個十八歲孩子一樣敏捷，原本的重擔已經卸下。我踢了一塊石頭，看著她離開。

第三十八章

我們倆在路上行駛了四十五分鐘，這段時間都沒人說話。「妳跟我媽跑步的時候，發生了什麼事？」萊斯開口。自從我們開始長達兩個小時的車程後，這是他對我說的第一句話。

「沒發生什麼事。我只是覺得我該回家了。我不想待太久待到讓人家討厭。況且，我跟你說了，我的頭有點疼。」

「聽妳在鬼扯。」

「你是說我沒犯頭疼？」

萊斯惱怒地看了我一眼。「不，我是說我不相信什麼事也沒發生。妳們倆今天早上出發的時候，感情好得就像同一個豆莢裡的豌豆。我媽回家的時候沒帶妳一起回來，而且一回來就立刻去睡午覺——她從不這麼做。妳差不多十分鐘後出現，說妳頭疼，想回家。我可能不是這個世界上最敏銳的傢伙，但即使是我也能把這些線索串聯起來。」

我該跟他說什麼？梅蘭妮相信瑞德謀殺了我的母親？她要我埋藏我可能找到的任何證據？她幾乎是下命令要求我停止調查？

「沒有什麼線索要串聯。」

「既然妳這麼說，凱莉。」萊斯繃緊臉龐，抬起下巴。我從錢包裡拿出可可脂護脣膏，塗上一些，然後開始凝視側窗外。

我們默默地開完剩下的路。我們回到龍口花巷的時候，彼此間的緊繃感幾乎真實可觸。我真希望事情可以有所不同，真希望我能向他傾訴真相，但這根本不可能。從這一刻起，我必須跟萊斯保持距離。他對我的調查知道得越少越好。儘管梅蘭妮那樣命令我，但我完全打算繼續查下去。

我只是必須更小心。

＊＊＊

我花了整個下午大部分的時間，一遍又一遍地檢查每一張影本，而且總是回到利斯和米絲蒂以及懸賞海報的那張照片上。他為什麼不承認他很久以前就認識米絲蒂？他為什麼不告訴我，他曾參與調查我母親的下落？我向來知道我父親和利斯原本不太可能成為朋友，因為他們的職業和社會地位截然不同，但他們之間是否存在著某種更深層的關聯？利斯的專長明明是刑法，他卻將我父親收為「房地產」客戶，這是出於某種原因嗎？

我沒有答案，而且我還是不確定該如何面對他。有時候，想出一個計畫的最好辦法就是想別的事情，讓潛意識發揮作用。我需要的是轉移注意力。

我考慮打電話給香緹兒，看看她想不想一起出去吃晚飯或叫些外送，但她會想知道我在艾希福特的木屋過得怎麼樣，而我還沒準備好談論這件事。我短暫地想過給萊斯打電話，但很快就打消了這個念頭。我也完全不考慮去找艾菈·科爾。她的「管閒事雷達」現在一定處於全面警戒，而我現在精神太脆弱，沒辦法有效地迴避她的提問。不幸的是，我在馬克維爾的「朋友圈」

就這麼大。

我把筆和筆記簿推到一邊，打開電視，瀏覽頻道，在ＢＢＣ上看到《地點很重要所以說三次》的馬拉松連播。看著菲爾・斯賓塞和克莉絲蒂・歐斯普在英國各地參觀房子，為難以取悅的客戶尋找理想的家，這總是讓我微笑。也許是因為這個節目在嘗試翻譯一些英國術語。似乎沒有人想要「新蓋的」。每個人似乎都希望房子有「特色」。附近的「高街」意思是一條有酒吧和商店的主街。「可愛的廚房飯廳」指的是可用餐的廚房，但按照北美的標準，英國這些廚房飯廳大多小得令人痛苦。「兩會客室」指的是客廳和起居室。不管是什麼原因，這個節目讓我很開心，不需要我動腦筋。這就是我需要的。

我看到第三集《地點很重要所以說三次》的時候——這一次在格拉斯哥，他們在討論蘇格蘭的「希望買方出價高於賣方開價」的房地產系統，這時門鈴響起。我有點想不予理會，但還是暫停了電視節目，走到門口，從窺視孔往外看。

我最沒料到會出現的人站在那裡，一頂鴨舌帽遮住了他的臉。

第三十九章

瑞德・艾希福特穿著藍色牛仔褲、格紋襯衫、飛行員墨鏡、跑鞋和一頂多倫多楓葉曲棍球隊的鴨舌帽，他把帽子拉低到額頭以下。如果他這副打扮是為了避免引人注意，那麼效果有些差強人意，因為他看起來就像個試著避免引人注意的傢伙。他雖然如此打扮，但我很確定萊斯還是會認出自己的父親。我查看了車道和馬路，但沒看到汽車。

我打開門，邀請他進屋。不然我該怎麼辦？

「我把車停在購物中心。」瑞德說道，在門廳脫下了跑鞋、墨鏡和球帽。購物中心位於龍口花巷以南幾哩處，無論在星期幾、幾點鐘、什麼場合，那裡的停車場通常都停滿了車輛。郊區的人似乎就是愛購物。想在那裡藏起一輛車，這確實很容易。他把車停在購物中心，這能解釋我的車道上為什麼沒有車，但無法解釋他為什麼來這裡。不管是為什麼，他顯然不想讓萊斯知道。瑞德走進客廳，看著我收拾茶几。

「要不要喝點什麼？茶、咖啡？還是更烈的東西？」

「我是想喝些更烈的東西，但還是咖啡好了。黑咖啡，一份糖。」

我逃進廚房裡，忙著操作咖啡機。從櫥櫃裡拿出幾個馬克杯，連同糖罐。在盤子裡放上幾塊餅乾。瑞德看起來不像是喜歡吃餅乾的人，但我覺得還是提供一些比較禮貌。我把所有東西放在一個黑漆托盤上。當我回到客廳時，瑞德正坐在我的躺椅上看棒球比賽。我放下托盤時，他把音量調低了，但讓電視開著。

「謝謝妳邀請我進來。」他在咖啡杯裡攪拌了一茶匙的糖，喝了一口，一隻眼睛盯著藍鳥隊的比賽。我沒辦法怪他。藍鳥隊正在對戰紐約洋基隊，這當然精采。

「好咖啡。」

「謝謝你。那麼，現在咱們來談談你來這裡做什麼。」

瑞德苦笑了一下。「我擔心梅蘭妮有時候戲劇化了點，尤其牽扯到妳母親的時候。我是來道歉的。」

「但你不想讓你兒子知道你很抱歉，否則你何必搞偽裝？」

「與其說我不想讓萊斯知道，倒不如說他沒必要知道。那已經是三十年前的事了。妳母親失蹤的時候，他還只是個孩子。這件事跟他無關。我希望能這樣維持下去。」

我點頭。「你是要我不要讓萊斯知道你要和我分享的事情。」

「差不多是這樣。」

根本就是這樣吧。「那麼，把故事說給我聽吧。」我不打算做出任何承諾，正如我不打算在瑞德一離開後就跑去萊斯的前門。他似乎明白。

「我太太相信我謀殺了妳的母親，雖然我認為她從沒想出這方面的合理行凶方法。無論如何，我可以向妳保證我沒有做過這樣的事。」

「假設我母親真的被謀殺了，我為什麼要相信你？」

「因為我愛過妳的母親，凱莉。我願意為她做任何事。」

「為她做任何事，包括離開你的妻子和兩個孩子？」

「我並不以此為榮，但是，沒錯，包括。」

我喝了一口咖啡，真希望我有在裡面倒一大堆愛爾蘭貝禮詩奶酒。

「我在聽。」

「在木屋的時候，我跟妳說我在加拿大日見過妳母親，但事實是，我們是在馬克維爾的加拿大日植樹活動的志工會議上第一次被介紹認識，」瑞德說：「我當時其實不想去，但梅蘭妮堅持要我做點什麼來回饋社區。她總是在參加一些志工活動。不過話說回來，她不是通勤去多倫多市中心，也不是每星期工作六十個小時。《馬克維爾郵報》當時有一則植樹活動的廣告。這個城鎮想種植一百一十八棵楓樹，每一棵代表加拿大聯邦政府成立的每一年。這聽起來像是體力勞動，而身為股票經紀人的我很少活動身子。」

我想到那張加拿大日志工的報紙照片，其中包括我的父親。他們的婚外情不可能是在有他在場的時候開始的吧？「第一次見面是什麼時候，你還記得嗎？」

「我永遠不會忘記。那是一九八四年三月十四日，一個星期二晚上。我按著廣告赴約，結果只有我一個人出現。我在購物中心對面的小商場的蒂姆．霍頓斯咖啡店遇見了妳的母親。」瑞德露出微笑，眼睛彷彿看著遠方。「艾比很美，一頭及肩的金髮，藍寶石般的眼睛在她說話時閃閃發光，但不僅如此。她最吸引我的，是她以熱情十足的方式表達植樹可以為城鎮和環境做些什麼的願景。在這方面，妳的母親與眾不同。在當時，人們很少談論環境，酸雨可能是個例外。現在回想起來，我想那是一見鍾情，至少是我對她一見鍾情。」

「那她呢？」

瑞德微笑。「我很想說這種感覺是互相的，但妳媽媽真的只是公事公辦。她準備了一份需要完成的任務清單，從在哪裡購買、取得樹苗，到尋找提供鏟子和園藝手套的贊助商，再到招募足夠的志工來進行實際的種植工作。我們把那些事項分成了兩部分來分攤，約定在下個星期三見面。就是在那天，事情開始改變了。」

「怎麼說？」

「艾比顯然很難過。她似乎沒辦法集中精神，而且從她眼睛和鼻子周圍的腫脹來看，她很明顯剛剛哭過。幾分鐘後，她道歉並承認她跟丈夫發生了爭執。我記得我當時說我跟我太太也成天吵架，而可悲的是，這在當時和現在都是事實。」

「兩個湊巧在各自婚姻裡不幸福的人。」我嗓音裡的諷刺口吻聽起來很尖銳，即使在我自己耳裡也是，但我就是控制不住自己。

「妳把這件事說得很庸俗，但事實不是那樣。妳媽媽需要找人談談，而我在那裡，在適當的時機出現在適當的地方。」

也可能是在錯誤的時機出現在錯誤的地方。「我媽有沒有告訴你他們為什麼吵架？」

瑞德點頭。「艾比想嘗試聯繫她的爸媽，而吉姆——妳的父親——堅決反對。聽說，當她告訴他們她懷孕的消息時，他們反應非常冷淡。艾比認為該放下過去了。她告訴我，妳當時快四歲了，而且已經過了好幾年，妳該見見妳的外公外婆了。」

看來媽媽當時想跟科爾賓和伊薇特重修舊好。爸爸是出了名的頑固，當然不可能同意。但是和一個幾乎是陌生人的人分享家庭祕密？怎麼會有人這麼走投無路？

「我先搞清楚。我媽媽在那之前在蒂姆．霍頓斯見過你一次，然後在第二次見面時就跟你說了這一切？」

「妳的措辭確實讓這件事聽起來很怪，但我覺得妳媽媽當時沒有其他人可以傾訴。」

她的爸媽跟她斷絕了關係，她也沒有真正的朋友，不知道她當時是多麼孤獨？艾菈・科爾也許是個好鄰居，但她的八卦傾向會讓人不敢對她吐露祕密。我想像媽媽在那一開始的狀況：結了婚，生了孩子，滿懷希望地以年輕妻子和全職媽媽的身分努力尋找自己的出路。她過了多久就開始想念摩爾蓋特莊園的奢華生活？在她意識到她和我父親之間的愛情並不足以取代麵包？

我還在思索的時候，瑞德的嗓音打斷了我的思緒。

「如果這麼說會讓妳好受點，我跟她原本沒有打算發展出婚外情。只不過，我們都在婚姻中經歷了一段困難時期。妳父親就是拒絕跟妳的外公外婆重修舊好，而梅蘭妮越來越注重門面，甚至想讓萊斯去念寄宿學校。她甚至說要送保時捷去私家幼稚園。我怎麼可能答應？我跟她說公立學校對我來說已經夠好了。我希望孩子們能擁有家庭生活，週六晚上一起看《加拿大冰球之夜》，玩《大富翁》、《蛇與梯子》和《妙探尋凶》之類的桌遊。」

我無法想像我遇到的那個女人玩桌遊。她頂多打橋牌吧，不然就是在拉斯維加斯賭輪盤。「所以你們互相傾訴心事，結果某天晚上……」我實在說不出口。「婚外情是什麼時候開始的？」

「加拿大日的幾星期前。」

意思就是，在拍攝那張加拿大日植樹照片的時候，我媽已經跟瑞德發生過關係。爸爸也在裡頭的那張相片。不知道爸爸當時有沒有起疑？「持續了多久？」

「加拿大日後，我們有舉行幾次『總結』會議，但因為沒有志工活動，所以我們很難在不引起旁人懷疑的情況下聚在一起。事後看來，我意識到梅蘭妮當時就知道有問題。我不知道妳父親知不知道。」

「所以你們在加拿大日之後不久就分手了。」

「是、也不是。我們有分手，但後來會想辦法重新在一起。然後有一天，艾比說這段關係徹底結束了。」瑞德的嗓音有點顫抖。「她說她必須讓婚姻成功，這是她欠你們兩個的。我同意離開她。」

我思索那些照片。幸福家庭的四個季節。艾菈說過，我母親是在一九八五年二月向她提出這個想法。「你記不記得那是什麼時候？」

「我其實記得。那是在我三十五歲生日那天。一九八五年一月十四日。」

一九八五年一月十四日。而過了整整一年後，瑞德給了我母親一個墜飾。再過了一個月，我母親消失了。

第四十章

我盯著瑞德一會兒，努力控制住自己的情緒，然後說道：「我發現了那個墜飾。」

「什麼墜飾？」

「別玩遊戲了。我找到了裡面有你照片的墜飾，你在照片上簽了名，寫著『永遠愛妳』，署名給艾比。我搬進來後不久，就在這棟房子裡發現了它。」

現在換瑞德瞪著我，一臉困惑。要麼他演技精湛，要麼他真的不知道我在說什麼。

「不管妳信不信，我真的不知道什麼放了照片的墜飾，」瑞德說：「既然我在其他事情上都承認了，我又怎麼可能在這件事上說謊？」

「首先，你並沒有坦承一切。我最近一直在做一些研究，我在一九八五年十二月的一期《馬克維爾郵報》報導上發現一張你的照片。你和我媽一起在食物銀行當志工。」

「沒錯，我是有在食物銀行當志工。瑪姬當時在那裡當志工，她跟我說他們在節日期間迫切需要人手。我唯一在那裡的那天，就是拍照的那天。」瑞德對這道回憶皺眉。「我雖然並沒有期待無盡的感激，但妳媽媽當時對我非常沒禮貌，暗示我有潛在的動機。我無法理解。我跟她是和平分手，之後也有幾次巧遇。我們對彼此一直都很友善。但莫名其妙的是，我去幫她的時候，她對待我就像對待跟蹤狂一樣。」

「也許她不喜歡收到那些塔羅牌。」

他又茫然地看著我。「什麼塔羅牌？」

「你是想告訴我，你沒有給我媽墜飾，也沒寄塔羅牌給她？」

「我不是『想』告訴妳，而是清楚地告訴妳。妳說艾比有收到塔羅牌。很顯然的，它們對她代表著某種威脅，而且她相信是我寄的。」瑞德揉揉下巴，點個頭。「這能解釋她對我的那些行為，但我發誓那些東西不是來自我。妳說妳在這棟房子裡發現墜飾。在哪裡？」

「在一個信封裡。墜飾在裡頭，連同塔羅牌。」

「這棟房子從一九八六年就租出去了，但這些年都沒人發現那個信封，妳不覺得這很奇怪？」

「它被藏得很好。」

「也可能是有人把它留給妳去找，知道妳會搬進來。」

這是我沒有考慮過的可能性。我起身來到我的錢包旁，拿出可可脂護脣膏。塗抹護脣膏的這個儀式，讓我有時間考慮各種可能。是米絲蒂把它們藏起來讓我找到？做為最後一個房客，她最多可能有機會這麼做——除了我爸之外——而且我不認為他會在地毯下隱藏任何東西，畢竟他在銀行裡有個保險箱。也許米絲蒂把它們藏起來，是為了讓我爸爸找到，因為她知道他正計畫進行裝潢。總之，如果是我母親以外的某人把那些東西藏起來，那個人最可能是米絲蒂。

「為什麼會有人這麼做？」

「我不知道，但顯然有人認為它們夠重要、值得藏起來。妳能不能讓我看看妳找到了什麼？」

我考慮。我有點不太願意。但話說回來，如果瑞德在說謊，也許我會從他的反應裡看出蹊蹺。「稍等我一下。」

我進入廚房，打開冰箱上面的櫥櫃，拿出一盒麥麩片，裡頭已經沒有麥片了，現在是充當存放那個信封和裡頭東西的文件櫃。然後我回到客廳，慶幸我的開放式格局還沒有成真。

我先拿出塔羅牌，把它們並排放在茶几上，用食指敲敲每一張。「五張塔羅牌。女皇、皇帝、戀人、寶劍三……還有死神。」

瑞德拿起每張卡片仔細研究，然後放回桌上。「我恐怕對塔羅牌一無所知。」

「我也看不懂，但我拜訪了一位塔羅牌占卜師，那人認為寄送這些牌的人使用了代表過去、現在、未來、原因和可能結果的五牌陣，而且把這些牌寄給我媽的那個人是用表面上的意義來理解這些卡片的圖像。例如，女皇，一頭長長的飄逸金髮，代表著我母親在現在的形象。」

「而皇帝是在過去，」瑞德說：「艾比的父親。」

「沒錯，意思就是——」

「寄這些卡片的人，知道妳母親的那部分歷史。」

「是的。」

「戀人呢？妳說象徵未來。」

「蘭蒂似乎不認為它代表我的父母。」

「這意味著這張卡片可能代表我和艾比。」

「我認為有可能。」我指著寶劍三，一顆紅心被三把藍色鋼劍穿過，上方烏雲密布，背景下著雨。「按照蘭蒂的說法，這張牌代表著哀傷、深沉的悲傷還有心痛，但她對三把劍特別感興趣。彷彿這種不快樂有被分享出來。」

「而可能結果——」

我點頭。「死神。」

瑞德沉默幾分鐘，然後終於開口：「妳覺得是誰寄給艾比？」

我搖頭。「我真希望我知道。在今天之前，我還以為是給了她墜飾的同一個人。我原本也認定那個人就是你。」

「為什麼是我？」

我從信封裡取出墜飾，隔著桌子遞給他。

瑞德在手裡翻轉墜飾。「很漂亮，看起來很古老，而且昂貴。」

「我的朋友阿雅貝菈在朗特蘭丁有一家古董店。我給她寄了墜飾的照片。她告訴我，這個墜飾的風格是裝飾風藝術，很可能是一九二〇年代。不透明的玻璃是一種叫做樟腦玻璃的東西，而根據背面的刻印來看，那塊銀質其實是十四克拉的白色黃金。中間那塊透明的石頭很可能是鑽石，當然，她沒辦法從照片上證實。」

「從白色黃金的品質和用途來判斷，我覺得妳朋友說得沒錯。我還是不明白妳為什麼認為是我給了艾比這個。這不是更有可能是妳父親送的？」

「你打開看看就知道了。」

瑞德照做，動作小心翼翼，以免傷到纖細的鉸鍊。當他看到自己的照片時，我能聽到他停止呼吸。

「照片背面寫了字。」在我的注視下，瑞德把照片拿出來翻轉。

「給艾比，永遠愛妳，瑞德。一九八六年一月十四日。」他唸出來，接著看著我，深邃的眼睛顯得嚴肅。「誰會這麼做？這像是很惡劣的惡作劇。」

「你說這不是你的筆跡？」

瑞德搖頭。「整體來說模仿得不錯，不過我的大寫A比較偏長方形。如果妳給我紙筆，我就能讓妳明白我的意思。」

我提供了紙筆，看著他重寫同樣的字句，然後並排比較。兩邊的筆跡有很高的相似性，但他說得沒錯，照片背面的大寫字母A的邊緣略微圓潤。即使是小寫字母也有細微的差別。但乍看之下，我很難看出分別。我按揉太陽穴。筆跡還有別的問題，但我說不出來哪裡有問題。希望我遲早會想出來。

「你有沒有寄信給我媽？」

「從來沒有。那麼做會太危險。」

「所以她不會知道這其實不是你的筆跡。」

「我沒辦法確定。我們在準備加拿大日植樹活動的時候，我有寫下我們所有的筆記。她在一年半後會發現差異嗎？應該不太可能。但話說回來，我從沒聽她提起過墜飾。如果艾比真的相信是我寄的，為什麼她不聯繫我？」瑞德肩膀下垂，這是打從我遇見他以來第一次覺得他看起來像五十多歲。「我不知道該怎麼想。」

「顯而易見的答案是有人想陷害你，或是混淆我媽的思緒，不然就是兩者兼而有之。」

瑞德把照片放回去，闔上墜飾盒，還給我。「我不知道該跟妳說什麼，凱莉。我知道所有矛頭都指向我。我只能告訴妳，不是我把卡片或墜飾給妳母親。」

我還沒準備好放下這件事。「你承認了你愛過我媽。」

「我也跟妳說了，我愛她愛到願意放手。」

「也許是我太天真了，但我其實相信你。」我確實相信他。不幸的是，這項認知並沒有讓我更接近母親的真相。

「謝謝妳，雖然我實在很想知道這一切的幕後黑手是誰。」

「我會盡我所能找出答案。」

「務必小心，凱莉。不管那人是誰，已經保守了這個祕密三十年。那個人不會自願坦承真相。」

「我會小心的。」我已經這樣保證過多少次了？

瑞德看起來沒被我說服，但還是點了頭。「行，如果我想到任何可能有幫助的事情，會打電話給妳。」

「我認為瑪姬記得的事情可能比她承認的更多。她當時每天都在食物銀行工作，做了一個月。但我如果打電話詰問她，我不知道她會配合到什麼程度。」

「我會試著跟她談談。我會告訴她，她必須跟妳取得聯繫、這很重要。她會聽我的。」

「謝謝。」

「這是我起碼該做的。妳母親失蹤時，我應該做更多——不，應該做點什麼——但我不想讓梅蘭妮知道婚外情，我擔心事情會曝光。我現在才發現她其實從頭到尾都知道。」瑞德搖頭。「這些年來，我跟她都一直在小心翼翼地繞過一個祕密。」

我不打算讓瑞德知道他妻子跟德韋恩・舒特有過外遇。梅蘭妮也許會向他坦承，也許不會。無論如何，這都不關我的事。我看向窗外，發現開始下雨了。「天氣變了。要不要我載你去購物中心？」

「不，謝了。我要去隔壁。我需要跟萊斯談談。過了這麼多年，他該知道真相了。」

「為什麼挑現在告訴他？」

「因為我早就該告訴他了。因為只要過去繼續被埋葬，我們就沒有機會把握當下。我跟梅蘭妮是這樣，妳跟萊斯也是這樣。」

「我和萊斯只是朋友。」

瑞德微笑。「我有看到我兒子用什麼眼神看著妳，他可不只是把妳當鄰居。我總覺得妳也是。」

我感覺自己臉紅。「我總覺得你太太不會贊同。」

「讓我來應付梅蘭妮。妳只要跟隨妳的心。我也會鼓勵我兒子這麼做。」

我送瑞德到門口，看著他走向萊斯的房子，鴨舌帽遮住了他的臉，擋住了雨水。

第四十一章

我在清晨五點醒來。現在是星期一早上，我整晚都輾轉難眠。梅蘭妮、瑞德、萊斯、我的外公外婆和利斯都在我的腦海裡爭奪最高地位，搞得我很難睡著。如果這種情況持續下去，我將不得不買些非常強力的黑眼圈遮瑕膏。

我還沒決定好該如何跟利斯談這件事，不過我很高興我每星期給他的報告都只提供了最低限度的內容。我考慮要不要聯絡米絲蒂・瑞弗斯。我就是沒做好準備。等我終於坐下來和她談話的時候，我需要盡可能準備好情報。跟利斯的談話也是。

可是我該上哪找情報？我打開筆記型電腦，在搜尋欄輸入G・G・彼卓傑洛。一筆領英資料出現一個名叫葛蘿莉雅・格蕾絲（GG）・彼卓傑洛的攝影師。她於一九八三年到二〇〇八年在《馬克維爾郵報》的工作，在履歷上被列為「特約撰稿人／攝影師」。看來她在郵報待了二十五年。離開那裡的決定是出於她、他們，還是雙方？

有一個連結通往葛蘿莉雅・格蕾絲的「自然攝影」網站。我點擊進入，接下來的一個小時沉浸在令人驚嘆的諸多照片中，主要是鳥類、蝴蝶、動植物，偶爾還有昆蟲、烏龜和蛇。雖然我不是專家，但就連我也能認出好東西，而且這些照片真的很特別。在四分之一個世紀的歲月裡，她拍攝微笑的政治家和坐雪橇的孩子，寫下大多數人從未讀過的宣傳語，這種工作感覺就像是無期徒刑。我猜葛蘿莉雅・格蕾絲在郵報工作了二十五年後，已經是她所能忍受的上限。

除了拍攝令人嘆為觀止的照片之外，葛蘿莉雅・格蕾絲也提供旅拍團的服務，都專門針對拍攝野生動物和大自然。上一次出團是在一個月前，地點是托本莫瑞的布魯斯半島國家公園。有一個線上表格可以安排私人或半私人的課程。

這個網站上推薦的相機，包括一系列的傻瓜相機和數位單眼相機，價格範圍很廣。我印出這份清單，準備去購物。我該買相機了。

＊＊＊

我出門的時候，香緹兒剛回到家。她穿著瑜伽服，拿著一塊淡綠色的墊子，大概剛教完課回來。我還沒來得及考慮到在艾希福特的木屋度過的週末，就已經向她喊話。

「我要去買相機。我注意到自然之道廣場有一家超大間的相機店。我打算去看看。要不要一起來？我很不擅長做決定，而妳確實自稱是購物專家。」

她咧嘴一笑，在短短幾秒內打開卡車的門，把瑜伽墊扔進去，然後穿過馬路。

「我對攝影一無所知，只會用我的手機拍出非常糟糕的照片，但我會全力以赴。我今天的計畫包括打掃房子和支付帳單。」她滑進我的本田喜美的副駕駛座，關上門。「那個廣場有一家很棒的全天早餐店。我超喜歡全天早餐，妳呢？」

「當然喜歡。」

「好極了。我們可以在買完東西後去那裡。我迫不及待想知道妳跟萊斯和他爸媽之間發生了什麼。」

「我不確定該告訴妳什麼。」我笑道，想起那句古老格言：玩笑其實常常暗藏真話。

＊＊＊

相機店裡的商品琳琅滿目。幸好我有帶著清單。

「我不想要太貴的，」我對店員說：「我不確定攝影是不是我真正想投入的領域。不過我確實有一份推薦相機的清單。」

「妳打算拍什麼樣的照片？」

「花朵、鳥類之類的。」

香緹兒挑起一眉，但沒說什麼。我知道她待會兒一定會在全天早餐店裡「烤問」我——這也是雙關語。

店員看了看我的清單，點個頭，然後要我稍等，他去找幾個適合的相機。他拿來三個。

「這三臺都是傻瓜相機，優點是小巧輕便，價格比單眼相機低得多。當然照片的畫質不會那麼好，但對新手來說，這三款當中任何一款都能滿足妳的需求。」他微笑。「而且妳日後隨時可以買更好的。」

我根據三方面來做決定：相機外殼的顏色（我選黑色）、價格（在三臺當中介於中間），還有液晶螢幕的尺寸（我挑了最大的），香緹兒則跟店員討價還價。一番來回後，他不情願地降低了幾塊錢的價格。

我咧嘴笑看這兩人。他們倆都很會玩討價還價的遊戲，比我會玩多了。

「謝天謝地，終於結束了，」我們在早餐店坐下時，香緹兒說道：「剛剛真的有夠無聊，就算我有跟他談價錢。」她傾身向前。「告訴我，妳是從什麼時候開始對野生動物攝影感興趣？在木屋的時候？」

「不算是。」

「嗯……好吧，那麼在木屋發生了什麼事？」

「我還沒準備好討論。」

「我可以等。而這回到了『妳為什麼突然對自然攝影感興趣』的話題上。至少我猜妳是突然感興趣。」

「沒錯。」我在吃早餐時，向香緹兒簡略地說明我在《馬克維爾郵報》上發現的那些文章——早餐是好吃得要死的法式吐司佐肉桂糖粉、香蕉片和真正的安大略楓糖漿——而且答應回到家後會給她看那些影本。

「讓我弄清楚，」香緹兒在我說完後問道：「郵報中那些文章和照片——至少跟妳母親失蹤有關的那些——都是G・G・彼卓傑洛的作品，而她已經退休，現在使用葛蘿莉雅・格蕾絲・彼卓傑洛這個稱呼，而且現在專攻自然攝影。」

「沒錯。」

「妳打算安排一個私人課程，不經意地跟她提到妳媽，希望她能想起一些對妳有幫助的情報？」

「妳的措辭讓這件事聽起來很荒唐。」

「我只是不確定妳打算如何提起那個話題。」

「我確實還沒仔細考慮到這部分。」我把盤子推到一邊，胃口盡失。「而且那是三十年前的事了。她記得任何事情的這種可能性，應該微乎其微。」

香緹兒思索一會兒，然後搖頭。「我不這麼認為。妳母親失蹤的這件事應該是發生在她的職涯初期，遠在她感到疲倦和厭倦之前，而且這在一個非常小的小鎮上應該是個大新聞。」

「可是這就回到妳剛剛提出的問題上，我要怎樣向葛蘿莉雅・格蕾絲問起這件事？」我嘆氣。「我不知道我在想什麼。也許我應該在報名表上說實話，告訴她我在試著找出我母親失蹤背後的真相。」

「妳是可以這麼做啦，不過這樣有可能被人家當成瘋子。她也可能想起那些往事但決定不想捲入其中。」

「那妳建議我怎麼做？」

「妳需要親自跟她見面，趁她還不知道妳的真實身分。報名上她的課是個好方法。」香緹兒用手指敲著桌面，一臉專注。「有了。」她想了兩分鐘後開口，眼裡出現原本沒有的光芒。

「什麼辦法？」

「我跟妳一起重新接近大自然。走吧，咱們離開這兒。該再買一臺相機了，粉紅色的。黑色的相機太路人了。」

＊　＊　＊

在香緹兒向同一名店員買下她自己的相機後——折扣比她幫我談的還要高——我們回到龍口花巷，接下來的兩個小時在廚房桌子上瀏覽郵報的影本。

好吧，應該說是大部分的影本。我沒拿出《多倫多太陽報》和《多倫多星報》的影本。我只有拿出米絲蒂·瑞弗斯和利斯·漢普頓那張，這份的報導只不過是馬克維爾報紙的內容翻版。在我給香緹兒看那張之前，我想先去找利斯和米絲蒂問清楚。

香緹兒仔細查看了每一張影本，聽我解釋誰是誰，而她的專注度超出我的預料。她還問了很多問題，尤其涉及瑞德·艾希福特和瑪姬·洛納根的時候。也許情報仲介就是這麼做，但她對萊斯的父親和阿姨的強烈好奇心讓我提高了警惕。我決定不讓她知道梅蘭妮·艾希福特有吐露自己跟德韋恩·舒特的婚外情，一個原因是我認為我沒有立場說出別人的祕密，另一個原因是我不希望這件事傳進萊斯耳裡。這倒不是說我不信任香緹兒，而是我還沒完全弄清楚她跟萊斯之間的關係。

「G·G·彼卓傑洛絕對不可能不記得妳媽，」看完這些影本後，香緹兒開口：「妳得跟她約時間。」

我填寫了線上表格，說明了我想要的日期和時間點，刻意避開香緹兒要上健身課的時間。「然後我們等候。」我按鈕寄出。

「然後我們等候。」香緹兒同意，查看手錶。「我該走了，除非妳有別的事要我幫妳。」

確實有，不過我在意識到這點的時候感到驚訝。

「妳能不能幫我找到我父親的爸媽？」

「我當然可以試試，但從妳跟我說過的貧瘠線索來看，他們可能不歡迎收到妳的消息。妳經歷了這麼多，真的準備好承受那種拒絕嗎？」

我想到伊薇特聲稱她曾試著跟我父親重新建立關係。也許他的爸媽也有試著跟他重修舊好。就算他們沒有這麼做，我也需要找出答案。

「我準備好了。」

＊　＊　＊

香緹兒剛離開，承諾了會開始尋找珊卓和彼得・邦斯戴伯，這時我的手機響了。來電顯示為私人號碼，區號是705。不是本地，不是來自多倫多。可能是電話推銷員。我還是接聽。

「喂。」

「麻煩找凱拉米媞・邦斯戴伯。」

「我就是。」

「我是葛蘿莉雅・格蕾絲・彼卓傑洛。妳填寫了我的半私人自然攝影課程線上報名單。」

「是的。」我手臂上的汗毛豎起。我在表格上留下的名字明明是凱莉。我很確定。

「妳沒必要假裝想上課，凱拉米媞。我認得妳的姓氏。妳是艾比蓋兒和吉姆的女兒。我只是想知道，妳在過了這麼多年後是為了什麼而來找我。」

我從相機店回來後就一直在構思要給她什麼藉口，但現在知道我能直接說實話，這種感覺既恐怖又放鬆。

「我想查明我媽媽發生了什麼事。」

「為什麼挑現在？」

問得好。我選擇公開透明，但保留一些界限。「我爸最近死了，職場事故。我繼承了在馬克維爾的房子。」

「他保留了那棟房子？我很困惑。我以為你們搬去了多倫多。」

「我們是搬去了多倫多。他從一九八六年開始就一直將這棟房子出租。我是在讀到遺囑時才知道這件事。這引發了很多關於過去的問題。」

「我欣賞妳的坦率。我能為妳做什麼？」

我告訴葛蘿莉雅・格蕾絲，我瀏覽了《馬克維爾郵報》的文章和照片，發現撰稿人和攝影師的名字是她。我沒告訴她關於我父親的信、塔羅牌、瑞德和墜飾的事。「我猜我大概是希望妳還記得這個案子吧。」我說完，聽出自己嗓音裡的一絲絕望。

「記得？自從我寫下它的第一天，它就每天在我腦海裡徘徊不去。一個慈愛的母親和妻子就這樣人間蒸發？我做了很多研究，大多都沒有刊登出來。我的工作是報導事實，而不是猜測。但有幾件事就是不合理。」

我深吸一口氣。「妳願不願意分享妳的研究、妳記得的事情？」

「過了這麼多年，我不確定它會對妳有多大幫助，不過我願意。我還保留著所有的筆記和照片。出於某種原因，我就是不忍心把它們扔掉。我猜我一直覺得妳有一天會打電話來。」

「我什麼時候能去見妳？」

「我明天早上有空，不過妳得一大早來。早上八點行嗎？」

「早上八點沒問題。」

葛蘿莉雅・格蕾絲說明如何去她在巴里市的工作室。「妳如果走四百號高速公路，大概會花四十分鐘。」

「我會把這點納入考量，以免遲到。還有，葛蘿莉雅？」

「嗯？」

「謝謝妳。」

「先別謝我，凱拉米媞。『挖掘過去』可能聽起來像是一種宣洩，但根據我的經驗，它很少是宣洩。」

第四十二章

我把塔羅牌、墜飾和父親的信放進包包裡。我不確定我會不會把它們給葛蘿莉雅．格蕾絲看，但帶上總是比較合理。以防萬一。

葛蘿莉雅．格蕾絲的工作室位於一個小商場的中間位置，這個商場還包括披薩店、三明治店、脊椎按摩診所、自助洗衣店兼乾洗店，以及一家便利商店。我覺得這裡不太像是適合自然攝影師的理想地點，但我懂什麼？

工作室裡面則完全不一樣。每面牆上都掛滿了令人驚嘆的照片，一張比一張更生動、更細緻。我不禁屏住呼吸，因為我看到一張冠藍鴉與獵鷹搏鬥的照片，鴉爪對抗鷹爪，鴉眼中可憐的恐懼與鷹眼中無情的殺意一樣鮮明。葛蘿莉雅為了拍到這張照片而等了多久？

「《猛禽》，我最喜歡的一張。我是葛蘿莉雅．格蕾絲．彼卓傑洛。」一個身材豐碩、五十多快六十歲的女人，從一個被遮擋的區域後面漫步走出。不同於與她類似尺寸的一般人，她不是穿著飄逸的卡夫坦長袍或緊身褲和長毛衣，而是穿著橄欖綠工作褲、同色的背心和黑色高領毛衣。從服裝上的腫塊來看，褲子和背心的每個口袋裡似乎都裝著什麼東西。她的頭髮齊肩，鐵鏽色，夾雜著濃密的灰色條紋。淺棕色的眼睛在另一種光線下可能呈琥珀色。她臉上沒有一絲妝容，而從她紅潤的膚色和深深的皺紋來看，她經歷了數十年的戶外活動。一張勇敢無畏的臉孔。一個勇敢無畏的女人。

「妳很有才華。」我說。

「這是個熱忱。」

「在《馬克維爾郵報》工作了那麼多年，一定很有挑戰性。坐在雪橇上的孩子們，還有剪綵儀式。」我感覺臉龐灼熱。我有什麼資格這樣跟她說話？

葛蘿莉雅．格蕾絲發笑，一種柔和而沙啞的聲音似乎在這個小空間裡迴盪。「我能說什麼？他們給我的工資支票都沒跳票。我盡可能存下了每一分錢。我把每一秒的空閒時間都花在外面，研究大自然。這讓我身為G．G．彼卓傑洛的人生稍微容易一點。一開始的時候，我不得不使用GG這個縮寫。

一個女人在男人的世界裡工作。時代改變了，現在對女人來說輕鬆了些。對於攝影師來說，數位攝影是很方便，雖然我確實懷念膠卷和暗房。」她露出苦笑。「當然，現在每個擁有智慧型手機的傻瓜都自以為是攝影師，但妳不是來聽我發牢騷的。來吧，後面有個小廚房，我們談話時可以配茶和司康餅。」

我跟著葛蘿莉雅．格蕾絲進入隔板後面，經過一扇標有「辦公室」的門，一扇標有「洗手間」的門，然後是一個全白的房間，裡頭放著一籃子貓狗玩具。「寵物看護，」她朝那些東西的大致方向揮個手。「我不常這麼做，但我喜歡動物，而且這也是一筆收入。」

我記得在她的網站上看到一些貓狗的照片。這裡也能看到她展現的才能，狗兒看起來都驕傲而深受寵愛，貓兒毛皮光亮而且顯得自鳴得意。

不同於工作室的前側，小廚房的柔和綠色牆壁上沒有任何照片或其他裝飾。一張漆成白色的長方形小木桌靠在牆邊。葛蘿莉雅．格蕾絲示意我在兩張椅子的其中一張坐下，然後她給電熱水壺插上電，接著指向一個用塑膠板覆蓋的盤子，盤子裡放著四個司康餅。

「檸檬蔓越莓還是藍莓？不知道妳喜歡什麼，所以兩種我都買了。」

「藍莓。」

她點頭，拿出一顆藍莓和一顆檸檬蔓越莓司康餅，分別用紙巾包好，放進微波爐裡熱了十秒鐘。「熱過的味道就完全不一樣。要不要奶油？果醬？」

「不用了，謝謝。」

「伯爵茶行嗎？」

「伯爵茶聽起來很好。」

「要不要放些什麼？」

「直接喝就好，不用牛奶或砂糖。」

她再次點頭，準備好一切，然後放在我面前的桌子上。「我們先吃，然後再談。」

＊＊＊

「妳說妳猜到我可能會打電話。」我們吃完了司康餅，葛蘿莉雅．格蕾絲給彼此倒了茶。

「妳能不能允許我說出赤裸裸的真相？我相信妳有資格知道真相，但只有妳能告訴我妳是否準備好了。我認為妳準備好了，否則妳不會打著想上攝影課的幌子來聯繫我，但我需要確定。我要告訴妳的關於妳母親或妳父親的一切，未必會是一幅美麗的圖畫。要麼我像告訴一個跟這個故事無關的人那樣告訴妳，要麼我根本不告訴妳。由妳選擇，現在離開還為時不晚。」

我啜飲一口茶，真希望能喝點更烈的東西。「我沒有要離開。」

葛蘿莉雅・格蕾絲打量我片刻。顯然感到滿意後，她站起身，打開廚房一個很深的抽屜，拿出一個厚厚的黑色活頁夾。她翻到第一頁，開始閱讀，翻閱裡頭的筆記和剪報。我看著她站在那裡閱讀一開始的幾頁，盡量不表現出我越來越不耐煩。她坐下時，我已經渾身緊繃。

「二月十五日星期六的早上，我接到了我在郵報的責編打來的電話，」葛蘿莉雅・格蕾絲開口：「有消息稱，艾比蓋兒・邦斯戴伯在前一天失蹤了，情況可能很可疑。我是透過艾比的志工活動而認識她。有些人做志工活動是因為他們必須做些社區服務，或因為他們想拍照，但妳媽媽似乎是真心想服務社會，而且我每次去報導她的活動時，她總是尊重我。相信我，在報業這一行，你會遇到形形色色的人，而且有很多人在相機關閉的那一刻就變成徹頭徹尾的混蛋。」

葛蘿莉雅・格蕾絲深吸一口氣。「總之，像她那樣不告而別，我總覺得艾比這種女人不會做這種事，永遠不可能。此外，我知道她對妳寵愛有加，而雖然我想本著完全公開的精神，加上我不想說死者的壞話，但我必須告訴妳，我認為妳爸媽的婚姻也有些風風雨雨。我原本沒辦法確定，至少在一開始的時候是這樣，但我很擅長看人。我不相信她是自願離開妳。在我繼續說下去之前，我希望妳知道這一點，相信這一點。」

我從包包裡掏出可可脂護脣膏，點點頭，但說不出話。葛蘿莉雅．格蕾絲繼續說下去。

「正如我剛剛說的，我在星期六接到了報社總編輯的電話，一個我已經忍受了十多年的自大混蛋，但我離題了。他告訴我，警方懷疑這是刑事案件、她的丈夫可能有嫌疑。我跟吉姆．邦斯戴伯並不熟。我是在前一年的加拿大日植樹會上見過他，他就是那種沉默寡言的類型。在當時，我把這歸結於他想讓眾人的焦點集中在他太太身上。」葛蘿莉雅．格蕾絲臉紅，坐立不安，好像在尋找適當的詞彙。

「我最近發現她和瑞德．艾希福特有染，」我開口，看著她驚訝地揚起眉毛。「這就是妳原本害怕告訴我的？」

葛蘿莉雅．格蕾絲承認了。「既然我現在知道妳已經知道這件事，這對我來說就容易多了。」

「妳是怎麼發現的？」我問道，在她還沒問我同樣的事情之前。

「我採訪了很多人。當年的馬克維爾規模比現在要小，而妳母親的失蹤是個大新聞。很快的，暗指婚外情的流言蜚語浮出了水面，多虧了兩個和妳媽媽一起在食物銀行當志工的女人。」

「讓我猜猜。米絲蒂・瑞弗斯和瑪姬・洛納根。」

「沒錯。」葛蘿莉雅・格蕾絲打量我一番。「想不到妳消息這麼靈通。我不確定我能告訴妳什麼是妳還不知道的。」

「妳可以告訴我，妳覺得我父親知不知道婚外情的事。」

「我相信他知道，凱莉。我知道這不是妳想聽到的，但我敢肯定瑪姬・洛納根有告訴他。」

「因為她是瑞德的小姨子。」

「才不是。因為她是一個心懷怨恨的女人。」

第四十三章

我瞪著葛蘿莉雅・格蕾絲。「心懷怨恨的女人？妳的意思是，瑪姬・洛納根跟她姊姊梅蘭妮的丈夫有過不倫戀？」這簡直是手足之爭的百慕達三角洲版。

「不是，不過她不是沒試過。瑪姬多年來一直愛著瑞德，儘管他總是拒絕她的示好。只要瑞德對她姊姊保持忠誠，她大概就能接受被拒絕。但他跟艾比發生婚外情的時候，她就把被拒絕當成了私人恩怨。」

這也意味著，當瑪姬選擇在食物銀行工作來當成社區服務的時候，主要是為了跟蹤瑞德，而不是為了做好事。但話說回來……「但他們一起在食物銀行當志工的時候，婚外情已經結束了。」

「妳的研究真令我佩服。沒錯，當時確實已經結束了。但對瑪姬來說，這反而加深了她的怨恨。艾比那種人竟敢拒絕瑞德這麼美好的人？我當時清楚感覺到，瑪姬有一種強烈的報復傾向。」

「意思是？」

「意思是，我一直懷疑瑪姬・洛納根是不是跟妳母親的失蹤有關。」

這個說法讓我大吃一驚。我們在馬斯科卡跑步的時候，梅蘭妮要求我停止調查。我當時以為她是在保護瑞德，但她也有可能是在保護她的妹妹。我想到另一件事。

「是誰告訴妳瑪姬深愛瑞德？」

「食物銀行的另一個志工，一個名叫米絲蒂・瑞弗斯的女人，自稱是通靈者。」

米絲蒂・瑞弗斯。又是她。

「米絲蒂・瑞弗斯怎麼會知道？」

「他們在馬克維爾的同一條街上長大，那時候它是一個非常小的小鎮。瑞德和梅蘭妮在高四的時候開始交往。瑪姬和米絲蒂比他們小一歲，當時是好朋友。我採訪他們的時候，這個友誼已經結束了。據我所知，姊妹倆都對米絲蒂所謂的神祕能力懶得理會。」

我揉揉太陽穴，試圖擺脫我知道即將來臨的頭痛，並試著弄清楚葛蘿莉雅·格蕾絲目前為止告訴我的一切。

「妳相信瑪姬可能是我母親失蹤的幕後黑手。妳覺得我媽那天去了哪裡？」

葛蘿莉雅·格蕾絲搖頭。「我真希望我知道答案。我追蹤每一條線索，無論希望多麼渺茫，但我一無所獲，警察也空手而歸。她彷彿就這樣憑空消失了。」

「可是人不會憑空消失。」

「沒錯，不會。」

「妳如何看待德韋恩·舒特在同一天離開的這件事？」

現在輪到葛蘿莉雅·格蕾絲露出驚訝的表情。「德韋恩·舒特？我不記得什麼德韋恩·舒特。」

我向她說明來龍去脈。我告訴她，他是我爸媽婚禮的見證人。他和梅蘭妮有過婚外情。他和我媽在同一天離開。我在聖誕節食物銀行的照片中看到他的照片，後來在領英上看到他的職業是工地主管，跟我父親在去世前是同一家公司。還有，無論我試過多少次，他就是沒有回我的電話。

話剛說完，我就發現德韋恩．舒特確實嫌疑很大。

葛蘿莉雅．格蕾絲得出了同樣的結論，儘管她對此不是很高興。「我不知道我當時怎麼會沒注意到德韋恩．舒特。」她感嘆道，在另一個藍莓司康餅上塗上奶油，然後把其中一半遞向我。我揮手婉拒了。我現在最不需要的就是更多澱粉和砂糖。

「這個嘛，公平來說，他當時確實已經離開了馬克維爾，」我用護唇膏沾沾嘴唇。「他和梅蘭妮應該沒有把婚外情洩漏出去。我甚至不認為瑪姬知道。而如果米絲蒂知道——」

「妳說得沒錯。如果米絲蒂知道，一定會立刻告訴我。」她嘆口氣，咬了一口司康餅。「我們需要想個辦法讓德韋恩．舒特跟妳談話。」

我不禁露出微笑。「『我們』？」

「是的，我們。我做事向來有始有終，凱莉，三十年來我一直等著寫下這個故事的結局。現在，妳還能告訴我什麼，好讓我們能開始行動？」

我想到那些塔羅牌。幸福家庭照片的四個季節。來自瑞德的銀質墜飾。我父親的信。《太陽報》上那張米絲蒂和利斯．漢普頓的合影。自從踏上這段旅程以來，我第一次準備好向某人展示我蒐集的線索。一開始就在場的記者不就是最好的人選？

「不是我能告訴妳什麼，葛蘿莉雅·格蕾絲，而是我能給妳看什麼。」

「妳有把妳說的那些東西帶來嗎？」

「有。」

「那咱們還在等什麼？」

＊＊＊

「我在閣樓裡發現這些。」我把我們家的四季照片放在桌上。我省略了我在閣樓的棺材裡發現它們的這件事。有些事情就是怪得難以解釋。「這些是隔壁鄰居艾菈·科爾在一九八五年拍的。地點是加拿大日植樹活動所在的小學。妳有為《馬克維爾郵報》採訪過艾菈。」

「我記得她，」葛蘿莉雅·格蕾絲說：「我記得她有點愛聊八卦。」

「她現在也是，雖然我不認為她有任何惡意。」

「她為什麼要拍這些照片？」

「艾菈自稱是一名業餘攝影師。據她說，是我媽問她能不能幫我們拍這些照片。艾菈說她沒問為什麼，她很榮幸我媽對她提出這個請求。」

「她是個好攝影師。她捕捉到每一張臉孔的細節，也充分利用了光線。但這都無法解釋為什麼。」

「有可能我媽這麼做是為了製造一個時間膠囊，也有可能她只是想安慰自己相信一切都恢復正常了。根據瑞德告訴我的，她在一九八五年一月和他分手了。而根據艾菈告訴我的，我媽是在那年二月去拜託她。」

「嗯……我想這是一種可能的解釋。妳那個包包裡還有什麼好東西？」

我把照片放回包包裡，拿出裝有塔羅牌和墜飾的信封。「我拆除了客廳的舊地毯——底下是硬木地板，我想重新打磨一下。總之，我是在拆地毯的時候發現了這個信封。」

「地毯有多舊？」

「在蓋房子的時候鋪的，如果妳能相信的話。我敢肯定，把這個信封藏起來的人，要麼期望自己以後會回來，要麼期望很久以前就有人發現它。」

葛蘿莉雅・格蕾絲點頭。「這個觀點有道理。我猜妳認為是妳媽把信封藏起來的？」

「我是這麼認為，雖然我沒有任何確鑿證據。」

「好，讓我們看看妳那裡還有什麼。」

我從五張塔羅牌開始，按照包裝紙上列出的順序排列它們。「我諮詢過一位塔羅牌占卜師，一個名叫潔西卡・塔瑪倫的女人，自稱蘭蒂，而巧合的是，在大約四年前，她也是龍口花巷十六號的房客。」

「妳確定這是巧合？妳有沒有想過可能就是她把這些卡片藏起來？」

我搖頭。「我不這麼認為。蘭蒂全家搬到馬克維爾的時候，她才十二歲。她甚至沒意識到她租的房子就是我媽失蹤的房子，不過她記得這個故事，因為這件事讓她的爸媽覺得他們可能不該搬到馬克維爾。她說這棟房子有一股不好的氣場，尤其在艾菈・科爾出現的時候，所以她提早解約搬走了。她看起來很誠懇。」

「我相信她是。」

我低頭看著自己的鞋子，試著想說些什麼。葛蘿莉雅・格蕾絲顯然很同情我。

「讓我看看我的筆記。塔瑪倫這個名字聽起來並不熟悉，但我可能有些跟這個家庭有關的資料。」

「謝謝妳。」

葛蘿莉雅・格蕾絲撫摸著卡片，一次敲著一張牌上的圖像。「女皇、皇帝、戀人、寶劍三，還有死神。蘭蒂對這些卡片有什麼看法？」

「她說，寄出它們的那個人選擇它們，是因為它們在圖像上的含意，而不是對塔羅牌有任何真正的瞭解。我想也許是瑞德寄的，因為這個。」我把墜飾遞給她。「裡面有一張瑞德的照片，還有給艾比的題詞。我就此事跟瑞德對質時，他說他從沒見過這東西。此外，他聲稱那些字不是他的筆跡，而是有人試圖模仿。」

「讓我猜猜，」葛蘿莉雅・格蕾絲微笑道：「他看起來很誠懇。」

我覺得自己的臉漲紅了。「我一定像個十足的傻瓜。」

「不，妳只是很容易相信人，也許有點天真。我們就姑且相信瑞德的說詞吧。如果不是他把墜飾給妳媽媽，那是誰給的，而且那個人為什麼要費心地讓她相信墜飾是來自他？這麼做有什麼作用？」

我搖搖頭，心裡的挫敗感持續攀升。「我不知道。這些卡片可能是用來嚇唬她的，但墜飾不會有這種效果。這不合理。」

「沒錯，我在當記者的時候，如果某件事不合理，通常表示我看待情況的方式是錯的。」

我思索各種可能性。葛蘿莉雅・格蕾絲剛剛暗示過，可能是蘭蒂藏起這些塔羅牌。我還是不相信蘭蒂會做這種事，但我確實能想到一個有這方面的能力、動機和機會的人：米絲蒂・瑞弗斯。

唯一的問題是，利斯是不是她的同謀。「我知道可能是誰把信封藏起來的。」我說。

「我想妳可能會猜到，一旦妳考慮過東西不是妳媽媽藏起來的可能性。」葛蘿莉雅・格蕾絲說：「能不能跟我分享？」

我想跟她分享，我真的想這麼做，但我也知道無端指責是不對的。我需要先跟米絲蒂・瑞弗斯對質。但至於我能如何做到這一點，這還有待觀察。米絲蒂告訴我的內容，也將決定我如何——或會不會——詢問利斯以前跟自稱通靈者的米絲蒂是什麼關係。甚至有可能是米絲蒂按照利斯的指示把信封藏起來。

「抱歉，是我把妳拖回來這件往事，而且我現在在搞神祕，但我需要先和那個人談談。」

「我尊重妳的立場，凱莉。總之小心點。」

我厭倦了被告知要小心，但我還是點頭。我來這裡是希望能得知一些情報，任何可能對我有幫助的線索，而且我確實知道了很多東西。我不想讓葛蘿莉雅·格蕾絲認為我不懂感激。此外，我還有更多想給她看的東西。

「我還有最後一份影本。這是《多倫多星報》三月二日那期的內容。」我把影本滑過桌子，看著她閱讀文章。

「從字裡行間幾乎能感覺到那種緊繃感，」葛蘿莉雅·格蕾絲說：「我猜他們對這個報導不太滿意，但大概也不想鬧大。」她把影本還給我。「妳長得很像妳外婆。」

「妳有見過他們嗎？我的外公外婆？」

「沒有，其實，這是這個故事中困擾我的事情之一。」

「怎麼說？」

「我沒花多久時間，就知道妳媽媽的父母是湖濱鎮摩爾蓋特莊園的科爾賓和伊薇特·奧斯古德。我承認我很驚訝。因為妳爸媽的房子沒有任何跡象表明妳來自那種富裕背景。」

「他們決裂了。他們不喜歡我爸，不喜歡那場婚禮，不喜歡我的出生。」

「這就能解釋我的報導為什麼被擋了下來。」

「擋下來？」

「我跟我的編輯說，我為這個故事找到了另一個切入點，也就是奧斯古德夫婦。他一開始似乎很喜歡這個點子。但過了兩個小時，他回來了，明確地告訴我放手。我不可以提到科爾賓或伊薇特，也不可以接近他們。」

「他為什麼要阻止妳採訪？因為如果採訪他們，應該可以把這系列的報導延續得更久。」

「一家大型媒體集團擁有《馬克維爾郵報》，連同許多其他地區性的報紙和雜誌。奧斯古德建築公司是《居家與建造》的廣告大客戶，該集團的重要工商和消費者刊物之一——出版物通常是以工商或消費者為主，但《居家與建造》針對了這兩個市場提供了精美的雜誌頁面。我猜科爾賓可能有威脅說，如果郵報刊登那方面的報導，他就要停止在他們的雜誌上打廣告。在當時，我認為奧斯古德夫婦只是想在困難時期保有隱私，而且因為我的編輯向我保證他們什麼也不知道，所以我放手了。這雖然令我惱火，但如果我想保住工作，就只能放棄。我也放棄了。我一直覺得我做了錯誤決定。」

「妳的編輯本來就習慣干涉妳做什麼報導？」

葛蘿莉雅・格蕾絲搖頭。「從不，就只有那一次。」

有意思。我向她描述了伊薇特的即興拜訪。「我不認為她跟阻止妳的調查或報導有關，」我說完。「但科爾賓很可能有這麼做。」

「這不禁令人好奇，他究竟害怕我會發現什麼。」

「過了這麼多年後，妳覺得妳現在還願意嘗試嗎？畢竟妳已經不再替郵報工作了。」

葛蘿莉雅·格蕾絲微笑，淺棕色的眼睛閃閃發亮，變成琥珀色。「我一直在等妳這麼問。」

第四十四章

葛蘿莉雅．格蕾絲保證會繼續調查科爾賓．奧斯古德，這讓我的內心平靜了下來。自從我搬到馬克維爾以來，這是我第一次醒來時準備好面對米絲蒂．瑞弗斯。她在第二聲響鈴時就接聽了電話。

「妳好啊，凱莉。」

該死的來電顯示，搞得我所有的奇襲要素都沒了。「嗨，米絲蒂。不知道妳有沒有時間來一趟？我有些問題想問，關於我媽。」還有其他事情。

「妳很幸運。我今天沒有什麼不能改時間的計畫。妳如果不介意，我可以今天早上就過去。」

「沒問題。謝謝妳。」

一個小時內，米絲蒂就出現在我家門口。她設法擠進了一條黑色牛仔褲，讓她看起來年輕了十歲，體重少了十磅。她的上半身是一件彩虹色的鉤編毛衣，看起來像是自製的，而且可能真的就是她親手做的。她墨藍色的指甲油變成了黑色，尖端帶有銀色亮粉。

「米絲蒂，謝謝妳來。」我帶她進廚房。「要不要喝點什麼？咖啡還是茶？」

「妳買牛奶了嗎？」她雖然臉上帶著一絲微笑，但這顯然是對我們第一次見面的挖苦。米絲蒂以一種不算很微妙的方式告訴我，她記得我那天多麼不想理她。我沒上鉤。

「買了，我也有一些店裡買來的巧克力餅乾。」

「那麻煩給我咖啡，一份砂糖。我就不碰餅乾了，雖然我真的很想來一塊。我也不該碰砂糖，但似乎就是做不到。」米絲蒂低頭看著自己太緊的牛仔褲，在椅子上挪挪身子。「我正在試著減肥。不幸的是，肥肉似乎就是緊抓著我不放。」

這女人真的能看穿我的心思？還是我在下意識的情況下盯著她的牛仔褲？我打開咖啡機，把杯子、牛奶和糖放在小桌上，同時努力讓自己的神經穩定下來。我看著咖啡一滴一滴地掉進壺裡。

米絲蒂伸手去拿牛奶和糖，分別倒了一些到她的空杯裡，然後攪拌成濃稠的糊狀物。「妳在電話上說妳有一些問題要問我。」

我倒了咖啡，努力保持雙手平穩、嗓音平靜。「其實，如果可以的話，我有一些東西想給妳看。」

「我非常樂意幫忙。」

我去到櫥櫃前，那些東西都藏在裡頭的麥片盒裡——說真的，我覺得自己有點像007——我從盒子裡拿出墜飾和塔羅牌，放在桌上。「我在一個信封裡發現了這些，藏在客廳地毯底下。我原以為是我媽把它們藏在那裡，但我不再這樣相信。」

「那妳現在相信什麼？」米絲蒂瞇起黑眸。

「我相信是妳把它們放在那裡，因為妳知道我很快就會扯掉地毯。」

米絲蒂輕輕拍手，她銀色的指甲尖在廚房柔和的燈光下閃閃發亮。「我原本還在想妳什麼時候才會想出答案。我上次來這裡時提到那個信封時，還以為可能已經被妳發現了。我看到妳當時在剝地毯，就知道妳一定找到了。」

「所以妳聲稱自己有通靈能力，來掩飾這個失誤。」

「沒錯，不過我得為自己辯護，我確實有一點通靈能力。但我不明白的是，妳為什麼不當場給我看墜飾和塔羅牌。為什麼等到現在？」

「我當時才剛發現那個信封。我甚至還來不及消化這個發現，更不用說展示給任何人看。我不知道我能不能相信妳。我知道我父親相信妳，但他死了，我不相信他的墜落是意外。加上利斯似乎對妳和妳的通靈能力抱持懷疑態度，所以妳能理解我當時為何猶豫。」

「利斯抱持懷疑態度？」

「是的，」我不確定為什麼米絲蒂關注的是這一點。「為什麼這麼問？這很重要嗎？」

「沒什麼，我只是感到驚訝。在我看來，他一直不像個懷疑者。妳說下去吧。」

「妳離開後，我檢查了門上的窺視孔，發現能直接看見廚房。我猜妳有看到我把信封藏在櫥櫃裡。這就確實引起了我的懷疑。」

「我並沒有透過窺視孔看到妳把它藏起來，但我確實看得出來妳是從哪裡得出這個結論。」米絲蒂靠在椅背上，用犀利目光打量我。「但妳現在相信我，至少願意邀請我來這裡做說明。什麼事情改變了？」

「我昨天見到了葛蘿莉雅・格蕾絲・彼卓傑洛。」她除了聳肩之外沒有任何反應。

「妳可能記得她是Ｇ・Ｇ・彼卓傑洛。」米絲蒂還是沒有反應。

「她以前替《馬克維爾郵報》寫文章，曾經廣泛地報導了我母親的失蹤案。」

她那雙漆黑眸子裡閃過一絲熟悉感。她點頭。「我想起來了。她的眼睛很怪，淡褐色，帶有一點琥珀色。身材很瘦。她是個非常專注的人。」

「她現在比以前放鬆了一些。」我沒辦法想像身形瘦削的葛蘿莉雅・格蕾絲。「在我看來，只有一個人有辦法、動機和機會隱藏那個信封。那個人就是妳。妳住過這裡。妳喜歡塔羅牌。妳曾經跟我媽一起在食物銀行工作。我一直想不通的是為什麼。」

米絲蒂點頭表示贊同。「我很欣賞妳的推理能力，更不用說妳的調查研究。至於『為什麼』，這就說來話長了。我猜我還是決定接受妳提供的巧克力餅乾。」

＊＊＊

「我第一次見到妳的母親，是在一九八四年的春天，」米絲蒂說：「那是三月下旬的一個大風天，會讓人開始覺得冬天永遠不會放手。我和她那天在馬克維爾家居展的加拿大日植樹展臺工作。那場活動是在室內舉行，但我們在前門外面設置了展示。那是妳媽的主意，她認為這麼做可以引起路過的人的注意。而我只記得我們當時差點凍死。」

我想起一道回憶：我發出歡笑，坐著雪橇從山丘上往下滑，媽媽為我鼓掌歡呼，她的臉凍得通紅。不知道我能不能再次找到那座山丘？

我看到米絲蒂好奇地看著我。「抱歉，妳剛剛提到天氣很冷，這讓我想起我跟我媽滑雪橇。」

米絲蒂點頭。「那應該是湯姆．弗拉納根公園那邊的山丘。很遺憾告訴妳，它已經不存在了。那裡現在全是房子，院子有圍欄。」

又一條線索沒了。如果我能走過那座山丘，也許就會想起另一個回憶。因為那裡是——

「回到我遇見妳媽的那一天，」米絲蒂打斷我的思緒。「那麼做的用意是分發關於植樹計畫的小冊子，而且為日後的重要日子招募更多的志工。我們還分發了楓樹苗，供當地居民在加拿大日在自家土地上種植。妳媽是個天生的領導者，而我向來更像是個追隨者，所以我們一拍即合。在那天結束的時候，我們開始建立了友誼。」

「如果妳跟她是朋友，那為什麼我爸不知道妳是誰？」我想到米絲蒂拿著懸賞海報站在利斯身邊。「又或許他知道妳是誰，但出於某種原因，利斯在說明我父親遺囑的條款時向我隱瞞了這件事。」

「妳不能怪利斯。妳父親很堅持。如果他出了什麼事，他希望妳不會被告知我們過去的歷史。要說利斯對這個要求感到不滿，這種說法略嫌保守，但妳父親就是這樣堅持。他真的希望妳以完全公正的眼光進行調查。」米絲蒂微笑。「他熟悉妳的個性，凱莉。如果妳認為某個騙子通靈者是為了他的錢，妳就會孜孜不倦地自行找出真相。妳在這麼短的時間內查到了這麼多，這項事實就證明了他是對的。」

「可是他在起草遺囑的時候，發生事故的時候，妳一直住在這裡。他是在生前僱用了妳。他一定很信任妳。」

「他是很信任我，也相信我會盡我所能幫助妳。就算妳不想要我的幫助。」

「墜飾和塔羅牌。是妳把它們藏在地毯底下，知道我會發現它們。」

「我知道妳父親留了一些錢給妳裝潢房子。地毯早已破舊不堪，底下是硬木。我猜妳應該很快就會拿掉地毯。把墜飾和塔羅牌放在一個信封裡，會增添一絲神祕感。最能激發好奇心的，就是一個刺激的謎題。」

「妳是在哪裡發現它們的？」我問。

「閣樓。」

「妳進去過閣樓？」我感到難以置信。

「我又不是硬闖進去。」米絲蒂的口氣有些惱火。「是妳爸把鑰匙給了我，要我四處看看。他知道我是艾比蓋兒的朋友，他認為我可能會找到他忽略的東西。墜飾在一個藍色箱子裡，在一個琺瑯小盒裡，裡頭還有一些其他珠寶。」

「妳發現它的時候，瑞德的照片在裡面嗎？」

「妳為什麼這麼問？」她低頭盯著自己的指甲。

「因為我把墜飾和照片給瑞德看了，他聲稱對此一無所知。我傾向於相信他。他直接坦承了他跟我母親的婚外情，沒理由在墜飾的事情上說謊。」

米絲蒂抬起頭，用那雙銳利的黑眸盯著我。「也許沒理由在照片的事情上說謊。至於墜飾嘛……那完全是另一回事。」

「妳究竟在說什麼，米絲蒂？」

「我的意思是，或許是我放進了瑞德的照片，並模仿了他的筆跡。」

模仿？聽在我耳裡更像是偽造。「『或許』？」

「好啦，我承認，是我放進了那張照片。但我確實知道瑞德把那個墜飾給了妳媽。」我回想瑞德說過的話。他說的是我真的不知道什麼放了照片的墜飾，而不是我真的不知道什麼墜飾。我意識到他是多麼輕易地耍弄了我。「墜飾很舊，來自一九二〇年代。是某種傳家寶嗎？」

米絲蒂點頭。「瑞德告訴艾比這是他母親的東西，還是他外婆的？這不重要。總之，它是某種傳家寶。他向梅蘭妮隱瞞了它的存在，因為她不會欣賞它。梅蘭妮喜歡新的東西。她會把墜飾看成別人留下來的舊東西，而妳媽喜歡任何復古的東西。」

我想起閣樓裡的《災星簡》海報。「這還是無法解釋妳為何耍手段。」

「我那麼做是希望妳去調查瑞德。如果只是讓妳發現墜飾，就沒有這種效果了，不是嗎？妳只會以為那是妳爸給妳媽的，不然就是妳外婆傳下來的東西。」

這倒是。事實上，如果裡頭沒有瑞德的相片，我可能永遠不會把他跟我母親聯繫起來。「我猜妳是出於同樣的原因選擇了那些塔羅牌。」

米絲蒂點頭。「我原本希望妳會來找我解釋那些牌的意思。但妳沒這麼做……這個嘛，我也沒辦法主動跟妳問起它們，不是嗎？」

「我當時不確定我能不能相信妳。抱歉。」

「如果我們角色互換，我可能也會有同感。妳後來怎樣處理那些塔羅牌？」

「我去拜訪了太陽月亮星星的蘭蒂。她其實以前住過這裡，就在妳之前，不過她那時候用的名字是潔西卡・塔瑪倫。她提前解約——聲稱這棟房子鬧鬼，她不想再住下去。」

「艾菈有跟我說前一個房客的事。我猜她和艾菈處得不是很好。」

「她覺得艾菈是個愛管閒事的人，而艾菈覺得她很冷漠。不過是艾菈告訴我，潔西卡以通靈者的身分在有機天然食品店後面的一家新紀元風格的店鋪幫人占卜。我查了一下，發現有個叫蘭蒂的人在那裡工作。我猜蘭蒂可能就是潔西卡・塔瑪倫。我沒猜錯。」

「妳不需要通靈能力，」米絲蒂微笑道：「妳比我更擅長扮演業餘偵探。當然，我聽說過蘭蒂這個人，但我從沒將這兩個名字聯繫起來。在卡片的事情上，她跟妳說了什麼？」

「基本上，她覺得無論是誰寄的，那人是想傳達這些卡片表面上的意義。她不認為它們真的是占卜的結果。我就是在那時候開始懷疑妳可能是這些卡片的幕後黑手，儘管當時我認為是有人把它們寄給我媽，而她把它們藏起來，以免被我爸發現。我從沒想過可能是妳把它們藏起來讓我找到，直到我跟葛蘿莉雅．格蕾絲談過。」

「蘭蒂說得沒錯。我確實是依據卡片上的圖像選擇了它們。我不認為妳對塔羅牌有任何瞭解，而且正如我剛剛所說，我以為妳會來找我解讀卡片。」

「我很感謝蘭蒂給我的解讀，但她很快指出她的解讀是主觀的。」我指向桌上的卡片。「妳能不能告訴我妳是用它們代表什麼？」

米絲蒂用銀尖指甲輕敲每張卡片，然後輕輕地把女皇和皇帝推向我。「當然，女皇象徵妳的母親，皇帝象徵妳的外公。注意看，女皇看起來好像可能懷孕了，而皇帝是多麼地嚴厲又威嚴。妳的外公，那個固執的老山羊，永遠無法原諒妳的母親在十幾歲的時候就懷了孕。他拒絕跟她或妳父親說話，更不用說承認妳是他的孫女。然後就在她消失之前，發生了一些事。這讓我覺得他可能改變了主意。」

我愣了一下。這是我頭一次聽說。伊薇特認為科爾賓固執得不會改變心意，我也沒有找到相反的證據。「發生什麼事？」

「某一天，她在食物銀行接到一通電話。這本身就令人驚訝，因為我們從來沒有在那裡接到過電話。她在通話過程中顯得很慌張，雖然通話並沒有持續很久。她掛斷電話時，說了什麼『寬恕的代價高昂』之類的話，但她沒有詳細說明。」米絲蒂輕聲嘆氣。「那通電話把她嚇壞了。一星期後，她消失了。」

「是什麼讓妳認為那通電話是我外公打來的？」

「我承認這是我的猜測，但還可能是誰？」

我沒有答案。我只知道如果是我外公打去的，我外婆就不知道這件事。

「那麼接下來的兩張牌，戀人和寶劍三呢？蘭蒂告訴我，寶劍三代表哀傷、深沉的悲傷還有心痛。讓她感興趣的是那三把劍，彷彿其中的不快樂由情人之間分享，也被第三方分享。這是妳想表達的嗎？瑞德和我母親之間的不倫戀給他們所有人帶來了痛苦？」

「蘭蒂很敏銳。妳媽有試著跟瑞德分手，我沒辦法告訴妳多少次。但她似乎就是沒辦法跟他斷乾淨。她會幾星期甚至幾個月都不見他，但他對她來說就像鴉片。被妳父親發現只是時間早晚的問題。」米絲蒂輕敲死神卡。「那就是他們婚姻的死亡。」

這也令我驚訝。我以前從沒聽聞過我母親不忠的消息，在我長大的時候沒有，在父親給我的那封信上也沒有。「他知道了？」

「一開始不知道，很長一段時間都不知道。愛情真的會令人盲目。當然，一旦瑪姬這個大嘴巴聽說了這件事，就沒人能阻止她以『朋友』的身分去見妳父親。」米絲蒂發笑。「艾菈・科爾以前都叫她長舌婦・洛納根，這個外號很貼切。」

我微笑，想起艾菈也這麼說過。

「妳父親當時很難接受這個消息，」米絲蒂說下去：「而努力試圖解決問題所帶來的壓力，似乎真的對妳媽的健康造成了嚴重破壞。她瘦了很多，而她本來就很瘦。她的皮膚變得像蠟一樣，頭髮幾乎失去了光澤。我告訴她我很擔心她，而她就是在那時候告訴我他們正在考慮嘗試分居。我想這就是警察非常懷疑妳父親的原因。但他們就是什麼也無法證明，加上沒有屍體——」

「可是妳相信他，不是嗎？利斯也是。不然你們兩個又何必貼出懸賞海報？」

「我不確定我相信什麼，凱莉。我猜我當時只是想找出真相。雖然妳母親可能是個通姦者，但她是我最好的朋友，這對我來說意義重大，至今也是。至於利斯，我跟他的交情不只是那張懸賞海報。其實，我跟他曾經結過婚。」

第四十五章

如果米絲蒂吐露的這件事讓我感到震驚，主要是因為她在我眼裡並不像是那種戰利品嬌妻。

米絲蒂察覺到我的驚訝。「我知道。我不是他平時喜歡的類型，他這些年來喜歡的女人一個比一個年輕、金髮、胸部大。我們十幾歲的時候在湖濱鎮的沙灘上相識，有過一段熱烈而沉重的戀情，沒經過深思熟慮就結婚了，在利斯在多倫多完成大學學業的同時，我們在馬克維爾租屋。幾年後他畢業了，搬去了城裡，而我留在這裡。我跟他是和平分手。」

「所以你們一直是朋友。」

「更貼切的描述是，我們是他在『換老婆空檔』時的朋友。他有結婚的時候，我們之間的關係很親切。至於有多親切，則取決於他的現任妻子有多少安全感或不安感。」米絲蒂聳肩，對這段關係的現實表示無可奈何。「妳媽失蹤的時候，我跟他已經離婚了，但利斯是妳爸的朋友，而我是妳媽的朋友。所以我跟他聯合了起來。懸賞海報是利斯的主意。我相當確定他當時打算為它出錢。他當時就收入很高，而妳爸媽窮得幾乎一貧如洗。」

伊薇特和科爾賓・奧斯古德則是家財萬貫。可惜他們不願意為他們唯一的孩子出一分錢。話又說回來，如果有更多錢用作懸賞獎勵，結果會不會有什麼不同？

我想起父親在保險箱裡留給我的那封信。我讀了很多遍，能一字不差地回憶起來。

當米絲蒂・瑞弗斯租下房子時，情況發生了變化。她告訴我房子並不是鬧鬼，而是被妳母親的靈魂占據。我知道這聽起來很牽強，但另一個租客也暗示了同樣的狀況。米絲蒂確信妳母親是被謀殺的，而且她想幫我查明真相。我承認，我一開始是抱持懷疑態度。我不相信靈魂或通靈術，但我一直無法接受妳母親的失蹤。所以我決定相信她。

我在讀到那段文字的時候，我以為米絲蒂是一個租了這棟房子的陌生人。現在我意識到我的假設是錯的。一個自稱有通靈能力的陌生人，絕對不會說服我父親買一口棺材，更不用說在裡頭放一具骷髏。這還是沒有解釋為什麼利斯隱瞞了自己跟米絲蒂的關係。

「妳，米絲蒂，我幾乎可以原諒妳，畢竟妳確實有來找我說話，是我把妳打發走。可是為什麼利斯沒告訴我？他幹麼這麼神祕兮兮？」

「妳父親有明確地告訴我們倆，除非絕對必要，否則什麼也不要告訴妳。他希望妳以開放的心態看待這件事。」

「而現在？」

「妳在短時間內發現了很多東西，超出了任何人的預料。妳最好從我這裡聽到真相，而不是從其他來源。老實說，我覺得瑪姬．洛納根或艾莅．科爾原本會說些什麼，但我猜她們都不認識利斯。相信我，如果她們認識他，就一定會告訴妳說的。總之，這只是時間早晚的問題。正如我之前所說，妳的調查能力令人佩服。」

「沒什麼好佩服的，因為我並沒有發現任何可以解開謎團的東西。仔細想想，我查到的東西並沒有比三十年前的妳更多。除了現在我的閣樓裡有棺材和骷髏。」

「我為此道歉。這是我比較腦殘的點子之一。我其實很驚訝妳父親同意那個點子，而且真的買了道具。」米絲蒂露出苦笑。「這只是突顯了他多麼渴望找出真相。」

「所以降靈會——」

「我哪知道怎樣舉行降靈會啊。」我嘆口氣，不知道該如何看待她說的這句話。

「如果妳願意的話，我可以看看我的劇團會不會喜歡那些道具。他們總是在萬聖節上演戲劇。」

「好主意。」

米絲蒂起身。「我會再通知妳。與此同時，我已經占用了妳太多時間了。我只希望我有幫上忙。」

「妳有，謝謝妳。在妳走之前，我父親有沒有告訴妳他在工作中發生的幾次事故？」

「事故？」米絲蒂皺眉。「沒有，為什麼這麼問？妳當然不會相信他的死只是一起不幸的職場事故。」

一**起不幸的職場事故**。那個來電者是用這九個字來告訴我，我父親去世的消息。

「我已經不知道該相信什麼、相信誰了，米絲蒂。我越是挖掘，就越覺得事情都跟表面上看來不一樣。但我能確定的是，我在閣樓裡發現的那具骷髏並不是唯一的假線索。這點我很確定。」

＊＊＊

米絲蒂離開幾分鐘後，香緹兒打來電話。看到來電顯示上顯示她的名字，我就直接略過「喂」這個字。

「有啥新鮮事嗎？」

「我可能找到了妳的祖父母彼得和珊卓·邦斯戴伯的線索。我還需要確認一些細節，但看起來他們可能幾年前就去了紐芬蘭。」

我想到我在爸爸的文件櫃裡找到的紐芬蘭與拉布拉多省旅遊手冊。我當時以為那是因為他哪天想去那裡看鯨魚。難道他找到了他的爸媽？「紐芬蘭。妳確定？」

「這個嘛，不確定。我如果確定，就不會打電話來問妳問題了。」香緹兒聽起來有點不高興，但我不能怪她。她自告奮勇要幫我——而且是免費——我卻在這裡懷疑她的成果。

「抱歉，我剛剛跟米絲蒂・瑞弗斯進行了長時間的談話，我還在消化一大堆東西。」

「妳想談談嗎？」

「還不想。也許明天晚上吧，一起吃披薩、喝葡萄酒。」

「聽起來是個好計畫。與此同時，我會試著查出關於邦斯戴伯夫婦的更多線索。他們可能只是去那裡參觀，然後離開了。重點是，我找到了大約十年前他們去那裡的一份紀錄，但沒有他們離開的紀錄。當然，他們也可能從二手車網站買了車，天知道去了哪裡。」

天知道去了哪裡。這裡有不少人「天知道去了哪裡」。

＊＊＊

不到五分鐘後，電話又響了。來電顯示是玻璃海豚。

「阿雅貝菈，很高興接到妳的來電。有關於墜飾的更多消息嗎？」

「不是墜飾，而是海報。」

我走進臥室，看著掛在牆上的《災星簡》海報。「它怎麼了？」

「我研究了妳發給我的所有照片，覺得似乎有些不對勁。我跟萊文確認過，他也同意。我們必須將它從框架裡移除出來，才能確定。」

萊文是一名古董尋覓者，是阿雅貝菈的前夫兼前事業夥伴，但奇怪的是，也是她最好的朋友。「確定什麼？」

「我認為它可能是非常近期的複製品。這意味著，它除了裝飾之外沒有任何價值。」

複製品。我曾想像媽媽在古董商場裡四處尋找完美的禮物。現在看來，我的海報似乎也是另一個暗藏祕密的東西。

「我沒打算賣掉它，所以我並不擔心它的價值，但我還是想知道。」

「只要妳確定妳想知道真相。」

「我確定。」

「好，那妳何不把它和墜飾一起帶來玻璃海豚？」

我們討論了行程和空檔，最後決定我下週去玻璃海豚。在這時候，我不認為墜飾或海報能提供任何關於我母親失蹤的額外線索，但我很高興能再次見到阿雅貝菈。我一直遲遲沒有去她的新店。

米絲蒂的離去，香緹兒傳來可能關於我祖父母的消息，以及阿雅貝菈對《災星簡》海報的懷疑，我的腦子裡一片混亂。我決定烤一些花生醬餅乾。如果成果不錯，我會送六塊給萊斯，看看這能引發什麼樣的互動。我已經知道他愛吃甜食，而如果我能利用這一點就更好了。我知道這可能只是我在胡思亂想，但我開始覺得我準備好談戀愛，而且我無法將萊斯從腦海中抹去。而他父親讓事情變得複雜的這個事實……這個嘛，我們應該可以繞過這個問題吧？

做了這個決定後，我不確定我在網路上找到的食譜是不是媽媽用過的。即便如此，「傳統花生醬曲奇」的食譜看起來很簡單，即使對於我這種烘焙技能有限的人來說也是。

將花生醬、發酵粉、小蘇打、白糖和紅糖、雞蛋、麵粉和香草這些簡單的成分混合在一起，這麼做就是有一種療效——這些是真正的材料，不是嘗起來像化學藥劑的仿製品。

我把烤箱溫度設置為攝氏一百七十六度，將一勺餅乾麵團放在抹了油的烤盤上，正要壓平並用叉齒在頂部劃十字圖案時，門鈴響了。我用茶巾擦了手，懷疑萊斯是不是以某種方式感覺到我在做什麼、跑來分享這個體驗。這個想法讓我露出微笑，我走到門口時發現自己在哼著歌，我知道我臉上可能沾了麵粉，但並不在意。

當我看到站在門外的人時，我的哼唱聲卡在喉嚨裡。

第四十六章

我從香緹兒給我看的報紙照片上認出了我的外公。他沒有穿晚禮服，但他褶皺筆挺的卡其褲和淡藍色鈕釦襯衫，讓我想起了銀行高管們在週五穿的那種商務休閒裝。我們這些客服中心的員工就算在平常的日子也不會穿得那麼好，但話說回來，我們平時坐在狹小的隔間裡，沒人看到我們——也不會在乎我們。

我打開門，希望我身上沒有沾滿花生醬和麵粉，希望我紮在馬尾辮裡的頭髮沒有散亂得很嚴重。「我能幫你什麼嗎？」

「我是科爾賓・奧斯古德。我太太伊薇特之前來過，她堅持要我拜訪妳，所以我來了。」他的嗓音是老菸槍的沙啞男中音。

我感覺我的臉在麵粉層底下通紅，我真想踢自己一腳。「請進，請原諒我這麼狼狽。我正在烤東西，或者該說試著這麼做。花生醬餅乾。應該再半小時左右就會好，如果你想吃看看。」我意識到自己聽起來像個喋喋不休的白痴，但我似乎就是無法阻止自己。

科爾賓只是點個頭，僵硬地走進客廳。我用現磨的阿拉比卡咖啡豆煮咖啡，在花生醬餅乾上畫了十字線，然後把它們放進烤箱，將定時器設置為八分鐘。我現在最不需要的就是讓這批餅乾燒焦。我深呼吸幾次，直到我準備好面對客人。

我把裝有兩杯咖啡、牛奶和糖的托盤放下。「餅乾會稍微花更長的時間，現在還在烤。」

科爾賓點頭，不過臉龐繃得很緊，看起來好像被鐵鉗擠壓。烤箱的蜂鳴器響起時，我嚇了一跳，急忙衝進廚房，慶幸能暫時離開客廳。我一直想和這個人說話。但他現在來了，我不知道該從哪裡開始，也不知道該說什麼。

我把餅乾轉移到金屬架上放涼，試著穩定我的神經。

＊＊＊

我回到客廳時，科爾賓——我實在沒辦法把他當成我的外公——正在喝咖啡。

「我不得不承認，你來這裡讓我大吃一驚。」我說。

「伊薇特很有說服力。」他清清喉嚨。「首先我要說，我對妳父親的死感到非常遺憾。」

「這是真心話？你非常遺憾？因為我碰巧知道，你在他活著的時候懶得理他，也懶得理我。我也知道你阻止了葛蘿莉雅・格蕾絲・彼卓傑洛撰寫關於你的文章。所以你這種虛假的同情就省省吧。」

科爾賓皺眉。「葛蘿莉雅・格蕾絲・彼卓傑洛是誰？」

「她是《馬克維爾郵報》負責報導我母親失蹤事件的記者。以Ｇ・Ｇ・彼卓傑洛的署名撰寫文章。她發現你和伊薇特是我的外公外婆。她告訴編輯這件事時，被告知不准再寫。」

他至少還懂得臉紅。「我承認我壓制了媒體。想經營一個成功的企業已經夠難了，更別提有人想把你的髒衣服亮給大家看。」

我目瞪口呆地看著他。「你把女兒失蹤這件事看成髒衣服？」

「妳誤會了。我的意思是，那個記者肯定會寫出我們與艾比蓋兒之間的疏遠。我當時不認為這件事需要被公布出來，我到現在也是同樣想法。」

「可是透過你的金錢、你的人脈，你一定能做更多事來查明我母親的下落。你一定已經不再在意她生孩子、嫁給我父親。」

科爾賓的嘴脣抿成一條細線。「謝謝妳的咖啡和餅乾。」他起身走出前門。他走到車道的一半時，轉身再次說話。

「我要告訴妳我當時和現在對伊薇特說過的同樣的話：有時候真相會讓人心碎。」

「這話什麼意思？」

這混蛋沒回答，直接開車離去。

＊＊＊

輾轉難眠一晚後，我醒來，聞到從臥室敞開的窗戶飄進來的淡淡丁香花香味。我拉上百葉窗，欣賞深紫色的花朵與閃亮的深綠色葉子。也許這種植物在一年中大部分的時間都不是那麼漂亮，但在盛開的時候，丁香花叢真的很壯觀，無論是在氣味還是視覺上。如果我明年還住在這兒，我會接受艾菈・科爾的提議，開闢一、兩個菜園。

我快速沖了個澡，把頭髮紮成一個凌亂的馬尾，套上一條卡其色短褲和一件舊的賽車T恤。我正想出去剪幾枝丁香花插在花瓶的時候，電話響了。我查看來電顯示。雪莉。

「嘿，雪莉，一陣子不見了。妳打來是想告訴我妳終於退休了嗎？」

「不算是。圖書館問我是否願意再待一年。我答應了。」

「那恭喜妳了。很高興知道妳獲得重視。」

「的確，但這不是我打來的原因。」

「所以是什麼原因讓我有榮幸聽見妳的聲音？」

「我一直在留意任何可以幫助妳更瞭解妳母親失蹤的線索。不只是地方報紙，而是全國各地的報紙。昨晚我發現了一些東西。在紐芬蘭的一個小鎮的報紙。」

我的胃袋翻騰。「紐芬蘭？」

「紐芬蘭。但我發現的報導，並不是妳可能以為的來自當地的首府聖約翰市，而是在一個叫做『聖伯納德雅克方丹』的地方，一個小漁村。據說當地人叫那個地方『傑克噴泉』。」

「傑克噴泉。」

雪莉發笑。「很有意思吧？我可能找到了妳父親的父母，或至少找到了他們兩人在報紙上的照片。這雖然不是很大的線索，但誰知道可能會帶來什麼發現？我會給妳一份影本。」

我的好奇心被充分激起了，不僅僅是因為紐芬蘭的線索。「我會試著晚點去一趟。」

我才剛掛斷，電話就再次響起。這次來電顯示是「私人號碼」，大概是電話推銷員，不過……

「喂。」

「凱莉，是我，葛蘿莉雅．格蕾絲。」她說話倉促。「在過去三十年裡，科爾賓．奧斯古德每個月都有寄錢給妳父親。」

這或許就能解釋爸爸怎麼有辦法存下十萬元。「我根本不知道有這件事。妳是怎麼查出來的？」

「我不能透露消息來源。更重要的問題是，為什麼？」科爾賓是怎麼說的？有時候真相會讓人心碎。

「我不知道。但我會試著查出來。」

我還在思索這一切時，門鈴發出悅耳的鈴聲。在馬克維爾住了這兩個月後，我幾乎已經習慣了有人隨時來訪。「幾乎」這兩個字是關鍵字。我開門。透過他在領英上的照片，我認出這個人是德韋恩·舒特，他眼睛上的傷疤在沒有任何修圖的情況下更加突出。車道上的那輛車也是線索，一輛黑色的賓士雙門轎車，車牌寫著「DW*SHUTR」，顯然是他的名字縮寫加上姓氏。

他身邊站著一個身材苗條的女人。她比我大二十歲左右，膚質細嫩，齊肩的金色直髮夾雜著一絲銀色，清澈的藍眸鑲嵌在一張心形的臉上，鼻子稍微有點寬。

「凱拉米媞，」我的母親開口：「我們需要談談。」

第四十七章

所以他們全都錯了。我的父親。利斯・漢普頓。艾菈・科爾。瑞德和梅蘭妮・艾希福特。米絲蒂・瑞弗斯。蘭蒂・塔瑪倫。我早該懷疑到。沒有人找到過屍體。最簡單的解釋，就是根本沒有屍體要找。

我不明白的是，為什麼一個母親——一個應該寵愛她唯一的孩子的母親——會不告而別三十年。她怎麼能讓她的丈夫和女兒以為她已經死了。這不是普通的殘酷，就算她當時的婚姻陷入危機。

母親伸出手來觸摸我。我退縮，後退，一隻手放在門上。她居然以為她能想來就來，假裝這是某種家庭團聚？

「我們能不能在鄰居出來之前進去？」德韋恩朝艾菈家的方向點個頭，一個意味深長的無聲信號。

他說的有道理。我退後一步。

我們走進客廳。我懶得扮演女主人招呼他們。如果我手裡拿著玻璃杯，我很可能會把它捏碎，或是丟到一邊。我更不可能請他們吃餅乾。「我很抱歉現在才出現，凱拉米媞。」

「叫我凱莉。」

她咬下唇。「凱莉。」

「妳想從我這裡得到什麼？」

「不是我想從妳這裡得到什麼，而是我想告訴妳什麼。我去過哪裡、我為什麼離開。我不期待寬恕。」

米絲蒂是怎麼說的？**某一天，她在食物銀行接到一通電話。她說了什麼『寬恕的代價高昂』之類的話。**「為什麼還現在出現？」

「我發現妳在調查過去。妳遲早會發現我還活著。我認為這方面的消息最好從我這裡說出口。」

「現在搞『真心告白』有點晚了，妳不覺得？況且，我為什麼應該相信妳要告訴我的任何事情？」

「因為我再也沒有理由說謊了。其實，隨著吉米的死去，我保密的理由就跟著他一起死了。」她清清嗓子。「那一切都是我的錯。我想念我的爸媽。我想讓他們認識他們的孫女。不僅如此，我也希望妳能得到他們提供的機會。吉米是個勤奮的人，也是個好人，但他對我們未來的遠景是有限的。他永遠無法提供生活中更美好的事物，或讓妳進最好的學校。」

「我上公立學校也過得很好。我甚至在大學裡獲得了商業學位。多虧了爸爸和一些兼職工作，我畢業時沒欠任何學生貸款。」這是事實嗎？科爾賓有多少錢用於我的教育？

「我們不是來討論妳的成長經歷，」德韋恩說：「妳父親把妳養育得很好。他愛妳勝過任何其他人事物。但如果妳想聽我們要說的故事，妳就必須願意傾聽。」

我想聽故事嗎？我確實想，就算只是為了得到一個結局。「我不會再次打岔。」

母親在膝上扭擰雙手。「我當時非常想和我爸媽重新取得聯繫。吉米無法明白這點。他不想見他自己的父母，而且他不能原諒我的父母在我懷孕時把我拒之門外。我一直告訴他該放下過去了，至少試著做些彌補。這導致我們的關係出現嚴重裂痕。我們為此日夜爭吵。」

妳跟瑞德的婚外情可能也幫了倒忙。「說下去。」

「在我二十五歲生日那天，事情來到了緊要關頭。我和隔壁的艾菈是同一天過生日，所以她的丈夫艾迪想為我們倆辦個派對。但就在去那裡之前，我媽媽打電話來。這是我六年來第一次聽到她的聲音。我必須承認，那讓我感到不安。我那些年一直在等待寬恕。我原本以為我準備好了，但我其實沒有準備好。」

我能理解。「妳做了什麼？」

「我還沒來得及說些或做些什麼，吉米就拿起電話，要求和科爾賓通話，於是我媽媽掛斷了電話。我再也沒有收到她的消息。」

這就解釋了為什麼母親在她生日聚會的那天晚上那麼緊繃。這也能解釋我父母婚姻中的裂痕為何不斷加深。母親接下來的陳述證實了這一點。

「那天之後，我再也沒辦法以同樣的方式去愛或看待吉米。他不僅驕傲，而且固執到不顧一切。即便如此，我以為如果過了足夠的時間，他可能會回心轉意。我提議嘗試分居。就是在那時候，他終於同意拜訪妳的外公。我想和他一起去，但他堅持要一個人去。」母親聲音哽咽。「我沒有一天不為那個決定感到後悔。」

「妳不能為發生的事情責怪自己。」德韋恩伸手去碰我媽的手。

我受夠了這種戲碼。「能不能麻煩妳說重點，母親？爸爸去見了科爾賓。發生了一些事情讓妳決定離開。我想知道的是誰、什麼，還有為什麼。」

母親點頭。「吉米去見我父親的時候，是二月初。他在街上等候，直到我媽媽外出。」她搖頭。「我永遠不知道那天到底發生了什麼，但我知道妳外公脾氣不好。多年前，他差點在班恩便利商店外面勒死吉米。吉米那次沒反抗。」

「但他這一次反抗了？」

她再次點頭。「那麼多年的傷害和背叛已經像毒藥一樣在他內心潰爛。他發了瘋，差點把我父親活活打死。要不是德韋恩介入，他可能真的會殺了我父親。」

德韋恩接話：「我當時在奧斯古德建築公司工作，那天剛好要提交一些文書工作。我到門口時，聽到有人在打架。至於我開門時看到什麼……我這麼說吧，科爾賓如果再挨幾拳，可能就活不了了。我設法把吉米從他身上拉開，並說服他在他還有機會的時候離開那裡。我最後一次見到他時，他正開著他的皮卡車開出摩爾蓋特莊園。」

「後來發生了什麼？」

「科爾賓拿起了電話。我以為他要報警，但他其實打給艾比。」

「他告訴我，如果我想救吉米的命，就趕緊過去，」母親說：「我請艾菈．科爾照顧妳，然後開著我們的舊旅行車前往湖濱鎮。我到達那裡時，他給了我最後通牒。如果我不離開吉米和他的私生女——他的用字，不是我的——他會控告吉米謀殺未遂。」

「不可能真的發展到那個地步吧？」

母親苦笑。「科爾賓．奧斯古德是一個非常有權勢的人。在那時候，幾乎整個湖濱鎮都是他的。他在當地活動上總是慷慨捐錢，尤其跟警察有關的時候。離開妳的這個想法讓我心碎，但我不能讓妳在妳父親坐牢的情況下長大。」

「所以妳的解決辦法是屈服於妳父親的勒索、搞失蹤？」

「一開始不是。我當時以為透過一些時間和距離，我父親會回心轉意、放下這件事。但相反的，我的拖延只讓他更加憤怒。有一天，他打了電話去我當志工的食物銀行給我。這一次，他威脅要讓警察知道吉米做了什麼，並向兒童保護機構舉報我們。他說服我相信他們會把妳帶走，送去寄養家庭。」

德韋恩再次接話：「我當時一直打算搬去溫哥華。我那時候正在試著擺脫一段相當具有破壞性的關係，而溫哥華似乎是個不錯的地點。我去找科爾賓，告訴他，如果他給我們足夠的錢讓我們能從頭來過，那麼我會照顧艾比。他當著我的面哈哈大笑，說他一毛錢也不會給她。然後他說吉米・邦斯戴伯的時間不多了。」

「我們第二天就走了，」母親說：「情人節。我唯一帶走的，就是我身上的衣服。我把我的結婚戒指埋在丁香樹下。我相信它還在那裡。」

「妳把這一切都說得很簡單。」我抑制不住嗓音裡的苦澀。

「簡單？妳是這麼想？凱莉，離開妳是我這輩子做過最艱難的事，但我那麼做是因為我全心全意地愛妳。我原本以為我們過了幾個月就會回來，但在那時候，妳已經搬去多倫多了。」

「科爾賓告訴我，他每個月都會寄錢給妳父親，以確保妳得到很好的照顧，」德韋恩說：「他說只有在艾比不在的情況下，他才會繼續寄錢。如果她回來——」

「即使隨著時日經過，他還是有可能把妳父親送進牢裡，」母親說：「謀殺未遂有訴訟時效嗎？我父親會不會兌現他的諾言，打電話給兒童保護機構，把妳送去寄養家庭？我不知道。我只知道我當時真的相信我在做正確的事。妳父親能保有自由之身，而且妳得到了很好的照顧。」

爸爸讓我相信我的外公外婆不關心我。我是後來才知道伊薇特曾試過寄卡片和信件，科爾賓則嘗試用他知道的唯一方式來照顧我：給錢。儘管如此，我父親還是因為頑固的個性而沒告訴我實情。

「我們找了一家公司來為我們提供關於妳和妳爸的最新消息，」德韋恩打斷我的思緒。「吉米很難在馬克維爾找到工作，因為科爾賓散播消息說他不可靠。所以，當我搬回多倫多，並開始為南安大略省建築公司工作時，我確保他們僱用了妳父親，同時我也能夠密切關注妳的狀況。雖然妳爸爸未曾邀請我去妳家，他彷彿想把過去和現在分開。我尊重他的想法。」

「那妳呢，母親？」我轉頭面對她。「妳留在溫哥華？」

「沒有，我把我的名字改成艾莉森・雷克。我搬去各地，經常搬家。卡加利、溫尼伯、蒙特婁、哈利法斯。我去了各地，只有馬克維爾和多倫多例外。我打零工以維持生計。我大多數的時候四處流浪，不過我有跟德韋恩保持聯繫。」

她給了我一個悲傷的微笑。「我一直都知道妳過得怎麼樣。然後有一天，德韋恩打電話告訴我吉米死了。我原本是想繼續保持距離，但妳開始調查過去。妳遲早會弄清楚這一切。我需要妳從我這裡聽到真相。」

我靠向椅背。這確實是個精采的故事。消化我得知的這一切需要一些時間，然後我才能決定我是否願意原諒我的母親。我希望我會願意原諒她，但我不能確定。

還有兩個問題沒獲得回答。

「你們認為我父親的死是意外嗎？」

「沒有任何理由指出那不是意外。」德韋恩說。

我不打算把爸爸那封信的事說給他們聽。況且，不管我發現了什麼，那都只是我的猜測。這麼做不會把他帶回來。

我轉向母親。「我可以再問妳一個問題嗎？」

她的眼睛為之一亮。「當然，儘管問。」

「我知道那幅《災星簡》電影海報是近期的複製品。我不知道的是，妳是怎樣在沒有人看到妳的情況下把它弄進閣樓裡。」

母親盯著我，臉上一片空白。「我對電影海報什麼的一無所知。」

我想到海報背面的簽名，雖然是斜體手寫字，但有些細長，就像我父親的筆跡。我抬頭望向天花板，露出微笑。看來閣樓裡的骷髏並不是父親唯一留給我的東西。

完

作者鳴謝

早在我成為作家之前，我是個讀者，我要感謝我的母親，因為是她讓我熱愛閱讀，尤其是推理小說。在我小時候的時候，她在澤勒百貨公司（Zeller's）做兼職。在每個發薪日，她都會帶一本《南希·德魯》（Nancy Drew）的新書回家，我會反覆閱讀，羨慕書中的主人公。

早在我的作品獲得出版之前，我就有相信我的朋友們。我要感謝的人多到無法一一列舉，而對於這本小說來說，我必須感謝唐娜·狄克遜和妮娜·帕特森。

感謝瑪爾塔·坦里庫魯，一位非凡的策劃編輯，對非常粗略的初稿提出了專業建議。

我對米歇爾．班菲爾德和珍妮弗．格里博斯基深表感謝，謝謝這兩位敏銳的眼光、誠實的批評和永無止境的鼓勵。

最後，但同樣重要的是，感謝我的丈夫邁克，感謝他對我還有我的故事的堅定信念。

作者後記

我開始寫《閣樓裡的骷髏》的同時，試著為我的處女作懸疑小說《倒吊人的絞索》尋找出版商，這是《玻璃海豚》推理系列的第一本書。我不想停止寫作，但我無法為一部尚未找到歸宿的小說寫續集。

正如「朗特蘭丁」的背景大體上是基於我以前在加拿大安大略省所住的「荷蘭蘭丁」（Holland Landing）社區，馬克維爾（Marketville）大略上也是基於位於荷蘭蘭丁南部一個名叫「紐馬克特」（Newmarket）的城鎮。當然，我對兩個地點和周邊地區都做了很大的改動，人物也完全是虛構的，但靈感源自其中。

我和我丈夫邁克在我們的律師辦公室等待時，《閣樓裡的骷髏》的這個點子在我的腦海中浮現。我們是去那裡更新我們的遺囑，而且我們的律師還被困在法庭的時候，他的黃金貴賓犬一直陪伴著我們。這本書的開頭場景就是直接取自那次經歷。（我就這麼說吧：作家的生活中發生的一切都可能成為某個故事的一部分。）

逆思流

閣樓裡的骷髏

（原名：Skeletons in the Attic）

著　　者／茱蒂・潘茲・夏盧克（Judy Penz Sheluk）
執 行 長／陳君平　譯　　者／甘鎮隴　國際版權／黃令歡、梁名儀
榮譽發行人／黃鎮隆　美術總監／沙雲佩　企劃宣傳／陳品萱
協　　理／洪琇菁　美術編輯／李政儀　文字校對／施亞蒨
總 編 輯／呂尚燁　主　　編／劉銘廷　內文排版／謝青秀

出　　版／城邦文化事業股份有限公司　尖端出版
台北市中山區民生東路二段一四一號十樓
電話：（〇二）二五〇〇—七六〇〇
傳真：（〇二）二五〇〇—二六八三
E-mail：7novels@mail2.spp.com.tw

發　　行／英屬蓋曼群島商家庭傳媒股份有限公司城邦分公司　尖端出版
台北市中山區民生東路二段一四一號十樓
電話：（〇二）二五〇〇—七六〇〇（代表號）
傳真：（〇二）二五〇〇—一九七九

中彰投以北經銷／楨彥有限公司（含宜花東）
電話：（〇二）八九一九—三三六九
傳真：（〇二）八九一四—五五二四

雲嘉以南／智豐圖書有限公司
（嘉義公司）電話：（〇五）二三三—三八五二
傳真：（〇五）二三三—三八六三
（高雄公司）電話：（〇七）三七三—〇〇七九
傳真：（〇七）三七三—〇〇八七

香港經銷／城邦（香港）出版集團有限公司
香港灣仔駱克道一九三號東超商業中心一樓
電話：（八五二）二五〇八—六二三一
傳真：（八五二）二五七八—九三三七
E-mail：hkcite@biznetvigator.com

新馬經銷／城邦（馬新）出版集團 Cite（M）Sdn. Bhd.
E-mail：cite@cite.com.my

法律顧問／王子文律師　元禾法律事務所
台北市羅斯福路三段三十七號十五樓

二〇二三年三月一版一刷

■中文版■

郵購注意事項：
1.填妥劃撥單資料：帳號：50003021戶名：英屬蓋曼群島商家庭傳媒(股)公司城邦分公司。2.通信欄內註明訂購書名與冊數。3.劃撥金額低於500元，請加附掛號郵資50元。如劃撥日起 10～14日，仍未收到書時，請洽劃撥組。劃撥專線TEL：(03)312-4212 ・ FAX：(03)322-4621。E-mail：marketing@spp.com.tw

國家圖書館出版品預行編目資料

閣樓裡的骷髏 / 茱蒂・潘茲・夏盧克(Judy Penz Sheluk)作；甘鎮隴譯. -- 1版. -- 臺北市：城邦文化事業股份有限公司尖端出版：英屬蓋曼群島商家庭傳媒股份有限公司城邦分公司尖端出版發行, 2023.03

面； 公分

譯自：Skeletons in the Attic

ISBN 978-626-356-322-3 （平裝）

874.57 112000726